천산도객

오채지 新무협 판타지 소설
FANTASTIC ORIENTAL HEROES

천산도객 4

오채지 新무협 판타지 소설

초판 1쇄 찍은 날 § 2009년 6월 22일
초판 1쇄 펴낸 날 § 2009년 6월 30일

지은이 § 오채지
펴낸이 § 서경석

편집장 § 문혜영
편집책임 § 정서진
편집 § 문정흠

펴낸곳 § 도서출판 청어람
등록번호 § 제1081-1-89호
등록일자 § 1999. 5. 31
어람번호 § 제2-1768호

주소 § 경기도 부천시 원미구 심곡2동 163-2 서경B/D 3F (우) 420-822
전화 § 032-656-4452 팩스 § 032-656-4453
http://www.chungeoram.com
E-mail § eoram99@chollian.net

ⓒ 오채지, 2009

ISBN 978-89-251-1847-5 04810
ISBN 978-89-251-1759-1 (세트)

천산도객
天山刀客
4 오채지 新무협 판타지 소설
FANTASTIC ORIENTAL HEROES
십종가의 후예
도서출판
청어람

目次

第一章

황혼에서 새벽까지

天山刀客

한 무리의 무림인들이 정주시 외곽의 홍등가를 기웃거리고 있었다.

"그런 사람들이라면 한 식경 전에 이곳에서 본 것 같아요."

싸구려 방향이 코를 찌르는 기녀가 말했다.

"틀림없겠지?"

뱁새눈의 사내가 물었다.

"황소 같은 덩치에 쇠몽둥이를 멘 사람이 어디 흔한 줄 아세요?"

확실히 그런 모습의 사람을 만나기란 쉬운 일이 아니다.

기녀는 팔짱을 척 끼더니 슬그머니 고개를 돌렸다.

이제부터는 쉽게 들려주지 않겠다는 뜻이다.

사내는 품속에서 은자 한 냥을 꺼내 보이며 말을 이었다.

"내가 묻는 말에 성실하게 답변을 해주면 이건 네 것이다."

"물어보세요."

기녀가 은자에 시선을 고정한 채 눈동자를 반짝였다.

"그들이 여기서 무얼 하고 있었지?"

"공부를 하고 있었어요."

"……!"

뱁새눈의 사내, 하풍달은 한순간 할 말을 잃었다.

까막눈인 채홍만이 공부를 하고 있었다고?

슬그머니 자신의 뒤에 서 있는 용악산과 표자룡을 돌아보니 그들 역시 황당하기는 매한가지라는 표정이었다.

세 사람은 객점에서 갑자기 사라진 공춘보와 채홍만을 수소문하며 밤거리를 헤맸다.

채홍만이 워낙 눈에 띄는 모습이어서 틀림없이 목격자가 있을 거라고 생각했기 때문이다.

생각은 주효했다.

객점에서 그리 멀리 떨어지지 않은 이곳 홍등가에서 그를 보았다는 목격자가 나타난 것이다.

그런데 그 진위가 의심스러웠다.

"공부를 하고 있었다고? 어디서?"

하풍달이 재차 물었다.

"우리 기루의 홍등 아래에서요."

"다시 한 번 잘 생각해 보거라. 그들은… 그러니까 삼 대가 똥을 풀지언정 책을 들여다볼 위인들이 아니다."

"틀림없다니까요. 난 그때 삼층 창가에서 달구경을 하고 있었는데 갑자기 콧구멍이 뻥 뚫린 사내와 쇠몽둥이를 든 거인이 나타나 홍등 불빛에 의지해 열심히 책을 읽지 않겠어요? 들창코가 읽어주면 거인은 옆에 쭈그리고 앉아 고개를 주억거렸어요. 내 평생 그렇게 학문에 매진하는 사람들은 처음 봤어요. 생긴 것과는 많이 다르더라고요."

"대체 무슨 소린지 원……."

하풍달은 뒤통수를 긁적거리며 용악산의 눈치를 보았다.

들창코에 쇠몽둥이를 든 거인 운운하는 걸 보니 분명 두 사람이 맞긴 한데, 그 이후의 행적은 전혀 두 사람과 어울리지 않는 장면이었기 때문이다.

'공 사형이 공부를 했다고? 차라리 자룡이가 여자를 품었다면 믿겠다.'

이상하긴 용악산도 마찬가지였다.

"풍달아, 저게 무슨 소리냐?"

"휴우, 글쎄요."

"일단 얘기를 좀 더 들어보죠."

표자룡의 말에 세 사람의 시선이 다시 기녀를 향했다.

어쨌거나 문제의 열쇠는 기녀가 쥐고 있었다.

하지만 기녀의 입은 더 이상 열릴 생각을 하지 않았다.

오로지 하풍달의 손에 들린 은자만 뚫어지게 쳐다볼 뿐.

하풍달이 은전을 건네주자 기녀의 입은 함지박처럼 벌어

졌다.

동시에 말을 폭포수처럼 쏟아냈다.

"한참 책을 읽는가 싶더니 들창코 사내가 벌떡 일어서며 책을 바닥에 내팽개쳤죠. 그리고 한동안 뭐라고 뭐라고 중얼거리다가 오줌이 마려운지 담벼락으로 걸어가더라고요. 한데 바지춤을 풀지는 않고 또다시 뭐라고 막 중얼거리는 거예요. 그러다 갑자기 두 눈을 희번덕거리며 거인에게 삿대질을 한 후 쏜살같이 사라졌죠. 거인이 쇠몽둥이를 고쳐 잡고 뒤따랐고요."

"……!"

"……!"

"……!"

도시 뭔 소린지 알아들을 수가 있나.

기녀는 칼을 찬 무인 세 명이 자신을 뚫어져라 쳐다보자 겁을 집어 먹고는 부리나케 달아나 버렸다.

행여 은자를 도로 뺏을까 봐 염려라도 되는 모양이었다.

그녀가 사라진 후 세 사람은 서로를 쳐다보았다.

하지만 모두가 눈치만 볼 뿐, 뾰족한 대답을 내놓는 사람은 없었다.

"그러니까 여기서 앉아 있다가 책을 내팽개치고는 오줌을 누러 담벼락으로 가서 바지도 내리지 않고……."

하풍달은 기녀의 목격담을 근거로 공춘보가 했던 행동들을 하나씩 되짚어갔다.

"…담벼락을 보고 눈동자를 희번덕거렸단 말이지."

그때쯤엔 용악산과 표자룡도 담벼락을 살피고 있었다.

그리고 마침내 누가 먼저랄 것도 없이 공춘보의 행방을 알아냈다.

하풍달이 혀를 차며 말했다.

"쯧쯧쯧, 한번만 더 노름을 하면 손목을 자르겠다고 호언장담하더니."

공춘보는 담벼락에 적혀 있는 흑화(黑話)를 따라 간 것이다.

문제는 흑화가 암시하고 있는 도박장이 보통 도박판이 아니라는 데 용악산의 고민이 있었다.

*　　　*　　　*

하남성은 동쪽으로는 화북평원(華北平原)에 접하고, 남서쪽으로는 숭산(嵩山)이, 북쪽은 중원의 양대 젖줄이라고 불리는 대황하(大黃河)가 있어 바다를 향해 흘러간다.

궁가촌(窮家村)은 바로 그 황하를 접하고 있는 촌락이었다.

하지만 근동 사람들은 이곳을 유령촌이라고 불렀다.

밤마다 귀신이 출몰한다는 소문 때문이었는데, 실제로 귀신이 출몰하는지는 모르겠고 사람이 살지 않는 폐촌인 것만은 확실했다.

궁가촌이 유령촌이 된 배경에는 오래된 사연이 있었다.

이십 년 전만 해도 궁가촌은 인근 산판에서 일하는 벌목꾼들로 제법 규모를 이룬 마을이었다.

그러나 산의 나무가 무한정 나지는 않는 법.

나무가 사라지자 벌목꾼들도 나무와 함께 사라졌다.

언제부턴가 그들이 버리고 간 오두막에는 거지들이 들어와 살기 시작했다.

처음엔 한두 명 들어와 살던 것이 점점 그 수가 늘어났고, 나중엔 백여 명을 헤아리기에 이르렀다.

궁가촌이라는 이름이 붙은 것도 그 무렵이었다.

집이 생긴다고 거지꼴을 면하는 것은 아니어서 사람들은 여전히 동냥으로 먹고 살았다.

그러다 문제가 생겼다.

황하는 고래로 범람이 잦은 곳이었다.

궁가촌도 예외는 아니어서 누런 황톳물이 한바탕 휩쓸고 지나가는 일이 발생했다.

황하가 범람하고 나면 반드시라고 해도 좋을 만큼 역병이 찾아왔다.

청결과는 거리가 먼 궁가촌에 역병이 창궐하는 것은 당연한 일이었다.

걸리기만 하면 사흘을 넘기지 못하고 거지들이 죽어나갔다.

그러나 더 무서운 것은 따로 있었다.

그날 밤, 그러니까 역병이 기승을 부리던 어느 날 밤, 인근 세 개 마을의 사람들이 황소가 끄는 수레에 술과 쌀을 잔뜩 실어 궁가촌으로 보냈다.

황소는 돌려줄 필요도 없이 그냥 잡아먹으라고 했다.

역병과 굶주림에 시달리던 거지들은 사람들의 인정에 눈물을 흘리며 황소를 잡고 밥을 지어먹었다.

잘 먹으면 병도 나을 거라는 희망과 함께.

거지들이 한껏 포식을 하고 잠들었을 때 아이들 몇 녕이 맹화유(猛火油:석유) 냄새가 난다는 말을 했다.

하지만 모처럼 배가 부른 어른들은 귀담아듣지 않았고, 새벽이 되었을 때 궁가촌은 화마에 휩싸였다.

수마와 역병에 이어 화마까지 덮치자 더 이상 살아남은 거지는 없었다.

다행인지 불행인지 병원(病元)이 불타 버리자 역병은 더 이상 번지지 않았다.

그 후 황하의 범람이 몇 차례 더 있었고, 궁가촌의 흉사도 황하의 거친 물살과 함께 사람들의 기억 속에서 씻겨갔다.

하지만 세월이 흘러 한 번씩 큰 비가 오고 나면 그때 죽어 묻힌 거지들의 백골이 땅 위로 드러나곤 했다.

과거의 아픈 역사가 되풀이되는 순간이었다.

궁가촌에서 유령을 보았다고 하는 것은 근동 사람들의 죄의식이 남아 있는 결과였다.

황하의 거친 물살도 마음속 깊은 곳에 자리 잡은 죄책감만큼은 씻어가지 못한 것이다.

어쨌든 궁가촌은 근동 사람들에겐 출입해선 안 되는 금지였고, 그것에 대해 언급하는 것 역시 터부시되었다.

그 궁가촌이 지금 사람들로 북적였다.

"열 냥은 줘야겠소."

궁가촌의 포구에서 만난 사내는 뗏목 하나의 값으로 열 냥을 요구했다.

용악산 일행이 이곳에 도착한 것은 일다경 전이었다.

그리고 알게 된 놀라운 사실 하나.

묘왕전이 열리는 곳이 이곳 궁가촌이 아니라 궁가촌에서 한 식경 정도 배를 타고 나가야 하는 황하 한가운데라는 것이다.

하지만 배는 이미 오래전에 동이 났고 강 한가운데로 나갈 수 있는 수단은 뗏목이 유일했다.

주변에는 이 기회에 뗏목을 팔아 한몫 잡으려는 사람들로 장사진을 이루었다.

생각보다 뗏목의 값이 비싸지 않자 하풍달은 흔쾌히 전낭에서 동전 열 냥을 꺼내 사내에게 주었다.

이러고도 남을까 싶은 만큼 어이없는 액수였지만 지천에 널린 나무를 잘라 칡넝쿨로 엮기만 하면 되니 이만한 장사도 없었다.

한데,

"지금 장난하는 거요?"

사내가 고리눈을 치켜떴다.

"열 냥이라고 하지 않았소?"

"흥! 귀는 제대로 뚫린 것 같은데 말귀는 영 못 알아듣는군."

"설마… 은전으로 달라는 말이었소?"

"……!"

사내는 대답 대신 팔짱을 낀 채 먼 산만 바라보았다.

"이런 말도 안 되는……."

하풍달이 작은 눈을 있는 대로 부릅떴다.

"말이 안 되면 안 하면 되겠지."

사내는 미련없이 돌아섰다.

마치 뗏목을 살 사람은 당신들 말고도 얼마든지 있다는 투였고, 실제로도 그랬다.

결국 하풍달은 은자 열 냥을 고스란히 주고 뗏목을 살 수밖에 없었다.

울퉁불퉁, 삐죽빼죽, 제멋대로 잘라다 엮은 뗏목은 사방 일 장 정도의 크기였다.

칡넝쿨로 대충 얼기설기 엮어놓은 솜씨도 하잘것없어 과연 황하의 거친 물살을 견뎌낼 수 있을지나 염려스러웠다.

결국 표자룡이 숲으로 달려가 칡넝쿨을 한 아름 잘라와서는 다시 몇 번을 고정시킨 후에야 겨우 강물 위에 띄울 수 있었다.

"날강도 같은 놈들. 이런 걸 열 냥씩이나 받아 처먹다니. 이럴 줄 알았으면 처음부터 뗏목을 만드는 건데."

하풍달이 푸념을 했다.

"근동에 굵은 나무가 귀하지 않습니까. 나무를 구해다가 우리가 직접 만들었다면 족히 한 시진은 걸렸을 겁니다."

표자룡이 하풍달을 위로했다.

"나라고 그걸 왜 모르겠냐. 한 번 타고 버릴 뗏목을 은자 열 냥씩이나 주고 사자니 부아가 치밀어 그런 게지. 젠장할, 그 인간 뒤치다꺼리 하느라 들어가는 돈이 도대체 얼마야!"

하풍달은 푸념을 하면서도 삿대를 푹 찍었다.

황하는 바다다.

저 멀리 곤륜에서 발원해 흐르다가 섬서에 이르러 황토고원에서 흘러들어 온 지류들과 합쳐지면서 그때부터는 누런색을 띠는 바다.

그 줄기가 하남에 이르면 폭만도 무려 이십 리(약 8㎞)에 달한다.

강의 이쪽에서 저쪽으로 아무리 빠른 배를 타고 건너더라도 반 시진은 족히 걸리는 거리.

만약 운이 좋지 않아 힘이 부치는 늙은 뱃사공의 나룻배를 탔다면 한나절은 각오해야 한다.

이러니 이곳 사람들이 황하를 바다에 비유하는 것은 과장된 말이 아니었다.

"그나저나 이제 어디로 가야 하는 거지?"

안개 속에서 길을 잃은 하풍달이 말했다.

앞으로 나아갈수록 밤안개가 점점 짙어지더니 조금 전부터는 한 치 앞도 내다볼 수가 없었다.

"계속 강심으로 가십시오."

표자룡이 말했다.

그는 아까부터 안개 속을 뚫어져라 쳐다보고 있었다.

평소 빈말을 하는 성격이 아닌 표자룡인지라 하풍달은 그 말대로 강심을 향해 삿대를 찍었다.

어느 정도 시간이 흐른 후에는 수심이 깊이 바닥을 찍을 수 없게 되었다.

그때부터는 삿대를 노 삼아 저어갔다.

사격형의 뗏목은 배와는 달라 부리기도 사납고 속도도 전혀 나지 않는다.

그에 반해 강심으로 들어갈수록 물살은 더욱 거세졌고, 그 속도를 이기지 못한 뗏목은 점점 아래로 떠내려갔다.

강을 가로질러 가야 하는데 사선으로 흘러가는 것이다.

얼마나 지났을까.

희뿌연 밤안개 사이로 도깨비불 같은 하나가 일렁인다 싶더니 곧 수백 개의 횃불로 변했다.

동시에 군문의 주둔지에서나 뿜어낼 수 있는 엄청난 기도가 느껴졌다.

마침내 안개를 뚫고 강심에 도착했을 때 하풍달은 놀라움을 금할 수가 없었다.

아무것도 없는 강 한가운데에 족히 천 명은 될 것 같은 사람들이 둥둥 떠 있었던 것이다.

그들이 딛고 선 것은 모두 자신들이 타고 온 것과 똑같이 생긴 뗏목.

뗏목과 뗏목은 서로를 긴밀하게 연결하여 일종의 거대한 뗏목군을 형성했는데, 사람들은 모두 그 위에 있었다.

그 모습이 꼭 조조가 방통의 권유로 배를 서로 묶어 군사들의 뱃멀미를 낮게 했다는 수채(水砦)를 연상시켰다.

"휴우, 무식하기 짝이 없는 놈들일세. 지천에 널린 마른 땅을 놔두고 왜 굳이 출렁이는 강물 위에서 저런 짓을 벌이는 거지?"

"만일의 경우를 대비해서죠."

혼자 푸념처럼 한 하풍달의 말에 표자룡이 답했다.

하풍달이 고개를 돌려 표자룡을 보며 물었다.

"만일의 경우라니?"

"아무리 담이 크기로 창룡전이 열리는 기간 동안 무림맹의 코앞에서 또 다른 무림대회를 개최할 수 있겠습니까. 그래서 방편을 만든 것이지요. 황하 한가운데라면 유사시에 뗏목을 연결한 밧줄을 끊고 안개 속으로 뿔뿔이 흩어질 수가 있거든요."

"오호, 그런 묘책이 있었군. 어쩐지 무림맹이 강 건너 불구경하듯 지켜만 본다 했어."

"비단 무림맹이 두려워서만은 아닙니다. 묘왕전은 말 그대로 강호인들의 지탄을 받는 흑도들의 생사박장(生死搏場). 인근의 백도 방파나 관부에서도 두고만 볼 수는 없는 상황이죠. 그걸 두고만 봐야 하는 상황으로 만든 겁니다. 물론 적지 않은 검은 돈이 물밑에서 오간다는 건 공공연한 비밀이지만 말입니다.”

평소 두 마디 이상을 하지 않는 표자룡이었다.

하지만 지금은 머릿속에 있는 말들이 기다렸다는 듯이 술술 흘러나왔다.

하풍달은 의아한 표정을 지으면서도 삿대를 열심히 저었다.

뗏목은 점점 거대한 수채로 다가갔다.

횃불의 열기 때문인지, 아니면 백여 장 전체에 기문진을 연 것인지 신기하게도 수채 위에는 안개가 끼질 않았다.

황하 한가운데서 이런 대범하면서도 치밀한 일을 벌이는 자들은 도대체 누굴까?

주변에는 꼭 뗏목만 있는 것은 아니었다.

소위 화선(畵船)이라 불리는 놀잇배도 십여 척이나 수채 주변에 정박해 있었다.

작게는 열 명에서 많게는 수십 명까지 탈 수 있는 화선은 높은 선고에 차양을 갖춘 누각까지 얹어 뗏목 위에 있는 사람들보다 훨씬 높은 위치에서 편안하게 수채를 조망할 수 있었다.

“저 배에 탄 사람들은 어떤 이들이지?”

용악산이 말했다. 당연히 표자룡에게 묻는 것이었다.

“인근의 부호들이나 세도가의 도령들이 기녀들과 함께 구경을 나온 것입니다. 창룡전에서는 볼 수 없는 흥분을 느낄 수 있거든요. 저들 중에는 제법 먼 곳에서 온 이들도 있습니다.”

“다른 경우는?”

“흑도 방파의 거물급들이 종종 배를 타고 나온 경우가 있습니다."

용악산과 표자룡의 대화를 듣고 있던 하풍달은 아까부터 이상한 점을 떨칠 수가 없었다.

표자룡이 묘왕전에 대해 너무 많이 알고 있다는 것이다.

세상의 풍문이라면 자신만큼 아는 이도 드물 것이라 생각했는데, 표자룡은 어떻게 묘왕전에 대해 이토록 자세하게 아는 걸까.

그것에 대해 물어보려는 순간 작은 충격과 함께 뗏목이 수채에 닿았다.

하풍달은 타고 온 뗏목이 떠내려가지 않도록 다른 뗏목에 단단히 고정시킨 후 수채에 올라섰다.

수채의 한가운데에는 높다랗게 솟은 대나무 장대 백여 개가 커다란 원을 그리며 꽂혀 있었다.

장대의 꼭대기에는 박처럼 주렁주렁 달린 횃불이 시커먼 그을음을 토해내며 사방을 비추었다.

하늘에 떠 있는 보름달과 땅 위에 솟아 있는 횃불의 바다가 만들어내는 모습은 중원 어디에서도 볼 수 없는 장관이었다.

수채 위에는 바깥에서 볼 때보다 훨씬 많은 사람들이 운집해 있었다.

의미를 알 수 없는 고성과 질펀한 욕설들이 한데 뒤섞여 묘한 흥분을 일으켰다.

그들이 이렇게 광분하는 것은 수채 한가운데에 마련된 박투장에서 벌어지는 싸움 때문이었다.

사방 대여섯 장 정도 되는 좁은 공간에는 두 사람이 각자의 병장기를 꼬나 쥔 채 팽팽하게 대치하고 있었다.

팔뚝이 허벅지처럼 굵은 갈의인은 철로 만든 노(櫓)를 움켜쥐고 있었다.

무기도 그렇고, 비정상적으로 굵은 팔뚝도 그렇고, 사내는 아마도 황하의 거친 물살을 거슬러 오르던 뱃사람 출신인 것 같았다.

실제로도 황하의 뱃사람들 중에는 무공을 익힌 고수가 많았다.

하지만 그는 지금 몰골이 말이 아니었다.

머리카락은 싹둑 잘려 나가 봉두난발이 따로 없었고, 허리 아래쪽은 시뻘겋게 핏물이 배어 있었다.

원인은 그의 가슴과 아랫배에 박힌 쇠꼬챙이 같은 두 자루의 검이었다.

좁은 검신은 협봉검을 닮았지만 길이가 그 절반 정도밖에 미치지 않는 기형검.

무림인들은 이걸 고기 산적을 끼울 때 쓰는 꼬챙이를 닮았다 하여 촉검(膷劍)이라 부른다.

실제로 갈의인은 꼬챙이에 끼인 고깃덩어리 같았다.

수채에 오르자마자 보이는 충격적인 모습에 용악산 일행은 충격을 받았다.

흑도들의 무림대회라는 말을 듣고 어렴풋이 짐작만 하다가 직접 눈앞에서 목도를 하게 되자 그 잔인성을 실감했던 것이다.

용악산은 이미 저런 것들보다 훨씬 잔인한 장면을 많이 봐왔고, 때로는 자신이 그 주인공이기도 했다.

그럼에도 불구하고 이처럼 눈살이 찌푸려지는 것은 잔인한 장면을 보고 광분하는 군중들 때문이었다.

이건 집단 광기였다.

갈의인의 몸에서 빠져나온 핏물은 가느다란 촉검의 검신을 타고 바닥으로 뚝뚝 떨어져 내렸다.

그럼에도 불구하고 갈의인은 자신의 몸에 박힌 촉검을 뽑을 생각을 못했다.

무인이 대적을 눈앞에 두고 검을 뽑는 것은 미친 짓이다.

우선은 뽑은 후 출혈을 멈추게 할 방도가 없고, 다음엔 상처를 통해 진기가 빠져나가기 때문이었다.

그런 갈의인의 맞은편에는 날렵한 몸매에 음산한 분위기를 풍기는 청의인이 노려보고 있었다.

그는 허리춤에 아직 네 자루의 촉검을 더 차고 있었다.

그의 손에 들린 두 자루와 갈의인의 몸에 박은 두 자루를 합하면 도합 여덟 자루였다.

두 사람은 바짝 갈기를 세운 짐승처럼 서로를 노려보는 동시에 원을 그리며 돌았다.

걸음걸음은 달걀을 밟듯 조심스러웠으며, 정광을 번뜩이는 눈동자는 상대의 작은 동작 하나라도 놓치지 않으려는 듯했다.

시간을 끌면 끌수록 불리한 것은 철노를 든 갈의인이었다.

그로서는 출혈이 더 심해지기 전에 싸움을 끝내야 했다.

그래야 살아남을 가능성이 조금이라도 있었다.

반면에 측검을 든 청의인으로서는 서두를 이유가 전혀 없었다.

쓸데없는 모험을 할 필요 없이 그저 시간을 끌기만 해도 승리는 그의 것이었다.

하지만 팽팽한 긴장감을 끊어놓은 것은 갈의인이 아니라 청의인이었다.

"갈!"

날카로운 기합과 함께 청의인의 신형이 허공으로 솟아올랐다.

눈이 번쩍 뜨일 만큼의 탄력.

갈의인은 재빨리 한 걸음을 뒤로 빼더니 아래를 향해 철노를 휘두르며 원을 그렸다.

마침내 철노의 원심력이 최고조에 이르렀을 때는 청의인의 머리 위로 떨어지고 있었다.

저대로 적중하기만 한다면 머리통이 산산이 부서질 상황.

하지만 청의인은 허리를 살짝 틀어 철노를 가볍게 흘려보냈다.

그 모습이 마치 깃털처럼 가벼웠다.

참으로 절륜한 신법이다.

투박한 몽둥이로는 바람에 나부끼는 깃털을 아무리 내려쳐도 때릴 수 없는 것과도 같은 이치.

청의인이 누군지는 모르지만 일신에 지닌 무공이 범상치 않았다.

그 순간 번쩍하는 빛과 함께 두 개의 촉검이 아래로 내리꽂혔다.

"커헉!"

갈의인은 짧은 단말마와 함께 어깨에 촉검 두 자루를 깊숙이 박은 채로 주춤주춤 물러났다.

갈의인의 얼굴엔 당혹스런 기색이 역력했다.

이로써 몸에 네 자루의 검을 박은 셈이었다.

세상에 검을 네 자루나 박고도 살아 있다니.

그러고서도 싸움이 계속되다니.

만약 이곳이 창룡전이 벌어지는 곳이었다면 즉각 비무가 중단되고 의원들이 달려오는 등 한바탕 난리를 치렀을 것이다.

하지만 이곳에선 싸움을 말리려는 사람이 아무도 없었다.

오히려 피를 본 군중들이 더욱 광분했다.

죽여라, 찢어라! 하는 섬뜩한 말들이 경쟁을 하듯 쏟아져 나왔다.

청의인은 여유로운 태도로 뒤돌아서더니 군중들을 향해 손을 흔들었다.

그는 강자에게 쏟아지는 찬사를 마음껏 즐기고 있었다.

그러나 갈의인도 만만치 않았다.

몸에 검을 네 자루나 박은 상태에서도 찰나의 틈을 노려 철노를 휘두른 것이다.

파아아앙!

굵은 철노가 밤공기를 찢었다.

그 순간 청의인이 홱 돌아섰다.

동시에 허리춤에 꽂혀 있던 촉검 두 자루가 갈의인을 향해 쏘아졌다.

파팟!

손등을 뚫고 들어간 촉검은 팔뚝을 관통하더니 팔꿈치를 뚫고 나왔다.

이번엔 두 팔이 통째로 꼬치에 꿰인 듯한 모습.

이로써 모두 여섯 개의 검이 갈의인의 몸에 박혔다.

놀라운 일이었다.

고통이 지독할 텐데도 불구하고 갈의인은 신음 한 번 내지르지 않았다.

구멍 뚫린 가죽 부대처럼 온몸에서 피가 줄줄 새는 데도 불구하고 그는 아직 살아 있었다.

이건 그의 무공이 높아서라기보다 사혈을 피해 찌르는 청의인의 무공이 고절하기 때문이었다.

용악산은 묘한 시선으로 두 사람의 무공을 분석했다.

청의인의 공격 방식에는 일종의 거듭되는 습관이 있었다.

한 번에 꼭 두 자루씩의 검을 상대방의 몸에 박아 넣는다는 것.

그리고 상대가 반격할 틈을 주지 않고 튕겨져 나간다는 것.

그건 청의인이 탄력적인 보법에 바탕을 두고 치고 빠지는 작전에 능하다는 걸 의미했다.

갈의인의 공격에도 반복되는 습관이 있었다.

철노가 무거운 탓인지, 아니면 초식이라고는 그것밖에 모르는지, 그는 시종일관 머리 위에서 아래를 향해 내려치는 방식으로만 공격했다.

이런 초식은 원시적이라고 할 만큼 기초적인 것이어서 어느 무공에나 비슷한 이름이 하나씩은 존재했다.

일도양단(一刀兩斷)이니 태산압정(泰山壓頂)이니 하는 것들이 그런 것이다.

상대방이 빤히 알아차릴 텐데도 불구하고 사내는 왜 저렇게 단순한 공격만 하는 걸까.

군중들의 함성은 이제 극에 달했다.

청의인에게 마지막 남은 두 자루의 촉검이 갈의인의 어딘가에 꽂히는 순간 싸움이 끝날 것임을 알기 때문이었다.

승부는 바야흐로 결정적인 순간을 맞이하고 있었던 것이다.

"황하의 촌놈이 하필이면 팔비검(八飛劍)을 만나 고생을 하는군요."

하풍달이 말했다.

"팔비검?"

용악산이 되물었다.

"저 청의 장삼을 입은 놈 말입니다. 여덟 자루의 촉검(觸劍)을 성명병기로 쓰는데, 손속이 악랄하기로 유명하지요. 두 자루씩 차례대로 상대방의 몸에 박아 넣다가 마지막 순간에 꼭 두 눈에 찔러 넣는다고 해서 척목살귀(刺目殺鬼)라고도 부릅니다. 원래 어느 흑도 방파의 고문 기술자였다는 소문이 있습니다."

"몹쓸 놈이구나."

"잔인한 만큼 실력도 따라주죠. 황하 일대에서는 악명 높은 살인마거든요. 저 뱃사공이 손님들을 실어 나르다가 누군가 떨어뜨린 무공서 하나를 주워 익혔나 봅니다만, 팔비검의 적수는 아닙니다."

실제로 그랬을까마는 하풍달은 뱃사공 출신으로 짐작되는 갈의인의 무공을 그렇게 폄하했다.

그게 꼭 무리는 아니어서 실제로도 갈의인의 무공은 초식이 서툴고 보법도 형편없었다.

"글쎄, 꼭 그렇지만도 않을걸?"

"예?"

"저 뱃사공, 무공은 어떨지 모르나 제법 독종이야. 온몸에서 피가 줄줄 새는데도 비명 한 번 지르지 않잖아. 시종일관 상대에게서 눈을 떼지 않는 투지도 대단하고."

"그렇다고 해서 승부가 바뀌진 않을 겁니다. 그러기엔 너무 늦은 것 같은걸요."

"실전에선 언제나 마지막에 웃는 자가 승자다."

"하하, 대사형, 그거야 당연한 이치……."

"승기를 잡았다고 방심했다간 한칼에 죽는다는 뜻이야."

고개를 젖히고 웃던 하풍달은 입을 덥석 닫았다.

용악산의 서슬이 시퍼랬기 때문이다.

하지만 용악산이 말은 도무지 이해할 수가 없었다.

천지가 개벽하지 않는 한 온몸에 고슴도치처럼 검이 꽂힌 뱃사공이 판세를 뒤집을 일은 일어나지 않을 것이기 때문이었다.

바로 그 순간 팔비검이 신형을 날렸다.

아까와 똑같은 동작, 똑같은 위치였다.

하지만 손에 쥔 두 자루의 촉검에서 변화가 일어났다.

곧장 갈의인의 눈을 찌르지 않고 그의 가슴에 자신이 미리 박아둔 촉검의 손잡이를 툭 건드린 것이다.

가슴을 파고든 촉검의 끄트머리가 장기를 휘저으면서 갈의인은 고통에 찬 비명을 질러야 정상이었다.

전신을 짜르르 울리는 고통을 느끼는 순간엔 제아무리 독종이라도 근육이 움츠러들며 동작이 둔해지기 마련이었다.

팔비검은 그 찰나를 이용해 갈의인의 두 눈에 촉검을 박을 생각이었던 것이다.

군중들이 지켜보는 가운데 가장 멋지고 가장 잔인한 모습으로.

그런데 갈의인은 가슴을 불로 지지는 듯한 고통을 느끼면서도 철노를 곧장 치켜들었다.

이번에도 같은 방식의 공격이었다.

빤히 보이는 수법.

아니나 다를까, 팔비검은 곧장 손을 뻗어 철노를 휘감아 앞으로 당겼다.

몇 번이나 되풀이되는 공격으로 그 규칙성과 속도를 가늠한 것이다.

갈의인의 신형이 끈 떨어진 연처럼 팔비검을 향해 맥없이 딸려갔다.

팔비검이 한 손으로 모아 쥔 두 자루의 촉검이 젓가락처럼 쩍 벌어지며 갈의인의 눈을 찔러갔다.

갈의인이 갑자기 철노를 버리고 자신의 가슴에 박힌 촉검 하나를 뽑아 든 것도 동시였다.

숫!

한순간 촉검이 팔비검의 머리 위에서 아래로 그어졌다.

검영은 찰나의 순간 나타났다가 사라졌다.

철노를 내려칠 때와는 비교도 할 수 없을 만큼 빠르고 정확한 일도양단!

두 사람이 서로를 껴안듯이 찰싹 달라붙어 버렸다.

"......!"

"......!"

"......!"

좌중이 찬 물을 끼얹은 것처럼 조용해졌다.

잠시 후 팔비검의 눈동자에 기광이 어리더니 정수리에서부터 한 줄기 선혈이 흘러내렸다.

갈의인이 팔비검을 밀침과 동시에 아랫배에 박혀 있는 촉검을 쑤욱 뽑았다.

팔비검은 신형이 썩은 고목나무처럼 뒤로 넘어갔다.

바닥에 털썩 쓰러졌을 때는 정수리에서부터 아랫배까지 둘로 갈라져 있었다.

참혹하기 짝이 없는 광경에 하풍달이 고개를 돌리며 입을 틀어막았다.

"우욱!"

하지만 장내의 군중들은 목이 터져라 고함을 질렀다.

반전의 짜릿함이 척추를 타고 온몸으로 전해졌기 때문이다.

그 함성이 어찌나 컸던지 수채 전체가 출렁거릴 정도였다.

"꿀꺽… 후우우……."

목구멍까지 올라온 무언가를 억지로 삼킨 하풍달은 놀라움을 금할 수가 없었다.

정말 용악산의 예상대로 되지 않았는가.

누가 봐도 팔비검의 승리가 분명했는데 기어이 상황이 반전된 것이다.

용악산은 과연 저들의 싸움에서 자신은 보지 못하는 어떤 것을 본 것일까.

언제나 느끼는 거지만 용악산은 참으로 측량할 수 없는 안법을 지녔다.

그사이 몇 사람이 튀어나와 팔비검의 시체를 끌고 들어갔다.

그가 끌려가면서 바닥엔 긴 피의 길을 만들었다.

황하 일대를 진동시키던 팔비검의 전설이 사라지는 순간이었다.

옛 영웅의 죽음은 새로운 영웅의 탄생을 의미한다.

장내에는 팔비검을 죽인 갈의인에 대한 찬사의 박수가 우레처럼 쏟아졌다.

하지만 그는 살아날 수 있을지조차 의심되는 중상을 입은 상태였다.

그의 동료로 보이는 몇 사람이 재빨리 장내로 뛰어들더니 갈의인을 부축해 사라졌다.

그때 표자룡이 말했다.

"노수룡(老水龍) 벽탁. 무공이 낯이 익다 했더니, 그의 제자였군요."

"저자를 아느냐?"

용악산이 물었다.

"저자는 몰라도 그가 쓰는 무공의 원류는 좀 알지요. 노수룡은 강하방(江河幫) 방주의 별호입니다. 한 자루 철노를 주무기로 쓰는데, 탄천경망곤(彈川驚蟒棍)은 그의 유명한 성명절기죠."

'수면을 때려 물귀신을 놀라게 한다?'

마도백가의 서고에서 읽어본 적이 있었다.

시종일관 머리 위에서 아래로 내려치는 초식과 잘 어울리는 이름이었다.

하지만 사내가 탄천경망곤을 대성하기에는 아직 갈 길이 멀어 보였다.

그건 사내의 문제라기보다 사내가 속한 방파의 문제였다.

강하방은 나룻배의 권리를 독점한 방파였다.

나룻배가 있는 곳이라면 어디나 이런 강하방의 힘이 미쳤는데, 실상은 수로에 기생하는 수많은 방파들 중 가장 약한 부류에 속했다.

그럼에도 불구하고 그 명맥이 끊어지지 않는 것은 나룻배를 부린다는 것이 무공보다는 순전히 늙은 뱃사공들을 통해 구전되어 오는 해박한 지식과 경험에 의해 좌우되기 때문이었다.

"강하방은 좀처럼 무림의 일에 관여를 하지 않는다던데, 뜻밖인걸."

용악산이 말했다.

엄격히 말하면 묘왕전도 무림의 일이라 할 수 있었다.

사람이 죽고 나는 일이니 은원이 생길 수도 있고, 은원이 생기면 힘없는 강하방으로선 골치 아파진다.

실제로 묘왕전의 결과를 두고 흑도들 사이에서 왕왕 복수전이 벌어진다는 건 잘 알려진 사실이었고, 그것에 대해 왈가왈부하지 않는 것 또한 묘왕전의 괴상한 불문율이었다.

즉, 묘왕전에 참가를 하려면 많은 것을 각오하고 출전해야 했다.

강하방은 그런 위험을 감수하고서도 묘왕전에 사람을 내보낸 것이다.

한데 표자룡의 대답은 아주 간단했다.

그리고 그 대답이 용악산과 하풍달의 뒤통수를 때렸다.

"정파의 후기지수들이 창룡전에 참전하는 하는 것과 같은 이유죠."

"……!"

"……!"

용악산은 문득 이상한 생각이 들어 다시 질문을 했다.

"묘왕전을 주최하는 자들은 누구지?"

"그것은 알 수 없습니다."

"알 수가 없다니? 이렇게 엄청난 일을 벌어지고 있는데 그 배후를 알 수가 없단 말이야?"

"사람들이 아는 것은 그저 한 달에 한 번 보름달이 뜨는 밤 황하 위에서 묘왕전이 펼쳐지고, 누군가 흑화를 통해 정확한 장소를 공지한다는 정도죠. 다만 황하 위에서 무언가를 하려면 반드시 황하수로맹의 허락이 있어야 한다는 것을 감안할 때, 어떤 식으로든 그들이 관련되어 있을 거라고 짐작만 할 뿐이죠."

"규칙은?"

"그런 건 없습니다. 둘 중 누군가 쓰러지기 전에는 끝나지 않는다는 것 외에는."

"꼭 상대를 죽여야 하나?"

"누군가 죽어야 싸움이 끝난다는 건 과장된 말입니다. 그건 생물적인 죽음보다는 무인으로서 사회적인 죽음을 의미하죠."

"한 번의 패배로 무인으로서의 명성을 잃는다는 건 지나친 해석이 아닐까?"

"여긴 흑도들의 세상이니까요. 흑도의 세계에선 약해 보이는 순간 죽는 겁니다. 그것이 적이 되었든 수하가 되었든……."

용악산은 허망한 생각이 들었다.

진정 강존약종(强存弱從)의 법칙은 세상의 모든 존재들이 숙명처럼 안고 살아야 하는 우주의 질서일까.

그래서 힘없고 약한 자들은 평생 머리만 조아리며 살아야 하는 것일까.

낮은 곳에서부터 세상을 바꾸자던 생각이 어쩌면 처음부터 불가능한 것이었는지도 모른다는 생각이 들었다.

어쨌거나 흑도의 세계에서는 약하다는 것은 곧 죄가 된다는 것을 용악산은 표자룡의 말을 통해 실감할 수 있었다.

"하지만 대부분은 상대를 죽이죠. 군중들이 피를 원하는 탓도 있지만, 살려두었다간 언제 어디서 습격을 받을지 모르니까요. 그리고 진짜 싸움은 아직 시작하지도 않았습니다."

"무슨 뜻이냐?"

"분위기가 무르익으면 저자가 나설 겁니다. 진짜는 그때부터죠."

표자룡이 말을 하면서 손을 들어 북쪽의 배 한 척을 가리켰다.

다른 화선과 달리 이층으로 누각을 올리고 그 둘레에 망루를 세운 일종의 판옥선이었다.

그 망루의 한곳에 거치도(鋸齒刀)를 든 장한이 서 있었다.

어피로 만든 옷 사이로 구릿빛 근육이 꿈틀대고 그늘진 눈동자에서는 흉광이 번뜩였다.

한눈에 보기에도 어두운 분위기를 물씬 풍기는 사내.

"황하신룡(黃河神龍) 여불기. 묘왕전이 배출해 낸 최고의 영웅이죠."

말을 하면서도 표자룡은 그 사내에게서 시선을 떼지 않았다.

용악산은 표자룡의 불꽃같은 눈빛에서 강렬한 투지를 읽었다.

"그가 그렇게 강한가?"

슬쩍 한번 넘겨짚어 보았다.

"묘왕전에서만 서른 번이 넘도록 싸워서 살아남았죠. 그것만으로도 그의 강함은 충분이 증명이 됩니다."

"곁에 있는 사람은 누구지?"

용악산은 황하신룡이라는 사내보다 그의 곁에 앉아 있는 인물에게 시선이 더 끌렸다.

백발의 수염에 비해 얼굴은 붉은빛을 띠고 있어 기괴한 느낌을 주는 노인이었다.

초로의 나이에도 불구하고 단단한 체구와 정광이 번뜩이는 눈동자에서는 가히 일대 종사의 풍모가 느껴졌다.

좌우에는 서릿발 같은 기도를 풍기는 십여 명의 거한들이 사방을 무섭게 노려보며 호법을 펼치고 있었다.

마도백가의 서고에서 읽은 열전(列傳)에서 본 듯하지만 그의 신분이 너무나 대단하여 다시금 표자룡에게 확인하고 싶었다.

"만도일제(萬刀一帝) 황의백. 황하신룡의 사부이지요."

만 가지 도법에 정통했다는 도수(刀手)! 무림 서열 오십 위권 안에 드는 초절정의 고수이자 황하수로맹(黃河水路盟)의 맹주였다.

복수가 사실상 묵인되는 묘왕전에서 서른 번이 넘는 싸움을 하는 동안 살아남았다 하여 어떤 배경이 있나 궁금했더니, 과연 그럴 만했다.

황하수로맹주의 제자라면 제아무리 흑도의 거물이라고 하더라도 감히 누가 복수를 생각할 것인가.

하지만 그런 것들보다 더 용악산의 호기심을 자극하는 것이 한 가지 있었다.

"너도 참가를 했더냐?"

용악산의 갑작스런 말에 곁에서 듣고 있던 하풍달이 놀란 눈을 치켜떴다.

항주에 사는 표자룡이 하남에서 열리는 묘왕전에 대해 지나치게 소상히 알고 있다는 생각을 하기는 했지만 설마 그가 묘왕전에 참가를 한 적이 있을 줄이야.

정작 표자룡은 차분하게 대답했다.

"살문의 격언 중에 상대가 청부받았다는 사실을 알게 죽이면 하책이요, 모르게 죽이면 상책이라는 말이 있죠."

이는 청부를 받은 대상자로 하여금 자신이 살인 청부를 받았다는 사실조차도 모르는 상태에서 죽이라는 뜻이다.

그러한 일이 상책이 되는 이유는 아주 간단했다.

본시 살인이라는 것은 또 다른 복수를 부르는 혈채의 상속
이었다.

하지만 묘왕전을 통해 사람을 죽이면 살인 청부가 아닌 무
인 간의 생사결을 통한 사고사가 되는 것이다.

물론 생사결의 대상자가 복수의 대상으로 남겠지만 그건 거
기서 끝이 나는 것이다.

결국 청부자에게까지 화가 미치지 않는다는 뜻.

표자룡은 오래전 이곳에서 묘왕전을 이용해 한 사람을 죽인
것이다.

표자룡의 아픈 과거가 되새김질되는 순간이었다.

"풍달아, 어서 춘보를 찾아라."

용악산은 표자룡에게 과거를 상기시키고 싶지 않아 화제를
돌렸다.

"휴우, 찾을 필요도 없겠는데요."

하풍달이 땅이 꺼져라 한숨을 쉬더니 턱으로 박투장 한쪽을
힐끗 가리켰다.

그곳에는 대초자곤을 등에 멘 거대한 사내 채홍만이 삐죽삐
죽 걸어나오고 있었다.

곁에는 들창코 공춘보가 잔뜩 돈독이 오른 얼굴로 따라왔다.

第二章

공춘보의 속셈

天山刀客

공춘보는 원래 한 시진 전에 궁가촌에 도착했다.

하지만 곧 커다란 난관에 봉착했다.

묘왕전이 열리는 곳이 강의 한복판이라 뗏목을 타고 갈 돈이 없었던 것이다.

결국 채홍만과 함께 물속에서 잠복(?)해 있다가 어수룩해 보이는 흑도 몇 명이 뗏목을 타고가자 얼른 뒤에서 밀어버리고는 뗏목을 탈취했다.

어찌어찌하여 수채에 도착하자 이번엔 생각보다 많은 사람들로 인해 깜짝 놀랐다.

게다가 묘왕전은 자신이 생각하는 것과 달라도 한참 달랐다.

우선 우승 상금 십만 냥은 수많은 도전자들을 물리친 연후 마지막까지 남아야 탈 수 있었다.

공춘보는 그때까지 기다릴 형편이 안 되었다.

대사형이 알면 날벼락이 떨어질 것이기 때문이었다.

지금쯤이면 자신들이 없어진 걸 알고 화가 단단히 났을 텐데, 얼른 돌아가 술 한잔 걸치느라 깜빡한 것처럼 연극을 해야할 것이 아닌가.

그래도 날벼락이 떨어지는 것은 어쩔 수 없겠지만 날밤을 꼬박 새고 들어가는 것보다야 덜하지 않겠는가.

더불어 단번에 채홍만의 문제를 해결하고 자신도 좀 어떻게 묻어가고 싶었다.

궁하면 통한다고 했던가.

방법이 아주 없는 것도 아니었다.

딱 한 번만 참가를 해 판돈을 건 다음 한몫 단단히 챙기고 빠지면 되는 것이다.

'두당 한 냥씩만 걸어도 얼마냐. 으흐흐.'

공춘보는 채홍만의 등을 억지로 떠밀어 박투장 한가운데에 세웠다.

엄청난 거인의 등장에 군중들이 술렁거렸다.

험상궂게 생긴 얼굴하며 떡 벌어진 어깨, 거기다 무시무시한 쇠몽둥이까지 가세해 이번에야 말로 판다운 판이 벌어지겠구나 싶은 것이다.

공춘보는 노름꾼 출신이었다.

그는 어떻게 해야 사람들이 흥분하는지 잘 알고 있었다.

사람들의 호기심이 최고조에 달할 때까지 잔뜩 시간을 끈 다음 헛기침을 했다.

"험험."

예상대로 웅성거리는 소리기 잦아들며 사람들이 공춘보에게 집중을 했다.

"이 친구는 원래 북서쪽 산악 지대의 벌목꾼이었소. 청운의 뜻을 품고 천하를 주유하다가 장가들 밑천 마련을 위해 이렇게 찾아온 것이오."

공춘보는 일부러 채홍만을 무림과 연관시키지 않았다.

그렇지 않아도 좌중을 압도하는 덩치인데 그나마 내력이라도 만만해야 도전하는 자가 나타나지 않겠는가.

전혀 거짓은 아니었다.

실제로 공춘보는 채홍만이 금룡문에 들어오기 전 나무꾼이었다고 알고 있었으니까.

장가들 밑천 운운하는 것도 따지고 보면 그리 틀린 말은 아니었다.

어쨌든 공춘보의 설명이 용케도 채홍만의 분위기와 맞아떨어졌다.

무거운 통나무와 씨름하느라 만들어졌을 법한 근육덩어리와 대충 손에 잡히는 대로 집어 든 듯한 쇠몽둥이, 무엇보다 이런 곳이 처음인 듯 쑥스러워하는 모습에서 물정 모르는 시골 구석의 투박한 사내로 보였던 것이다.

좌중이 다시 잠잠해지기를 기다려 공춘보가 목청을 높였다.

"자자, 이 친구에게 무림인의 진맛을 알게 해줄 사람 있으면 나오시오."

공춘보가 말을 하면서 좌중을 쓰윽 둘러보았다.

"쯧쯧쯧, 잘한다, 잘해."

군중들 속에서 이 모습을 보고 있던 하풍달은 혀를 찼다.

묘왕전에 갔다기에 대충 투전을 하려는 줄 알았지, 채홍만을 직접 참가시킬 줄이야.

"냉큼 끌고 올까요?"

하풍달이 용악산을 보며 물었다.

그때 웬 쉰 목소리 하나가 두 사람 사이에 끼어들었다.

"이제야 조금 흥이 나려는데 왜?"

강퍅한 인상의 늙은이, 독행천괴였다.

그가 창룡전의 후기지수들을 데리고 사라진 후 이곳에 나타난 것이다.

"다른 이들은 어쩌고……?"

하풍달이 말꼬리를 흘리며 조심스럽게 물었다.

그는 독행천괴보다 그가 부추겨 데리고 간 창룡전 후기지수들의 소식이 더 궁금했다.

"다른 이들이라니?"

독행천괴는 시치미를 뚝 뗐다.

"아시지 않습니까."

"아, 창룡전의 후기지수들? 나야 모르지."

"예?"

하풍달이 목을 쭉 내밀었다.

정작 창룡전의 후기지수들을 데려갈 땐 언제고 이제 와서 모른다니.

"그런데 그걸 왜 나한테 묻는 건가?"

"그야……."

"난 묘왕전이 열리는 곳이 어딘지만 가르쳐 줬을 뿐, 아무 상관이 없다고."

그제야 하풍달은 독행천괴가 알면서도 시치미를 떼는 이유를 눈치챘다.

그는 뒷일을 책임지지 않기 위해 일부러 그들과 거리를 두는 것이었다.

"험험, 그것보다 자네는 여기 왜 왔는가?"

독행천괴가 이번엔 용악산에게 물었다.

"사제를 찾으러 왔습니다."

"오호라, 저 덜떨어진 녀석이 자네 허락도 없이 묘왕전에 참가를 했나 보군."

"신비검객이 여기 있다고 생각하십니까?"

용악산이 뜻밖의 질문을 하자 독행천괴는 움찔 놀랐다.

"역시 자네는 못 속이겠군."

"왜 그가 여기 있을 거라고 생각하는 거죠?"

"사실상 창룡전의 마지막 관문이 이곳에서 열리고 있지 않은가. 눈이 달리고 귀가 달렸다면 여기로 달려오겠지. 이미 저들 속에 섞여 있는지도 모르고."

"그래서 후기지수들을 부추겼군요. 무림맹주보다 빨리 찾아내기 위해."

"이 친구, 큰일 낼 사람이로군. 부추기긴 누가 부추겨? 그리고 그놈들이 어디 부추긴다고 넘어올 놈들인가?"

겉으로 보기엔 책임을 회피하려는 말 같지만 사실 독행천괴의 말속엔 간과하기 쉬운 이면의 통찰력이 있었다.

그의 말처럼 창룡전의 후기지수들은 누군가에 부추김 때문에 사지에 뛰어들 만큼 철부지들이 아니었다.

"다른 녀석들은 몰라도 남궁휘와 모용광은 십청룡이라 불리는 놈들일세. 강호에서 십청룡이라는 칭호는 그리 가벼운 것이 아니라네."

결국 스스로의 의지로 왔다는 말.

"하면 무엇 때문에 제 발로 묘왕전을 찾아온 걸까요?"

"반쪽자리 승리를 하기엔 자존심이 허락지 않았던 게지. 묘왕전까지 석권하고 싶은 욕심도 있고."

용악산이 덧붙여 말했다.

"반드시 이길 자신이 있었던 거로군요."

"후훗, 역시. 자네랑은 말이 통하는구만."

"그래도 의문이 가시지 않는 것이 있습니다."

"누가 창룡전의 후기지수들을 끌어들였느냐 하는 것이겠지?"

용악산은 긍정의 표시로 살짝 고개를 끄덕였다.

"자네도 나와 비슷한 생각일 줄 알았는데……."

독행천괴는 선뜻 자신의 생각을 내놓지 않고 용악산을 넌지시 떠보았다.

하지만 용악산과 생각이 같을 거라고 말을 함으로써 사실상 자신의 의견도 내비친 셈이었다.

용악산과 독행천괴가 서로의 눈빛을 보면서 동시에 생각했다.

'신비검객!'

그 시선을 떼지 않은 상태에서 독행천괴가 말했다.

"자네도 단순히 사제를 찾기 위해서만 여기 온 것은 아닐 텐데……."

아주 묘한 말이었다.

그때 군중들이 술렁거리기 시작했다.

생사결이 열리는 박투장에서 누군가 채홍만을 상대하겠다고 나선 것이다.

*   *   *

공춘보는 채홍만에게 덤비겠다고 나선 작자가 영 부실해 보여서 실망이었다.

몸매는 야들야들한 것이 꼭 계집애 같았고, 달빛 아래에 파르라니 드러난 손목은 닭 모가지 비틀 힘도 없을 것 같았다.

야밤에 빳빳하게 풀을 먹인 백의 장삼을 입은 것은 또 무슨 수작인가.

'남색인가?'

어리둥절하기는 군중들도 마찬가지인 것 같았다.

"난주에서 온 양주동이라고 하오. 한 수 가르침을 청하오."

백의인의 입에서 듣기만 해도 귀를 씻어주는 것 같은 옥음이 흘러나왔다.

포권을 하는 동작에도 기름이 좔좔 흘렀다.

'양주동… 양주동, 어디선가 많이 들어본 이름인데.'

공춘보는 아무리 머리를 굴려보아도 도무지 기억이 나질 않았다.

하지만 곧 사람들이 돈을 걸기 시작하자 사내에 대한 생각은 까맣게 잊었다.

돈을 거는 방식은 아주 간단했다.

전대(錢儓)라는 사람들이 다가오면 돈을 맡기고 맡긴 액수만큼의 배표를 받는다.

이때 배표에는 각각 전(前), 후(後)라는 글자가 새겨져 있는데 전은 앞에 나온 사람, 후는 뒤에 나온 사람을 일컫는다.

군중들은 대부분 채홍만에게 걸었다.

공춘보가 벌목꾼이니 장가들 밑천을 마련하러 왔다니 하며 과거를 날조했지만 워낙 체구가 장대한데다 도전자의 면면이 보잘것없었기 때문이다.

이건 공춘보가 예상한 상황이 아니었다.

사람들이 다른 이들에게 돈을 걸때 자신은 채홍만에게 걸어 배당금의 액수를 높이는 것이 원래의 목표였다.

역시 지나치게 큰 체구가 문제였다.

무림인이라면 체구가 문제가 아닐 텐데도 불구하고 채홍만이 워낙 크다 보니 사람들의 머릿속에 들어있는 고정관념을 깨뜨릴 수가 없었던 것이다.

이렇게 되면 얘기가 달라진다.

할당되는 몫이 작더라도 채홍만에게 걸 것이냐, 아니면 위험을 감수하고서라도 상대에게 걸 것이냐를 두고 갈등을 해야 하는 것이다.

게다가 어쩐지 저 백의청년을 보고 있노라면 마음 한구석이 찜찜했다.

그때 전대가 곁에 다가와 물었다.

"당신도 걸 거요?"

공춘보는 심각하게 갈등했다.

과연 채홍만이 이길 수 있을까?

설사 이긴다고 해도 돌아오는 몫이 너무 작은데.

그때 여기저기서 전대를 부르는 소리가 들려왔다.

그 소리에 전대가 짜증을 냈다.

"걸 거요, 말 거요?"

"에따, 모르겠다."

공춘보는 오랜 도박사로서 자신의 직감을 믿었다.

결국 공춘보는 한 시진 전부터 찔끔찔끔 따서 모은 돈 쉰 냥을 모두 걸었다.

싸움이 시작되었다.

애초 맨손이었던 백의청년은 소맷자락에서 접선 하나를 꺼내 들었다.

접선을 촤라락 펼치는 순간 날카롭게 삐져나온 강철 살대가 보였다.

백의청년은 접선으로 탐스럽게 기른 머리카락을 살랑살랑 부치면서 채홍만의 주위를 돌았다.

채홍만은 그때까지도 대초자곤을 뽑아 들지 않은 상태였다.

그게 군중들의 눈에는 강자의 여유로 보였다.

누가 봐도 이건 어른과 아이의 싸움이었다.

거인과 날렵한 몸매의 백의청년.

과연 어떤 식으로 싸움이 펼쳐질까 모두 궁금해하는데 백의청년의 선공이 시작되었다.

번쩍하는 순간 미끄러지듯이 나아간 그가 접선으로 채홍만의 무릎을 찔렀다.

어느새 접혀 있던 접선은 작은 곤봉과 같은 역할을 했다.

채홍만은 그 자리에서 꿈쩍도 않고 다리를 볼썽사납게 쩍 벌려 백의청년의 접선을 피했다.

백의청년의 반격은 놀라웠다.

대개 체구가 큰 사람을 상대로 해서 첫 공격이 실패하면 위에서 떨어지는 주먹을 피하기 위해서라도 재빨리 물러나야 했다.

하지만 백의청년은 뒤로 물러나기는커녕 연기처럼 흐릿해지는가 싶더니 채홍만의 가랑이 사이로 쏙 빠져나갔다.

동시에 뒤에서 채홍만의 등을 향해 일격을 가했다.

파앙!

둔탁한 소리와 함께 등에 일격을 가격한 백의청년은 그 반동으로 뒤로 몇 걸음을 물러났다.

하지만 채홍만은 손을 뒤로 돌려 등을 한 번 긁적긁적했을 뿐이었다.

군중들은 웃음을 터뜨렸다.

"……!"

당황한 백의청년은 자신의 손에 들린 접선과 채홍만의 등을 번갈아 바라보았다.

뭐 이런 괴물이 있나 하는 표정.

화가 난 백의청년은 갑자기 소맷자락 속에서 접선 하나를 더 꺼내 들었다.

두 개의 접선을 양손에 쥐고 맹렬한 속도로 휘두르니 그의 주변엔 갑자기 돌풍이 불기 시작했다.

바닥의 통나무 사이사이로 물방울이 튀어 올라 장관을 연출했다.

여기가 만약 뗏목 위가 아니었다면 자욱한 흙먼지가 백의청년을 에워쌌을 것이다. 그러나 비록 흙먼지는 아니었지만 백의청년의 동작을 감추기에는 충분했다.

그러다 어느 순간 거꾸로 치솟는 물보라를 자르며 접선이 튀어 나왔다.

활짝 펼쳐진 채로 맹렬하게 회전하는 접선은 마치 날카로운 톱날과 같았다.

거기다 출수를 보지 못했으니 방어를 하는 사람의 반응 또한 한 박자 느릴 수밖에 없었다.

찌이익!

귀청을 찢는 굉음과 함께 접선은 채홍만의 옷자락을 한 자나 찢고서 백의청년의 손으로 되돌아갔다.

접선의 끄트머리에는 눈에 보이지 않는 가느다란 강사가 연결되어 있었던 것이다.

그나마 다행이었다.

채홍만이 반사적으로 허리를 비틀지 않았다면 접선이 가슴을 가르고 지나갔을 것이다.

찢어진 옷자락 사이로 붉은 혈흔이 비쳤다.

피를 보자 채홍만의 눈동자에 살기가 돌았다.

크르르릉!

등에서 뽑히는 대초자곤이 맹수의 울음처럼 들렸다.

채홍만은 쿵쾅거리며 곧장 백의청년을 향해 달려갔다.

딛고 선 멧목을 흔들며 닥쳐오는 거대한 그림자의 압박감에 백의청년은 한순간 움찔했다.

왠지 잠자는 사자의 콧구멍을 쑤신 듯한 느낌.

그 순간 육 척의 쇠몽둥이 대초자곤이 대기를 찢었다.

부앙!

백의청년이 황급히 뒤로 한 걸음을 물러났지만 채홍만의 팔 길이와 합쳐진 대초자곤의 사정권을 벗어나지 못했다.

"옵!"

죽음을 직감한 백의청년의 눈을 찔끔 감았다.

"……!"

죽음의 공포가 등골을 타고 짜르르 지나갔지만 아무 일도 일어나지 않았다.

백의청년은 슬그머니 눈을 떴다.

대초자곤은 거짓말처럼 자신의 머리 왼쪽에서 우뚝 멈춰 있었다.

머리통이 터져 나가기 직전에 멈춘 것이다.

백의청년은 자신을 노려보는 짐승의 살기에 온몸의 털이 곤 두서는 충격을 받았다.

채홍만은 차마 백의청년을 죽일 수가 없었다.

금룡문에 들어온 이후 불필요한 살생을 하지 말라는 용악산 의 엄명이 있었기 때문이다.

과거 천산에서 수련을 하던 시절 용악산의 명을 어겼다가 병신이 된 사람을 여럿 보았다.

어찌하여 지금은 순한 양의 탈을 쓰고 있지만 그는 한때 동 료들 사이에서 악마라고 불리던 사람이었다.

그 강렬한 각인이 채홍만의 대초자곤을 멈추게 했다.

백의청년은 어리둥절해했다.

그리고 채홍만의 얼굴에서 갈등을 읽었다.

그는 그것이 부족한 독심이라고 생각했다.

거대한 덩치에 어울리지 않게 강호의 경험이 미숙한 애송이 였던 것이다.

생사결은 경험이 칠 할이다.

백의청년은 오늘 자신의 승리를 직감하며 얼른 몸을 뺀 후 다시 접선을 휘두르며 채홍만을 겁박하기 시작했다.

하지만 이번엔 좀 달랐다.

체구에 어울리지 않게 빠른 상대의 동작을 보았고, 그에 반 해 마음은 심약하기 짝이 없다는 것도 알았다.

이런 상대는 십중팔구 현란한 초식에 당황하게 마련이었다.

두 자루의 접선이 허공에 수많은 허영을 만들어냈다.

아니나 다를까, 채홍만은 당황한 나머지 긴 대초자곤을 휘 둘러 상대가 접근을 하지 못하도록 방어를 하기에만 급급했 다.

마치 벌에 쏘인 아이가 뒤늦게 벌의 무서움을 알고 무작정 작대기를 휘두르는 모습이랄까.

따앙! 따앙!

강철 살대로 만든 접선이 대초자곤을 때리면서 쇠북을 두들 기는 소리가 났다.

몇 번 부딪쳐 본 후 백의청년은 더욱 자신감이 생겼다.

동시에 날개를 편 접힌 접선 하나가 백의청년의 손을 떠났 다.

노리는 것은 거인의 목.

정확히만 자른다면 코끼리도 피를 콸콸 흘리면서 쓰러질 급소 중의 급소.

하지만 채홍만은 이번에도 접선을 피했다.

몸을 약간 비트는 정도의 아주 간단한 동작이었다.

백의청년이 보기에 어떤 심오한 무리가 담겨 있는 것 같은데.

'설마, 저 곰 같은 녀석이!'

약이 바짝 오른 백의청년이 갑자기 두 개의 접선을 서로 교차해서 훑었다.

그러자 종잇조각이 갈기갈기 찢겨져 나가며 은백색으로 빛나는 강철 살대만 남았다.

그 모습이 꼭 끝이 날카로운 판관필 한 묶음을 쥔 것 같았다.

하지만 그것을 다시 열 손가락 마디사이에 끼우자 접선은 판관필에서 다시 호조로 변신했다.

단순한 호조가 아니었다.

급박한 순간에 저것들을 상대의 사혈을 향해 뿌리면 가공할 암기가 되는 것이다.

접선 하나로 다양한 무공을 구사하는 자.

그때 공춘보는 백의청년의 정체를 알아냈다.

"음란묘수(淫亂猫手) 양주동!"

그는 바로 강호의 소문난 음적이었다.

어떤 영약을 먹었는지 십 년 전부터는 나이를 먹지도 않고 각 성을 돌아다니며 소문난 미인들만 골라 사냥하며 즐긴다는 놈.

음적이라는 말에 가려져 있지만 놈은 사실 조공의 대가였다.

강철 살대를 열 손가락에 끼운 모습이 꼭 호랑이의 발톱 같다 하여 음란호수(淫亂虎手)라고도 불렸지만, 대부분은 그가 구역질나는 음적이라는 것을 감안해 고양이의 발톱, 즉 묘수(猫手)라고 불렸다.

진짜 중요한 것은 놈이 간악한 살인마라는 것.

대충 피를 보고 끝낼 놈이 아니었다.

그는 기필코 채홍만의 목을 따려 할 것이다.

급기야 공춘보가 목이 터져라 고함을 질렀다.

"뭘 멍청하게 보고만 있는 거야!"

공춘보의 외침에도 불구하고 채홍만은 소극적인 자세를 버리지 못했다.

대초자곤을 들고 상대를 몇 번이나 위협했지만 매번 결정적인 순간에 대초자곤을 회수했다.

사람들의 눈에는 음란묘수가 워낙 빨라 대초자곤을 피하는 것으로 보였다.

사람을 죽이는 것은 쉽다.

하지만 죽이지 않고 승리를 거두는 것은 어렵다.

채홍만에겐 지금의 상황이 그랬다.

날카로운 강철 살대를 손가락 사이에 박은 음란묘수가 채홍만의 안쪽으로 무섭게 파고들었다.

그는 이번에야말로 끝장을 볼 심산이었다.

쭉 뻗은 그의 두 손에 꽃처럼 활짝 벌린 한 줌의 강철 살대.

대초자곤의 무시무시함을 아는 음란묘수는 결코 깊이 들어가지 않을 것이다.

채홍만이 대초자곤을 휘두르기 위해 가슴을 활짝 열 때 강철 살대로 가슴을 찢어발기고는 튕겨 나가듯 물러날 것이다.

공춘보가 다시 한 번 빽! 소리를 질렀다.

"저 자식은 음적이야! 넌 한 번도 못해본 그 짓거리를 지금까지 수천 번은 했을 거라고!"

파앙!

대기를 찢는 굉음과 함께 대초자곤이 허공에서 번쩍했다.

지금까지는 볼 수 없었던 가공할 빠르기.

빠칵!

두개골이 깨지는 시원한 소리와 함께 음란묘수가 앞으로 털썩 쓰러졌다.

머리통은 썩은 수박처럼 터져 나갔고, 바닥엔 시뻘건 핏물이 흩뿌려졌다.

채홍만은 그 곁에서 대초자곤을 집어 든 채 씩씩거리며 서 있었다.

저마다 편한 자세로 땅바닥에 앉아 있던 군중들이 모두 벌떡 일어났다.

　놀라운 광경에 침을 삼키는 소리만 꼴딱꼴딱 들려오는가 싶
더니 이내 함성이 하늘을 찔렀다.

第三章

황하의 젊은 영웅

天山刀客

"홍만이와 춘보를 데려와라."

용악산의 입에서 서늘한 목소리가 흘러나왔다.

하풍달은 소매를 걷어 붙이고 재빨리 군중들 사이로 사라졌다.

"껄껄껄, 전에도 느꼈지만 자네 사제라는 저 녀석, 힘 하나는 타고났군그래."

독행천괴는 용악산을 힐끗 보더니 다시 말을 이었다.

"그런데 내 보기에 무식하게 힘만 기른 것 같지 않다는 거지. 제아무리 신력을 타고났다고 해도 인간의 용력이란 한계가 있는 법이거든. 그런데 저 친구는 그 한계를 벗어났단 말이야. 금룡문의 문주가 어떤 사람인지 모르지만 참으로 대단한 제자들을 길러냈구먼. 껄껄껄."

말끝에 독행천괴가 또다시 용악산을 힐끗 보았다.

이렇게까지 추켜세워 줬는데도 어디 가만있을 수 있는지 보자는 투.

하지만 용악산은 이번에도 꿀 먹은 벙어리였고 독행천괴는 약이 바짝 올랐다.

어떻게 된 건지, 저놈의 자물통 입은 도통 열릴 줄을 모르는 것이다.

용악산은 독행천괴의 의중을 짐작하고 있었다.

눈치 빠르고 영악한 늙은이가 무언가 호기심을 느끼고 쿡쿡 찔러보는 모양인데, 그에 일일이 대응해 줄 것이 무엇인가.

잠시 후 하풍달이 공춘보와 채홍만을 데리고 나타났다.

두 사람은 용악산을 보자 얼굴이 썩은 똥 빛으로 일그러졌다.

공춘보는 툭 튀어나온 눈으로 마른 침만 꼴딱꼴딱 삼켰고, 채홍만은 공춘보의 뒤에 숨어서 눈치만 살폈다.

숨는다고 가려질 몸이 아니어서 고목나무에 곰 한 마리가 붙어 있는 것 같았다.

한동안 숨 막힐 듯한 침묵이 흘렀다.

"……!"

"……!"

"대사형, 그게 어떻게 된 거냐면 말이죠……."

공춘보가 갑자기 태도를 바꿔 두 손을 파리처럼 싹싹 비비면서 다가왔다.

"항주로 돌아가면 한동안 근신해라."

"근신이라 하시면 구체적으로 어떤 종류를 말씀하시는 건지……."

용악산이 찌릿한 눈으로 공춘보를 노려보았다.

그 눈빛에 뱀과 맞닥뜨린 개구리마냥 공춘보는 옴짝달싹못했다.

결국 그냥 물러날 수밖에 없었다.

하지만 걱정이 되어 견딜 수가 없었다.

근신이 잘못을 반성하며 조용히 지내라는 것이면 좋겠지만 대사형은 사제들이 놀고먹는 걸 두고 볼 위인이 아니었다.

'호보를 시킬까? 그걸로는 성에 차지 않겠지? 혹시 면벽수련 같은 걸 시키면 어쩌지? 하루 종일 호보를 할지언정 그건 답답해서 못하는데. 차라리 몇 대 때려주면 좋으련만.'

그때 하풍달이 공춘보의 소맷자락을 슬그머니 끌어당기더니 속닥거렸다.

"공 사형 때문에 은전을 열 냥이나 썼소. 이제 어떻게 할 거요?"

"은전 열 냥이라니?"

"뗏목을 빌리는 데 그만큼 돈이 들었다는 소리요. 그거라도 채워 놓으면 대사형의 화가 좀 누그러질지도 모르지."

항주로 돌아가 곤장을 맞든 호보를 하든 그건 두 사람의 문제고, 하풍달에겐 하풍달대로 구멍 난 노자(路資)를 메워야 하는 사정이 있었다.

애초 은서령에게 받은 노자는 전부 은자 스무 냥. 그중 닷 냥을 오는 길에 썼고 그 두 배에 달하는 열 냥을 뗏목 구하는 데 모조리 빼앗겼다.

이제 남은 거라곤 달랑 닷 냥밖에 없는데 돌아갈 길이 막막한 것이다.

오는 길에는 교룡방이 이런저런 편의를 봐줬지만 여기서는 그럴 수도 없었다.

"정말 그럴까?"

"그럼, 자, 어서 돈을 내놓으시오."

"내가 돈이 어디 있나?"

"홍만이한테 걸었으면 돈 좀 만졌을 거 아니오?"

공춘보는 하풍달을 한 번 보고는 무언가 말을 할까 말까 망설이다가,

"에효오……."

땅이 꺼져라 한숨을 쉬었다.

"서, 설마… 음란묘수에게 건 거요?"

공춘보는 하풍달을 똑바로 쳐다보지도 못하고 똥마려운 강아지마냥 끙끙거렸다.

'이런 콱! 으이그, 사형만 아니면 진짜!'

욕이 목구멍까지 치밀어 오르지만 속으로 삭일 수밖에 없었다.

그때 갑자기 사람들의 함성이 하늘을 찔렀다.

채홍만이 빠지면서 공석이 된 박투장에 누군가 나타났고, 그를 알아본 사람들이 광분한 것이다.

황하신룡이었다.

"결국 저놈이 나서는구만."

독행천괴가 나지막하게 말했다.

황하신룡은 만도일제의 제자답게 한 자루 칼을 성명병기로 썼다.

문제는 그 칼이 거치도라는 데 있었다.

도신의 끄트머리 두 뼘 정도에 악어 이빨 같은 톱날이 숭숭 돋아 보기만 해도 흉측하기 짝이 없는 칼.

평범한 사람들이라면 모를까, 무공의 고수에게 톱날은 오히려 거추장스러운 물건이다.

칼로 자르는 것보다 매끈하지도 못하고 중간에 뼈와 부딪친다면 오히려 칼이 잘 나가지 않는다.

반면에 저 칼에 당하는 사람은 상상도 못할 고통을 느끼게 된다.

생각해 보라.

뼈와 힘줄이 톱날에 걸려 투투둑, 소리를 내며 잘린다면 얼마나 고통스럽겠는가.

때문에 거치도는 실전에서의 유리함보다 상대로 하여금 공포를 느끼게 해 기선을 제압하기에 적합했다.

가장 흑도스러운 병기인 것이다.

"거칠기 짝이 없는 놈들과 백 회 이상을 싸워 이겼다고 하니 그 관록이 녹록치 않을 거야. 장원 안에서 짜고 하는 대련과는 차원이 다르지."

독행천괴가 말했다.

장원 안에서 짜고 하는 대련이라는 것은 명가의 후기지수들이 곱게 자랐다는 것을 비꼬는 말이었다.

이럴 때는 잡초처럼 살아온 독행천괴의 과거가 엿보이는 것 같았다.

이번에는 용악산도 반응을 보였다.

"무림세가의 무공이 그처럼 보잘것없었다면 오늘날의 명성을 누리지 못했겠지요."

"명가의 절학이 실전 경험보다 낮다는 얘긴가?"

"둘 중 하나를 고르라면 전 당연히 실전의 경험을 우선으로 할 겁니다. 하지만 무림세가의 명숙들이 과연 그런 걸 염두에 두지 않았을까요?"

"하긴 그럴 수도 있겠군."

용악산과 독행천괴가 이야기를 나누는 사이 군중들 사이에서 누군가가 나섰다.

사내는 육 척 장신의 장한이었다.

대충 지어 입은 듯한 가죽 옷 사이로 꿈틀대는 우람한 근육이 인상적이었다.

손에는 장병기 중에서도 수련하기가 가장 까다롭다는 방천극을 들고 있었다.

덩치와 병기에 어울리지 않게 가느다란 눈동자가 사나우면서도 음흉한 느낌을 동시에 주었다.

변화가 많은 방천극을 쓰는 자가 음흉함까지 지니면 여간 까다롭지 않을 것이다.

"난 요동에서 온 석곤이라고 하오. 강호를 유람하는 도중 이곳에서 재밌는 일이 벌어지고 있다기에 들렀소이다."

요동에서 왔다는 말에 군중들이 술렁거렸다.

요동과 방천극이라는 두 개의 정보에서 한 사람을 떠올렸기 때문이다.

사내가 더 이상 말이 없자 군중들 중 누군가 큰 소리로 물었다.

"혹, 요동제일극(遼東第一戟) 방천화상(方天和尙)과 관계가 있소?"

"그분이 내 사부요."

"헉!"

질문을 한 사람을 필두로 여기저기서 놀라움과 탄성이 쏟아졌다.

방천화상은 한 자루 방천극으로 요동의 마적들을 정벌한 극법의 달인이었다.

그는 몽골족의 풍습 때문에 변발을 한 머리가 특징적이었는데, 그 때문에 중도 아니면서 화상이란 소리를 들었다.

물론 그 역시 마적이었다.

한데 바로 그 제자가 나타난 것이다.

강호에 한창 이름을 떨치고 있는 수적의 제자와 마적의 제자가 격전을 벌일 상황.

생각지도 않았던 혈전을 두고 군중들은 어느 때보다 술렁거렸다.

"후후, 생각보다 센 놈인데? 황하신룡도 쉽지 않겠어."

독행천괴가 말을 했다.

상대가 나타나자, 그리고 그 상대의 내력을 알게 되자 사람들이 본격적으로 돈을 걸기 시작했다.

승부를 판단할 수 있는 정보가 생겨난 것이다.

전대가 뛰어다니고 엄청난 양의 은전이 손과 손을 타고 전해졌다.

공춘보가 하풍달의 곁으로 슬그머니 다가가 옆구리를 쿡쿡 찔렀다.

"열 냥만 빌려주라."

"없소."

"쓰흡, 빨리."

"글쎄, 없다니까."

"이번엔 틀림없다니까. 느낌이 팍 온다고."

"그만치 잃었으면 됐지, 아직도 정신을 못 차렸소?"

"나는 뭐 이러고 싶은 줄 알아? 구멍 난 노자도 메우고 홍만이 일도 해결하려면 이 방법밖에 없어. 우리가 장사를 할 거냐, 도둑질을 할 거냐?"

"제발 홍만이 핑계 좀 그만 대시오. 지겹지도 않소?"

"입장을 바꿔놓고 생각해 봐. 네놈이 나라면 그렇게 편안하게 말할 수 있을 것 같아?"

공춘보는 말을 하면서도 입 모양은 욕이라도 하는 것처럼 씰룩거렸다.

그리고 슬쩍 자신의 뒤를 가리켰다.

그곳엔 얼굴이 시뻘겋게 달아오른 채홍만이 공춘보의 뒤통수를 무섭게 노려보고 있었다.

"헉!"

하풍달은 흠칫 놀랐다.

채홍만의 눈동자에서는 뿜어 나오는 불길이 흡사 화염지옥의 그것을 연상시켰기 때문이다.

욕심을 풀어준 것도 아니고, 돈을 벌게 해준 것도 아니고, 쓸데없이 싸움만 했다.

그러고도 남은 것이라곤 대사형에게 들은 꾸중과 장차 항주로 돌아가서 받아야 할 정체 모를 체벌뿐이니 채홍만이 화가 나는 것도 당연했다.

하풍달은 다시 공춘보를 보았다.

침을 꼴딱꼴딱 삼키면서 자신을 바라보는 눈동자에는 간절한 염원이 담겨 있었다.

이쯤 되니 하풍달도 공춘보가 측은하게 느껴졌다.

하지만,

"글쎄, 일없다니까."

딱 잘라 말을 하고 용악산의 곁으로 다가갔다.

어디 이래도 돈 달라는 소리가 나오느냐는 듯.

공춘보는 목구멍까지 올라온 욕지기를 입 밖으로 내뱉으려다 멈췄다.

왼쪽 소맷자락이 돼지 오줌보처럼 축 늘어지면서 밥 한 덩이 정도의 무게감이 느껴졌기 때문이다.

"험험."

괜한 헛기침을 한 번 한 후 슬쩍 돌아서서 왼쪽 소맷자락을 더듬어 보았다.

그리고는 자신도 모르게 입이 찢어졌다.

어느새 하풍달이 자신의 소매 춤에 은자 닷 냥을 넣어둔 것이다.

역시 절강제일의 배수다.

이어지는 하풍달의 전음.

[이번엔 확실하겠지?]

[두말하면 잔소리.]

[얼른 채워놔야 하오. 대사형에게 들키면 난 죽소.]

[염려 마. 본전을 채워놓고도 네놈에게 고물 좀 떨어지게 해줄 테니까.]

하지만 상황은 전혀 공춘보의 예상을 빗나갔다.

황하신룡의 거치도가 불꽃을 튀기며 방천극을 두 동강 내더니 순식간에 석곤의 가슴을 쪼개 버린 것이다.

"커헉!"

짧은 비명과 함께 후다닥 물러난 석곤은 뜨거운 피를 콸콸 쏟아내는 자신의 가슴을 내려다보며 지금의 상황을 믿을 수가 없었다.

중원 무공이란 이런 것인가.

요동반도에서만큼은 적수가 없다고 자부했는데 겨우 십 합도 넘기지 못하고 쓰러지다니.

쿵!

썩은 고목나무처럼 무너진 석곤의 시체를 누군가 달려 나와 끌고 갔다.

그때 하풍달은 처음 보았다.

연고자가 없는 시체를 저들이 어떻게 처리하는지.

놀랍게도 시체는 고기밥으로 강물 속에 그냥 던져지고 있었다.

군중들은 등줄기를 관통하는 전율을 느꼈다.

이 맛이다. 바로 이 맛 때문에 묘왕전으로 모여드는 것이다.

천지가 떠나갈 듯한 함성이 밤하늘에 울려 퍼졌다.

사람이 죽어나간 것은 안타깝지만 그래도 죽어야 할 놈이었다.

대저 마적이라는 족속들은 말을 타고 다니며 노략질을 일삼는 악의 무리들이 아닌가.

저런 놈 한 명을 죽이면 선량한 양민 열 명을 살릴 수 있다.

아니다. 석곤쯤 되는 놈이라면 평생 더 많은 사람을 죽일 수도 있었다.

하풍달은 스스로를 그렇게 위로하며 서둘러 공춘보를 찾았다.

당연히 황하신룡에게 돈을 걸었을 테니 두 배쯤 불리지 않았을까?

그러나 다가오는 공춘보는 풀이 잔뜩 죽은 모습이었다.

"서, 설마……."

"에에잇, 젠장."

"이런 답답하긴! 당연히 황하신룡에게 걸었어야짓!"

"석곤 쪽에 배당금이 높았으니까 그렇지."

"배당금보다 우승 확률을 따졌어야지!"

너무 부아가 치미면 어처구니가 없는 법이다.

하풍달은 머릿속이 노래지는 것 같았다.

다리는 힘이 빠지고 그대로 쓰러질 것만 같았다.

마지막 남은 노자를 모두 잃어버린 걸 대사형이 알기라도 하는 날엔……

'끄응, 한순간이나마 저 인간을 믿은 내가 미친놈이지.'

"미치겠네. 투전판이라면 어떻게 좀 해보겠는데."

말을 하면서 공춘보가 한 손으로 속임수를 쓰는 시늉을 해보였다.

'저걸 콱 받아버려?'

도전자는 계속해서 나타났다.

하나같이 제법 악명 높은 흑도의 고수들이었고 황하신룡의 신화를 깨고 싶어했다.

하지만 모두 황하신룡의 십 초식을 받아내지 못하고 비명횡사했다.

그는 냉정했다.

적이 항거불능의 상태에 빠졌는 데도 불구하고 굳이 살초를 썼다.

그것도 아주 잔인하고 무자비하게.

이건 숫제 혈겁이었다.

스스로 죽음을 자초하는 이들을 누가 말리겠는가.

황하신룡이 혈겁을 열면 열수록 군중들은 흥분했다.

용악산의 눈에는 군중들이나 황하신룡 모두 광인으로밖에 보이지 않았다.

특히 앞사람이 잔인하게 죽어나가는 걸 보고도 불나방처럼 뛰어드는 도전자들을 이해할 수가 없었다.

목숨을 걸면서까지 그들이 묘왕전에 열광하는 까닭이 무엇일까.

단순히 피가 끓는 나이라는 것만으로는 설명할 수가 없었다.

"유명해지고 싶으면 센 놈을 까라는 말이 있지. 황하신룡 같은 강자를 쓰러뜨리면 단번에 고수의 반열에 들게 되네. 그게 저들이 죽음을 무릅쓰고 도전을 하는 이유지."

강자일수록 찾아오는 도전자가 많다는 말은 맞다.

하지만 꼭 강호인들에게 인정을 받아야만 비로소 강해지는 걸까.

일신에 놀라운 무공을 익히고도 묵묵히 은거하고 있는 사람들은 강자가 아니란 말인가.

결국 독행천괴의 말은 사람들이 허명을 좇아 스스로 불나방을 자처한다는 얘기나 다름없었다.

사내라는 족속들은 핏속에 끊임없이 높이 오르려는 욕망이 흐르나 보다.

시간이 흐를수록 황하신룡에게 도전하는 사람도 조금씩 줄어들었다.

몇 사람이 참혹하게 죽어나가자 어지간히 자신이 서지 않으면 도전을 꺼린 것이다.

황하신룡은 그걸 알기에 처음부터 잔인하게 굴었던 것이다.

"하는 짓이 제 사부를 꼭 빼닮았군."

독행천괴의 말이었다.

"무슨 말씀입니까?"

"저놈의 사부가 어떻게 황하수로맹의 맹주가 되었는지 아는가?"

"⋯⋯?"

"거친 흑도들을 장악하는 방법은 단 한 가지밖에 없지. 먼저 힘을 보여주고 다음엔 먹을 것을 준다. 그는 작은 수채의 졸개였을 때부터 그 원칙을 철저히 지켰지. 기어오르는 놈은 무참히 짓밟고 따르는 놈에겐 충분한 보상을 해주었어. 그 결과 지금은 수적들의 왕이 되었지."

"저들이 지금 힘을 보여주는 것이 어떤 목적이 있다는 말씀으로 들리는군요."

"두 가지 목적이 있겠지. 첫째, 황하신룡이 반대 세력들의 견제를 물리치고 맹 내 이인자로서의 입지를 다지게 하는 내부 결속의 의미. 둘째, 흑백을 막론하고 인근의 방파들에게 감히 황하수로맹에게 맞서지 말라는 경고의 의미."

"수로맹 내부에 알력이 있다는 말씀입니까?"

"알력이 없는 곳이 어디 있는가. 자네는 그런 방파를 본 적이 있는가?"

독행천괴가 되물었다.

용악산은 문득 할 말이 없어졌다.

각자의 이해관계에 따라 묘왕전을 이용하는 것이 새로울 것은 없었다.

다만 저들이 묘왕전에 출전하는 것이 창룡전에 정파의 후기지수들이 참가하는 것과 같은 이치라는 표자룡의 말이 떠올라 용악산은 어쩐지 착잡한 느낌이 들었다.

역시 무림의 이치는 흑도나 백도나 별반 다를 바가 없는 것이다.

싸움은 종반으로 치닫고 있었다.

황하신룡이 거듭 무위를 드러내자 더 이상 도전하려는 이가 없었기 때문이다.

이렇게 되면 이번에도 황하신룡이 묘왕전의 우승을 차지할 것 같았다.

더불어 황하수로맹의 명성은 더욱 높아질 것이다.

"슬슬 나타날 때가 되었는데……."

독행천괴의 말이 떨어지기가 무섭게 한 사람이 모습을 드러냈다.

몇 사람이 죽어나간 후 한동안 도전자가 없다가 생겨난 터라 사람들은 부쩍 관심을 가졌다.

그러나 그가 누구인지 몰라 한동안 웅성거리기만 했다.

그때 군중들 중 누군가가 그를 알아보고 소리쳤다.

"황보세가의 후기지수다!"

궁가촌은 삽시간에 벌집을 쑤셔놓은 것 같았다.

황보세가라는 이름이 주는 무게 때문이었다.

게다가 창룡전에 참가해야 할 사람이 왜 이곳에 있는가.

누군가 그를 가리켜 창룡전의 마지막 관문에 출전할 최후의 십삼 인에 뽑혔다는 얘기까지 하자 장내는 더욱 소란스러워졌다.

그러나 사람들의 가장 큰 관심사는 역시 황하신룡이 황보세가의 진전을 이은 황보충을 꺾을 수 있을 것인가였다.

설사 황하신룡이 황보충을 꺾는다고 해도 문제였다.

황하신룡은 지금까지 도전자를 한 명도 살려두지 않았다.

황하신룡이 만에 하나 황보충을 죽일 시에는 그 뒷감당을 어떻게 할 것인가.

황보세가는 결코 만만한 뒷배가 아니었다.

황하신룡의 입장에선 무공으로 보나 상황으로 보나 상대하기가 까다로운 최악의 상대를 만난 것이다.

그건 황보충 역시 마찬가지였다.

황하수로맹의 제자와 일전을 벌인다는 것은 결코 작지 않은 모험이었다.

여기에 올 때까지만 해도 황하수로맹의 제자가 나올 줄은 꿈에도 몰랐다.

하지만 막상 그의 무공을 견식하자 강렬한 투지가 끓어올랐다.

자신과 비슷한 연배임에도 불구하고 저런 고강한 실력을 지닌 자라니.

상황이 곤란하고 실력을 점치기 어려울수록 구경하는 사람들은 재밌는 법.

극도의 흥분 상태가 된 군중들로 인해 장내는 소란스럽기 짝이 없었다.

"클클클, 일이 재밌게 되어가는구만."

"저대로 두고만 보실 겁니까?"

용악산이 독행천괴에게 물었다.

"내가 왜? 저렇게 된 게 나랑 무슨 상관이 있다고."

"정말 악취미시군요."

"껄껄껄, 전쟁을 벌이는 작자들도 있는데 저까짓 애들 싸움이 뭐 대수라고."

그가 말한 전쟁이란 정마대전을 말하는 것이었다.

전쟁을 벌이는 작자들은 정마대전에 책임이 있는 모든 사람들을 일컫는 것이다.

용악산은 독행천괴를 다시 보았다.

그의 말속에서 어쩐지 현기가 느껴졌기 때문이다.

그때 황하신룡이 냉소적인 표정으로 황보충에게 말했다.

"여긴 당신 같은 사람들이 호기로 기웃거리는 곳이 아니오. 돌아가시오."

"사람들이 그러더군. 흑도들을 제외한 창룡전의 우승은 반쪽자리일 뿐이라고."

"……?"

"그 생각이 얼마나 어리석은지를 가르쳐 주러 왔다."

"황보세가와 원한을 쌓을 생각은 없소만."

뒷일을 책임질 수 없다는 말이었다.

그 말은 듣기에 따라 묘해서 실력이 있어도 뒷배가 껄끄러워 황보세가의 후기지수를 핍박할 수 없다는 말이었다.

결국 애들 싸움이 어른 싸움이 될까 봐 건드리지 못하겠다는 말.

황보충의 인상이 찌푸려지는 건 당연했다.

"그런 일은 없을 테니 걱정 말라!"

"그 말… 책임질 수 있을까?"

그때 군중들 틈에서 이런저런 고성이 들려왔다.

책임지고 말고 할 게 뭐 있느냐.

황보충이 제 발로 찾아왔고, 거듭 물러나기를 권했는데도 자기가 싸우겠다고 했다.

여기 수백 명이 보고 있으니 후일 황보세가에서 이번 일로 황하신룡를 핍박하면 참으로 염치없는 짓이다, 등등…….

군중들은 하나같이 이번 싸움이 성사되기를 응원했다.

어쩌면 황하신룡이 원한 것도 이런 것인지 모른다.

"묘왕전의 규칙을 알고 있소?"

"생사결이라 하더군."

"하기에 따라 마지막 순간에 기회가 있을 수도 있지."

"피차 구차한 말들은 생략하지."

우르르릉!

황보충이 검을 뽑는 순간 구름 속에 숨은 번개의 낮은 울림이 생겨났다.

그에 맞서 황하신룡이 거치도를 중단세로 세우면서 대결이 시작되었다.

두 사람의 대결은 지금까지 펼쳐진 싸움 중 가장 치열했다.

황보충의 검에서는 연신 천둥소리가 났고 황하신룡의 칼 역시 강맹한 파공성을 쉴 새 없이 쏟아냈다.

달빛 아래 드러나는 두 사람의 대결은 그야말로 난형난제였다.

구경하는 사람들 중 어느 누구도 저들을 감히 후기지수라고 보지 못했다.

황보세가의 무공을 견식한 사람들은 '과연'이라는 말이 절로 나왔다.

확실히 무공의 고절함에 있어서는 황보충이 우월했다.

무재들에 의해 수백 년 동안이나 발전되고 정제되어 온 변화무쌍한 초식을 황하신룡의 도법은 따를 수 없었다.

하지만 실전이 주는 그 섬뜩하고도 비릿한 임기응변에서는 황하신룡의 경험이 유리했다.

강호의 격언 중 하나.

실력의 차이가 극명하게 드러나지 않는 한 절학의 오묘함은 경험의 노련함을 이길 수 없다!

삼십여 합을 겨루었을 때 황보충은 왼쪽 가슴에 한칼을 맞고 주르륵 밀려났다.

벌렁거리는 옷자락 사이로 핏물이 번졌다.

황보충의 얼굴이 믿을 수 없다는 듯 일그러졌다.

피를 보자 군중들의 흥분은 점점 고조되어 갔다.

온갖 함성이 오가는 가운데 황보충은 서둘러 혈도를 짚어 출혈을 약간이나마 줄였다.

그리고 이를 악물더니 다시 도전을 했다.

그러나 이번에는 채 두 합도 견디지 못했다.

빙글 회전하며 돌풍처럼 변화를 일으키는 황하신룡의 거치도에 검이 튕겨져 나간 것이다.

따앙!

검수가 대적을 눈앞에 두고 목숨과도 같은 검을 놓쳤다.

황보충은 한순간 온몸의 진력이 썰물처럼 빠져나가는 충격을 받았다.

사람들이 창룡전의 우승을 반쪽자리 우승이라고 했을 때 믿지 않았다.

혹도들이 강해봐야 얼마나 강하겠는가.

물론 흑도에도 수많은 강자들이 있다.

하지만 최소한 후기지수들 중에는 자신을 당할 수 있는 자가 그리 많지 않을 거라고 생각했다.

그런 자가 묘왕전에 나타날 가능성은 더욱 희박했다고 생각했다.

그런데 지금은 그런 생각이 싹 가셨다.

세상 물정 모르고 나섰다가 오물을 뒤집어쓴 것이다.

이제라도 명예를 회복해야 한다.

벽력신검(霹靂神劍), 벽력신검이라면…….

황보충의 몸이 한차례 활처럼 휘었다.

이어 파공음을 내며 저만치 떨어져 있는 검을 향해 화살처럼 쏘아갔다.

궁신탄영(弓身彈影)의 수법이었다.

마침내 검을 잡은 황보충이 그대로 벽력신검을 전개하려 했지만 어쩐 일인지 검은 꿈쩍도 하지 않았다.

누군가 천근추의 수법으로 검을 밟고 있었던 것이다.

고개를 들어보니 황하신룡이 부리부리한 눈으로 내려다보고 있었다.

"더 이상의 승부는 무의미한 것 같군."

"……!"

"그만 돌아가라."

"날 모욕하지 마라!"

"그래서? 죽이기라도 해달라는 말인가?"

황하신룡은 눈동자가 짙은 살기로 충만했다.

아래로 내린 그의 칼끝에서는 톱날을 따라 아직도 붉은 피가 뚝뚝 떨어져 내리고 있었다.

황보충의 가슴을 벨 때 묻은 피였다.

'놈은 그러고도 남을 냉혈한이다!'

황보충은 피부로 다가오는 현실적인 공포를 느꼈다.

세가의 명예를 생각한다면 마땅히 죽음으로써 패배를 인정해야 하겠지만 그보다는 살고 싶은 마음이 더 강했다.

그러자면 이 치욕을 감당해야 한다.

자신의 입으로 살려달라는 말을 해야 한다.

"대황보세가의 후기지수라 그런지 강골이군. 좋아, 원한다면 죽여주지!"

황하신룡의 거치도가 높이 들렸다.

어깨가 한껏 젖혀지고 도파를 움켜쥔 두 손에 힘이 들어갔다.

군중들이 모두 일어서서 이 긴장된 순간을 지켜보았다.

그때 황보충의 입에서 나지막한 목소리가 흘러나왔다.

"살려… 주시오."

"잘 안 들리는군."

"사, 살려주시오."

군중들 사이에서 숙덕거림이 파도처럼 번져갔다.

당연히 황보충을 향한 조소였다.

그 모습을 지켜보고 있던 독행천괴가 쓴 미소를 지었다.

"쯧쯧쯧, 황보일황 그 늙은이가 이 사실을 알게 되면 까무러치겠군."

황보일황은 황보세가의 가주이자 곧 황보충의 아비다.

"황하신룡라는 저 친구의 수작이 조금 지나치군요."

용악산이 말했다.

용악산은 황하신룡이 일부러 황보충에게 모욕을 주는 것이 못마땅했다.

황보충의 치기 어린 행동이 자처한 일이기는 했지만 그래도 군중들이 보는 앞에서 저렇게까지 인격을 짓밟아 버릴 것까지야.

"작심하고 모욕을 주는 거지. 제 발로 찾아와 대결을 청했으니 명분도 충분하고."

황보충은 톡톡히 망신을 당한 다음 놓쳐 버린 검을 집어 들고 어디론가 사라졌다.

왼쪽 가슴의 커다란 상처를 입고. 그보다 더 깊은 마음의 상처를 안고.

군중들의 함성이 극에 달했다.

그 함성을 가르며 나타난 한 사람이 있었다.

한 자루 잘 벼린 명검처럼 서늘한 예기를 풍기는 사내.

그가 등장하는 순간 사방의 공기가 싸늘하게 얼어붙는 것 같았다.

철사 줄을 꼬아놓은 것처럼 촘촘한 근육 외에는 딱히 인상적인 얼굴이 아닌 데도 불구하고 군중들은 충격을 받았다.

뭔지 모르지만 위험하다.

그를 본 독행천괴, 용악산, 그리고 표자룡의 눈빛이 굳어졌다.

그가 황하신룡에게 말했다.

"건방이 하늘을 찌르는군."

"본인을 소개해 주겠소?"

황하신룡은 침착하게 물었다.

그 역시 사내가 예사롭지 않음을 한눈에 알아본 것이다.

"어차피 죽고 죽이면 그만 아닌가. 이름은 알아서 무엇 하게!"

말과 함께 사내의 공격이 시작되었다.

파앙!

바람을 가르며 신형을 날린 사내는 놀랍게도 공권이었다..

황하신룡의 거치도가 가슴 높이에서 횡으로 놓였다.

우선 사내의 주먹을 막고 반격을 할 생각이었다.

하지만 사내는 반격할 틈을 주지 않았다.

시퍼런 예광을 토해내는 황하신룡의 거치도를 향해 수도를 내려쳤다.

칼날을 향해 맨손을 때리다니.

더욱 경악할 일은…….

쩌앙!

거치도가 뚝 부러진 것이다.

반격을 하고 자시고 할 겨를이 없었다.

칼날이 두 쪽으로 부러지는 사이로 사내의 무릎이 치고 올라왔다.

정신이 번쩍 든 황하신룡은 곡정(曲釘:팔꿈치)을 세워 아래를 찍어갔다.

사내의 무릎을 부수고 이어 정권으로 안면을 부숴놓을 생각이었다.

따악!

마치 단단한 쇠뭉치를 내려친 것 같았다.

팔꿈치가 그대로 부서지면서 지독한 통증이 밀려왔다.

하지만 이어지는 통증에 비하면 아무것도 아니었다.

처퍽!

곡괭이로 호박을 후려치는 듯한 소리가 황하신룡이 이승에서 들은 마지막 소리였다.

둔탁한 소리는 군중들의 뇌리로도 서늘하게 파고들었다.

마치 자신의 얼굴이 으깨어지는 것처럼 섬뜩한 느낌.

안면이 참혹하게 깨진 황하신룡은 이미 시체가 되어 바닥에 널브러져 있었다.

일 초, 단 일 초식 만에 일어난 일이었다.

황하신룡을 저렇게 만든 사내는 둥그렇게 핏물이 묻은 무릎으로 태연하게 서 있었다.

그는 방금 자신이 얼마나 대단한 일을 했는지 잘 모르는 것 같았다.

아니면 이런 일이 익숙한 것이든지.

"저 친구, 한 수가 있을 줄은 알았지만 상상 이상이군그래."

독행천괴가 착 가라앉은 목소리로 말했다.

용악산이 그를 본 이후로 처음 보는 진지한 모습이었다.

수채는 삽시간에 아수라장이 되었다.

저만치 판옥선의 이층 누각에서는 백발의 초로인이 고리눈을 뜨고 있었다.

잠시 후 그 배에서 몇 사람이 바람처럼 날아와 황하신룡의 시체를 안고 갔다.

백발의 초로인 황의백은 한참 동안이나 자신의 제자를 살펴보았지만 소용없었다.

얼굴이 저 모양이 되고도 살아 있다면 사람이 아닌 것이다.

황의백은 자신의 제자를 이렇게 만든 사내를 무섭게 노려보더니 수하들을 향해 손짓을 했다.

잠시 후 황하신룡을 실은 배가 수채를 빠져나가 안개와 어둠 속으로 사라졌다.

용악산과 독행천괴는 이런 일련의 움직임을 하나도 놓치지 않고 지켜보았다.

암중에서 흐르는 상황이 매우 급박하게 돌아가고 있었던 것이다.

군중들은 이제 저 사내의 정체를 궁금해했다.

아무도 그에 대해 아는 바가 없었고, 사내 역시 또렷하게 자신의 정체를 설명하지 않았으니 더욱 궁금할 밖에.

황하신룡의 시체가 치워진 후 그는 박투장 한가운데에 서더니 사람들을 둘러보며 말했다.

"이 자리에 창룡전의 후기지수들도 있다고 들었는데, 한번 가르침을 주시지 않겠소?"

사내의 말에 군중들이 술렁거렸다.

철없는 황보세가의 후기지수가 혼자 겁도 없이 왔나 했더니 창룡전의 후기지수들 모두가 왔나 보다.

다들 주변을 둘러보며 사람들을 확인하는데 한 사람이 군중들 사이로 걸어나왔다.

곤륜 제자 운룡이었다.

"당신, 창룡전의 삼관문에서 탈락한 그 친구로군."

"그렇게 됐지. 다행히 여기서 당신들을 만나게 됐으니 그리 애석할 건 없지."

말을 한 사내는 변검이었다.

"무공이 대단해 보이는데 사문을 물어도 될까?"

"또 사문 타령인가? 도대체가 당신들은 이마에 사문을 써놓고 다니지 않으면 두려워서 한 발자국도 못 나가는 모양이지?"

"이런 건방진!"

운룡의 신형이 허공을 날았다.

만월과 그의 그림자가 겹치는 순간 장내에 탄성이 쏟아졌다.

듣도 보도 못한 신묘한 신법, 운룡대구식이었다.

운룡의 그림자가 달을 벗어나는 순간 손에는 어느새 장검이 뽑혀 있었다.

파라랑!

살을 에는 듯한 살기와 함께 운룡의 검이 굉음을 냈다.

앞서의 황보충과는 차원이 다른 실력.

변검은 여전히 공권인 채로 손가락을 튕겼다.

따앙!

작은 파장으로 시작된 암경이 운룡의 검을 때리면서 엄청난 금속음이 귀청을 때렸다.

기습에 가까운 공격을 제대로 펼쳐 보지도 못하고 운룡은 바닥에 내려섰다.

검신이 오한이라도 들린 것처럼 부르르 떨렸다.

운룡은 손목의 뼈가 부러지는 듯한 충격을 느꼈다.

하지만 그는 대곤륜의 제자였다.

즉시 공력을 끌어올려 검의 진동을 죽인 후 분광검(分光劍)을 시전했다.

빛을 가른다는 쾌검이다.

거기에 신법이라면 자신이 있었다.

그는 운룡대구식의 신묘한 보법 위에 섬전과도 같은 쾌검을 펼쳤다.

허공에 가득한 검영, 대여섯 명으로 늘어난 고수가 합격을 하는 것처럼 현란한 모습.

지금까지 보던 것과는 차원이 다른 검법에 군중들은 넋을 잃었다.

현란함의 끝을 보여주는 운룡의 초식에 비해 변검의 응수는 지극히 단순했다.

딱히 반격을 하지도 않고 보법에 의지해 시종일관 방어만 하는데도 시간이 지날수록 얼굴이 일그러지는 사람은 운룡이었다.

그러다 어느 순간 운룡의 신형이 허공에서 한 점의 빛으로 변했다.

그의 검이 일직선의 궤적을 만들면서 곧장 변검의 심장을 향했다.

그보다 앞서 변검의 두 주먹을 중심으로 붉은 화염에 불타는 적룡 두 마리가 똬리를 틀었다.

비현실적인 광경에 군중들이 자신들의 눈을 의심하는 사이, 쿠앙!

엄청난 굉음과 함께 적룡이 허공으로 비상했다.

적룡은 운룡의 가슴에 강력한 소용돌이를 만들고는 흔적도 없이 사라졌다.

하지만 충돌의 힘은 여전히 남아서 운룡의 신형이 반으로 접혔다.

그는 흡사 투석기에서 쏘아 보낸 바윗덩어리에라도 맞은 것처럼 구체를 몸으로 안고 십여 장 위로 솟구쳤다.

솟구쳐 오르는 힘이 정점에 이르렀을 때 그는 다시 아래로 떨어졌다.

이미 극심한 부상을 입은 듯 아래로 떨어지는 운룡의 신형은 중심을 잡지 못한 상태였다.

철썩 떨어지는 운룡을 향해 변검이 금나수를 펼쳤다.

두 다리를 기묘한 동작으로 감는다 싶더니 뼈가 부러지는 소리가 났다.

뚜두둑!

저만치 나가떨어진 운룡은 다시 일어서질 못했다.

신묘한 경신술을 펼치던 두 다리가 비현실적으로 꺾이고 뒤틀려 있었다.

부러진 것이었다.

내상에 이어 외상까지 입은 운룡은 이미 의식을 잃은 상태였다.

군중들도 이제는 운룡이 펼친 무공이 곤륜의 무공이라는 걸 안다.

때문에 그들의 놀라움은 이루 말할 수가 없었다.

곤륜의 제자가 묘왕전에 나타났다는 놀라움보다 그를 저렇게 장난감처럼 가지고 논 정체불명의 사내.

그는 도대체 누구인가.

第四章
신비검객의 등장

天山刀客

"신비검객이 저놈이었군."

독행천괴가 나지막하게 말했다.

"저 친구, 엄청난 무공을 숨기고 있었군요. 혹, 노 선배께서는 저자의 사문에 대해 아시는 바라도 있습니까?"

하풍달이 물었다.

"짐작이 가는 바가 있기는 한데, 그게 이해가 잘 되질 않는단 말일세."

"그게 무슨 소립니까?"

"방금 그 장법 말일세. 내가 헛것을 본 게 아니라면 천하에 그런 무공을 구사하는 사람은 단 한 사람밖에 없지. 하지만 그는 죽을 때까지 전인을 두지 않은 걸로 알고 있거든. 만약 그가 오래전부터 전인을 키워놓았다면 강호는 지금의 안녕을 누릴 수 없을 걸세."

"엄청난 흉신악살이었나 보죠?"

"쿡쿡쿡, 역사를 돌이켜 보면 한 사람을 죽인 자들은 살인자가 되었지만 수만 명을 죽인 자들은 왕이 되었지. 천번지복(天飜地覆). 하늘과 땅을 뒤집을 수 있는 무신을 어찌 강호에 지천으로 널린 흉신악살 따위와 비교하겠는가."

"휴우, 누군지 모르지만 그가 제자를 두지 않은 건 정말 다행이군요."

"암, 그렇고 말고. 무림의 복이라 할 수 있지."

"그런데 그가 누구죠?"

참다못한 하풍달이 직설적으로 물었다.

"알려고 하지 말게."

"왜요?"

"자네 같은 사람이 감당할 수 있는 이름이 아닐세."

하풍달의 얼굴이 일그러지는데 표자룡이 두 사람의 대화에 불쑥 끼어들었다.

"그가 누군지는 모르지만 적어도 저 친구만큼은 정파의 인물이 아닌 게 분명하죠."

"그게 무슨 소리냐?"

하풍달이 물었다.

"그날, 창룡전의 삼관문을 지날 때 그가 제게 말했습니다."

"그가 뭐라고 했는데?"

"정파 놈들이란 어쩔 수 없지 않느냐고 했습니다."

"언제 그런 말을 했다는 거야?"

"그날 동굴 천장이 무너져 몇 사람이 고립되었을 때, 모두들 버리고 달아났지 않습니까? 그때 저 친구가 바위 드는 걸 도와주면서 그랬습니다."

"그럼 저 녀석이 사마외도라는 말이야? 이런……."

하풍달과 표자룡이 대화를 하고 있는 동안 독행천괴는 조용히 용악산을 바라보고 있었다.

그러고 보니 용악산은 한마디도 하지 않고 있었던 것이다.

하지만 독행천괴는 용악산에게 아무것도 물을 수가 없었다.

용악산의 눈동자에서 화염이 줄기줄기 흘러나오고 있었기 때문이다.

그것은 분명 분노였다.

그 무렵, 장내에는 모용광이 뛰어들어 변검과 싸우고 있었다.

모용세가의 무공은 쾌를 추구했다.

칼은 바람을 가르고 검은 빛을 가른다.

그런가 하면 피를 불태울 정도로 강렬한 검공도 있다.

하지만 모용광은 처음부터 박룡조(搏龍爪)를 펼쳤다.

상대가 적수공권인데 대모용세가의 후예이자 십청룡의 일인인 자신이 검을 들기에는 자존심이 상했던 것이다.

그리고 그는 황보충이나 운룡과는 다를 자신이 있었고, 실제로도 그랬다.

변검은 모용광의 박룡조를 탐구하듯 천천히 상대했다.

그런 데도 불구하고 모용광은 빈틈을 찾지 못했다.

모용광은 변검 앞에서 발가벗겨진 채 춤을 추는 듯한 기분이었다.

이윽고 탐색을 끝낸 변검이 말했다.

"구성에서 막혔군. 박룡조의 오의는 용의 기세를 담아내야 하는데, 그 정도면 응조(鷹爪)나 호조(虎爪)라고는 할 수 있어도 용조(龍爪)라고 하기에는 무리가 있군!"

퍼엉!

변검의 말이 끝나기가 무섭게 모용광의 가슴에서 폭발이 일어났다.

변검이 떨친 경력이 모용광의 반탄강기와 부딪치면서 생긴 폭발음이었다.

경력의 파장이 일시에 사방으로 퍼지면서 군중들은 강렬한 돌풍을 느꼈다.

동시에 박투장을 중심으로 높은 장대 끝에 매달려 있던 백여 개의 횃불이 바람 앞의 촛불처럼 화라락 꺼져 버렸다.

장내가 한순간 어두워졌지만 아직 만월이 떠 있어 희미하게나마 빛을 비추어주었다.

모용광은 이미 저만치 나가떨어져 선혈을 한 바가지나 토해내고 있었다.

그의 가슴엔 아직도 연기를 뿜어내는 다섯 개의 혈인이 선명하게 찍혀 있었다.

마치 조공이란 이런 것이다, 라는 걸 보여주는 것처럼.

심각한 내상을 입은 모용광을 누군가 끌고 군중들 속으로 사라졌다.

그리고 나온 사람은 남궁휘였다.

스릉!

"검을 뽑아라!"

남궁휘는 무서운 눈으로 변검을 노려보면서 경고했다.

이번엔 변검도 사양하지 않았다.

그는 주위를 둘러보더니 용악산을 발견하고는 다가와 말했다.

"잠시 칼을 빌려주겠소?"

"왜 내게 청하는 것이오?"

"이곳에서 내가 아는 사람은 당신이 유일하군요."

용악산은 잠시 매서운 눈으로 변검을 노려보더니 말했다.

"거절하겠소."

"하긴, 도수의 목숨과도 같은 칼을 빌려달라는 건 예의가 아니지."

변검은 능글맞은 표정을 짓고는 돌아갔다.

그가 몸을 돌리기 직전 두 사람 사이에 불꽃이 튀었지만 그것을 알아차린 사람은 거의 없었다.

단 한 사람, 독행천괴만이 기이한 눈빛으로 변검과 용악산을 잠시 번갈아 보았을 뿐이었다.

변검은 군중들 중 누군가로부터 검을 하나 빌리더니 남궁휘와 마주 섰다.

예광을 번뜩이는 남궁휘의 보검에 비해 변검의 검은 싸구려 철검이었다.

하지만 날카로운 무인의 기도는 검에 의해 좌우되는 것이 아니었다.

"그대가 신비검객이군."

남궁휘가 말했다.

그 역시 이곳으로 오면서 신비검객을 만나게 될 것을 알고 있었다.

어쩌면 처음부터 그를 만나기 위해 찾아온 것인지도 모른다.

창룡전의 마지막 관문에 출전할 사람들 최후의 십삼인 중 신비검객으로 짐작되는 이는 없었으니까.

남궁휘의 입에서 신비검객이라는 말이 흘러나오자 군중들은 또다시 술렁였다.

한동안 강북무림을 진동시키던 신비검객이 바로 눈앞에 있는 것이다.

군중들의 시선이 약속이나 한 듯 변검을 향했다.

아직 그의 입에서 대답이 흘러나오지 않았으니 다시 한 번 사실을 확인하고 싶은 것이다.

얼굴에는 잔뜩 놀랄 준비를 하고서.

"호사가들이 그런 별호를 붙여주긴 했더군."

아, 과연.

군중들의 얼굴엔 놀람과 당혹감이 교차했다.

"그대의 진짜 정체를 알고 싶소."

"무명검객에게 지기에는 자존심이 허락지 않는다는 뜻인가?"

"다르게 묻지. 왜 이런 행보를 하는 것이오?"

"혈채를 받는 중이라고 해두지."

"혈채?"

"그대들의 일족들에게서 쓰러져 간 내 형제들에 대한 혈채."

말이 끝남과 동시에 변검의 신형이 눈앞에서 번쩍하고 사라졌다.

남궁휘 또한 한 줄기 궤적을 그리며 사라졌다.

허공에 빛이 교차하고 검광이 난무했다.

진짜 검수의 대결이었다.

쒜애애애액. 깡깡!

쑤에애애액. 깡깡!

강맹한 불꽃은 폭음과도 같은 충돌음에 가려졌다.

검이 사람이고, 사람이 검이 되었다.

두 줄기의 어지러운 빛이 허공에 가득한 검망을 만들어냈다.

두 사람에게서 뿜어져 나오는 예기로 인해 군중들이 삽시간에 물러나면서 수채가 출렁거렸다.

사방이 찐득찐득한 살기로 가득 찼다.

그러다 어느 순간 변검의 검에서 뻗어나간 한 줄기 빛이 남궁휘의 머리 위에 떨어졌다.

하지만 빛은 머리 위에서 천둥소리와 함께 멈췄다.

쨔앙!

남궁휘가 자신의 보검으로 막아낸 것이다.

"천뢰기(天雷氣)!"

변검의 입에서 나지막한 소리가 흘러나왔다.

천뢰기는 남궁세가의 강기공(罡氣功)이었다.

남궁휘의 이마에는 굵은 땀방울이 흥건했다.

그는 몇 번 검을 부딪쳐 본 후 변검의 공력이 결코 자신이 감당할 수준이 아님을 알아차렸다.

그래서 검으로 상대의 공격을 막으면서도 천뢰기를 펼쳤던 것이다.

공격뿐만 아니라 방어를 하면서도 극한의 공력을 끌어올려야 겨우 상대할 수 있는 사내.

"가장 낫긴 하군. 하지만 아직 멀었어."

까앙!

일검에 남궁휘의 보검을 떨쳐 낸 변검은,

파앙!

이장에 남궁휘의 가슴을 격타했다.

남궁휘는 변검의 장력을 받아내지 못하고 곡선을 그리며 나가떨어졌다.

그가 날아가는 방향을 따라 입으로부터 뿜어져 나온 한 줄기 선혈이 포물선을 그렸다.

아리따운 여인 하나가 황급히 달려가 남궁휘를 부축했다.

"휘 오라버니!"

그녀는 공화연이었다.

하지만 남궁휘는 극심한 내상으로 기식이 엄엄했다.

공화연이 황급히 맥을 살피는 등 분주한 움직임을 보였다.

운룡, 모용광에 이어 남궁휘까지 쓰러지자 장내에 모여든 사람들은 경악을 금치 못했다.

일이 재밌게 되어가는 정도를 지나쳐 점점 위험하게 치닫는 것이다.

신비검객이 누구인지 모르지만 내로라하는 문파의 후기지수 셋에게 중상을 입히고도 어찌 살아나길 바랄까.

하지만 변검은 그런 걱정 따윈 없는 것 같았다.

그는 갑자기 가소롭다는 듯이 크게 웃어젖히며 말했다.

"하하하, 그까짓 독물로 나를 잡을 수 있을 것 같으냐!"

잠시 후 군중들 틈에서 모습을 드러낸 사람은 당진악이었다.

"자분혼심(紫粉混心)이오. 자만하지 마시오!"

당진악이 어린 나이에도 불구하고 제법 호기를 부렸다.

그만큼 당문의 독공에 대한 자부심이 있었기 때문이다.

자분혼심은 공기를 통해 중독되는 일종의 기독(氣毒)으로, 중독되는 순간 급격한 정신 분열 현상을 겪는다.

제때에 해독을 하지 않으면 평생 망상과 환청을 경험하며 점점 미쳐 가게 된다.

"좋아, 중독된 걸 인정하지. 이제 어쩔 셈이지?"

"남궁 선배께서 하던 질문을 마저 할 참이오."

"무엇이 궁금한가?"

"당신의 이름, 사문, 그리고 이런 행보를 하는 이유."

"그것에 대한 대답은 이미 한 걸로 아는데?"

"보다 성의있는 대답을 원하오."

"소형제가 내게서 대답을 들을 수 있는 경우는 한 가지뿐이다. 나를 제압하라."

"정 그렇다면."

팟!

그러나 당진악은 변검을 향해 달려가지 않았다.

오히려 뒤로 다섯 장이나 튕겨 나가는 동시에 오른손을 뿌렸다.

묘하게도 그 순간 달이 구름 속으로 숨었고, 장내는 등촉이 꺼진 방 안처럼 깜깜해졌다.

당진악은 처음부터 이때를 위해 시간을 끌었던 것이다.

그리고 어둠을 틈타 엄청난 숫자의 암기가 대기를 갈랐다.

독과 암기의 조종으로 유명한 당문은 오랜 세월 동안 풀리지 않는 난제가 있었다.

언젠가 가문이 존망의 기로에 놓일 만큼의 대적을 만났을 때 과연 어떻게 상대할 것인가.

그 해답으로 만들어낸 것이 만천화우(滿天花雨)였다.

사방 십여 장을 초토화시켜 버리는 만천화우는 그 후 당문을 대표하는 독공이자 암기술이 되었다.

하지만 만천화우에도 한 가지 약점이 있었다.

그건 바로 공력이 일 갑자가 넘는 내가고수만이 펼칠 수 있다는 점.

때문에 당문에서도 만천화우를 시전할 수 있는 사람은 열손가락 안에 꼽혔다.

그래서 기관장치를 통해서도 만천화우에 버금가는 암기를 쏟아낼 수 있는 방법이 없을까 고민했다.

그리고 마침내 중원 최고의 장인들이 모여 있다는 당문의 비각(秘閣)에서 한 가지 물건을 만들어내게 되었다.

삭골풍우통(削骨風雨桶)!

한 뼘 정도 길이의 대나무 통에 벌침처럼 작은 강철 암기 수천 개를 쑤셔 넣고 정교한 기관장치를 통해 쏘아댄다.

기회는 단 한 번. 그러나 수천 개의 암기들 중 하나라도 맞으면 죽음을 각오해야 한다.

작은 암기에 머리카락처럼 역린이 달려 있어 빼내려고 하면 할수록 살 속에 더욱 깊이 박힌다.

마침내 침끝이 뼈에 닿게 되면 독이 퍼지면서 뼈를 녹여 버리는 것이다.

따따다다다당!

암기가 검신을 때리면서 우박이 쏟아지는 소리가 났다.

동시에 검신을 둘러싸고 사방에서 불꽃이 터졌다.

당진악은 자신했다.

비록 그 위력이 만천화우에는 못 미치지만 강호에 이처럼 가까운 거리에서 발사한 삭골풍우를 피할 수 있는 사람은 없었다.

하지만 달이 구름으로부터 빠져나오는 순간 당진악은 경악을 금치 못했다.

자신의 목젖에 변검의 검이 닿아 있었기 때문이다.

믿을 수 없었다.

분명 독에 중독되었고 상대는 공력을 끌어올릴 수 없었다.

그럼에도 불구하고 만일의 경우를 대비해 앞으로 나아가는 대신 뒤로 물러났다.

암기에 맞은 상대가 동귀어진을 각오하고 달려들 때를 대비해서였다.

한데 상대는 마치 처음부터 옆에 있었던 것처럼 태연했다.

독과 암기, 모두 무용지물이었다는 말이 된다.

"말했을 텐데, 이까짓 걸로는 날 잡지 못한다고."

변검이 손에 들어 보인 건 한 줌의 암기였다.

검으로 암기를 튕겨낸 줄 알았더니 강력한 흡인력으로 검에 붙였던 것이다.

그리고 지금 그 암기를 당진악의 배에 쑤셔 박고 있었다.

"커헉!"

당진악은 단말마를 토해내며 쓰러졌다.

당진악을 끝으로 더 이상은 변검에게 도전하는 이가 없었다.

창룡전 후기지수들의 완벽한 패배.

군중들은 이제 더 이상 흥분하지 않았다.

묘왕전이 주는 짜릿한 쾌감을 넘어 이제 알 수 없는 불안감이 음습해 왔다.

어쩐지 지금 이 자리에 있어서는 안 될 것 같다는 예감.

하지만 쉽게 벗어날 수도 없었다.

여긴 육지가 아니라 바다(?) 한가운데였으니까.

그때였다.

사방이 어두컴컴해지더니 먹구름이 달을 가렸다.

군중들은 본능적으로 고개를 들어 밤하늘을 올려다보았다.

평범한 먹구름이 아니었다.

군데군데 구멍이 뚫린 먹구름.

마치 거대한 검은 구름이 수채 전체를 뒤덮고 있는 것 같았다.

누군가 외쳤다.

"야조(夜鳥)다!"

부엉이나 올빼미 따위의 야행성 조류를 일컫는 말.

하지만 그런 새들은 독립성이 강해 무리를 짓는 법이 없다.

더구나 이처럼 동시에 한곳으로 날아가는 경우는.

평범한 새 떼가 아님을 알아차린 군중들이 잔뜩 겁을 집어

먹고는 우왕좌왕했다.

그리고 놀라운 일이 벌어졌다.

새 떼가 지나가면서 박투장을 중심으로 높다랗게 솟아 있던 장대 끝의 횃불 백여 개에 불이 붙은 것이다.

만월에 이어 횃불까지 밝히자 수채는 다시 밝아졌다.

검은 새 떼는 곧 수십 개의 인영으로 변해 궤적을 그리며 수채로 내려섰다.

어림잡아도 오십여 명의 괴인들이 무서운 속도로 낙하하는데도 수채는 깃털이라도 내려앉은 듯 전혀 흔들리지 않았다.

그들이 어디에서 어떻게 나타났는지 아무도 알지 못했다.

전신은 밤을 물들인 듯한 흑의 장삼을 입었고 얼굴에는 복면을 뒤집어썼다.

등에는 폭이 좁은 왜도를 메고 있었는데, 이런 일련의 복장들이 자객을 닮았다.

야조들은 변검을 에워싸더니 곧 흉흉한 살기를 드러냈다.

그중 번뜩이는 안광의 복면인이 싸늘한 목소리로 말했다.

"우리와 함께 가주어야겠다."

"흑도 나부랭이들은 아닌 것 같군."

"너를 보고 싶어하는 분이 있다."

"지금 나를 보고 싶어하는 분이라… 아마도 무림맹주겠군."

복면인은 긍정도 부정도 하지 않았다.

지극히 말을 아끼는 듯한 모습.

사람들이 또다시 술렁거렸다.

새로 나타난 인물들이 무림맹에서 보낸 사람들일 줄이야.

행여 변검의 수하들일지도 모른다고 생각한 사람들은 차라리 다행이라 생각했다.

무림맹이라면 최소한 이 상황에서 자신들을 몰살시키지는 않을 테니까.

대부분이 흑도인 군중들이 무림맹 무사들의 등장을 반가워하는 희한한 상황이 벌어지고 있었다.

멀리서 그 모습을 보고 있던 하풍달이 독행천괴에게 말했다.

"아무래도 한발 늦으신 것 같습니다."

급소를 건드렸음인지 독행천괴의 얼굴이 순식간에 일그러졌다.

"영악한 맹주 같으니라고. 나에게 비부의 자객들을 붙여두었을 줄이야……."

이를 으드득 가는 독행천괴는 금방이라도 폭발할 것 같았다.

마침내 신비검객을 찾아냈고 그걸 알려주기만 하면 되는데 간발의 차이로 놓쳤으니 어찌 화가 나지 않겠는가.

비부는 맹주 직속의 친위부대였다.

비공식적인 일들을 은밀히 처리하는 정예의 고수들.

비부라는 말 뒤에 꼭 자객이라는 말이 붙는 것도 그들의 그런 은밀함 때문이었다.

그런 비부의 자객들이 오십여 명이나 출동했으니 맹주가 신

비검객을 잡으려는 데 얼마나 심혈을 기울였는지 알 수 있었
다.

도대체 왜, 무엇 때문에.

하풍달은 슬며시 고개를 돌려 용악산을 보았다.

용악산이라면 왠지 알고 있을 것 같았기 때문이다.

하지만 용악산은 무슨 생각인지 계속 묵묵부답이었다.

눈동자에서는 언제부턴가 이글이글 화염이 불타는 것 같아
말을 걸어보기도 조심스러웠다.

한편 비부의 자객들에게 둘러싸인 변검은 여전히 태연자약
했다.

그리고 곧 또 다른 움직임이 있었다.

군중들 틈에서 사람들이 하나둘씩 걸어나오더니, 순식간에
이십여 명으로 늘어났다.

병기도, 복장도 모두 가지각색이었다.

그들 중에는 용악산 일행이 일전에 본 마희단원들도 있었
다.

하지만 그들의 전신에서 풍기는 살기는 이미 마희단의 그것
이 아니었다.

오랜 전쟁에서 살아 돌아와 살짝 건드리기만 해도 심장에
칼을 박아줄 것만 같은 사나움.

변검을 사이에 두고 그들과 비부의 자객들이 대치했다.

한바탕 살계가 펼쳐질 것 같은 분위기.

군중들이 공간을 벌리며 뒤로 물러나기 시작했다.

괜히 서성거리다가 자신들에게도 불똥이 튀면 생사를 장담할 수가 없는 상황.

사람들이 물러나는 사이, 변검이 비부의 수장으로 짐작되는 복면인에게 물었다.

"피차 조용히 물러가는 것이 어떻겠소?"

"다시 말하지만, 우리와 같이 가주어야겠다."

"상황이 이런 데도?"

"거절한다면 수급이라도 가져오라는 명령이셨다."

비부의 수장은 당당하고 자신감에 차 있었다.

오랜 세월 음지에서 맹주의 명을 처리해 온 노련함이 그를 그렇게 만든 것이다.

"어쩔 수 없군."

한순간 변검의 상체가 바닥에 착 붙는가 싶더니 궤적을 그리며 밤하늘로 솟구쳤다.

동시에 그의 장검에서 붉은빛이 뻗어 나와 사방 십여 장의 공간을 베었다.

횃불을 매달고 있던 장대가 모조리 잘려 나갔다.

백여 개의 장대가 군중들 사이로 한꺼번에 쓰러지면서 난장판이 따로 없을 정도로 혼란이 일어났다.

더욱 놀라운 것은 불길이 사방으로 번지면서 연기가 치솟았다는 것이다.

누군가 곳곳에 기름을 뿌려둔 게 틀림없었다.

불을 끄려는 사람, 옷에 불이 붙은 사람, 물속으로 뛰어드는 사람…….

비명과 고성이 난무하면서 전장이 따로 없었다.

아수라장 속에서 변검의 수하들과 비부 자객들이 충돌했다.

비부의 자객들은 과연 강했다.

움직임에는 흔적을 남기지 않았고 칼은 섬전처럼 빨랐다.

특히, 그들이 펼치는 진법은 난해하기 짝이 없어서 능히 오십의 인원으로 천 명을 상대할 수 있을 것 같았다.

거기에 허공을 가득히 메우는 눈부신 도광이란.

그에 반해 변검의 수하들은 일사불란한 진법을 펼치지 않았다.

오히려 혼자 싸우는 것이 편한 듯 진법을 구축하고 있는 비부의 자객들을 상대로 각개격파했다.

이십 명과 오십 명의 싸움이라는 단순한 산술적 계산이 지금의 경우에는 맞지 않았다.

변검의 수하들이 워낙 강한 탓도 있었지만 그보다는 지형의 문제, 즉 상황의 문제였다.

비부의 자객들이 마음 놓고 싸움을 벌이기에는 군중들이 너무 많았다.

변검의 수하들은 사람들의 생사에는 관심이 없는 반면, 무림맹주가 보낸 비부의 자객들은 그들의 생사까지 고려해야 했다.

아무리 흑도의 묘왕전이라고는 하나 군중들 모두가 흑도가 아닐뿐더러, 설사 그렇다고 해도 이유없이 죽일 수는 없었다.

때문에 변검의 수하들과 비부의 자객들은 어느 한쪽도 압도적인 우세를 보이지 못하는 상황에서 치열한 접전을 벌였다.

군중들은 앞 다투어 뗏목에 올라탄 후 밧줄을 끊고 강을 빠져나갔다.

그 때문에 거대한 수채는 순식간에 잘게 쪼개지며 통째로 흔들렸다.

일단 수채에서 떨어져 나가자 뗏목은 거센 물살을 이기지 못하고 휩쓸렸다.

사람들은 우왕좌왕하면서 각자 살길을 찾기에 바빴다.

곳곳에서 뗏목을 두고 칼부림이 벌어졌다.

뗏목의 절반 정도가 불에 타버렸거나 지금도 타고 있는 상황에서 칼부림이 일어나지 않을 수가 없었다.

"이런, 굼뜨다간 남아나질 않겠군. 나중에 보세나."

독행천괴도 한마디를 남겨놓고는 치달렸다.

저만치 그가 향하는 방향에는 거칠어 보이는 흑도 십여 명이 뗏목 하나를 두고 칼부림을 펼치는 중이었다.

뗏목 하나에 많아야 다섯 명 정도가 탈 수 있으니 저들 중 다섯 명이 나가떨어지는 순간 싸움은 멈출 것이다.

하지만 그들의 싸움은 독행천괴의 등장으로 멈춰졌다.

독행천괴는 십여 장 밖에서 치솟더니 포물선을 그리며 뗏목의 가장자리에 착지했다.

동시에 천근추의 수법을 펼쳤다.

그가 내려앉은 뗏목의 가장자리가 물속으로 푹 꺼지면서 반대쪽은 허공으로 치솟았다.

뗏목이 순식간에 뒤집어졌고 다투고 있던 십여 명의 흑도들을 물속으로 뱉어(?)버렸다.

빙글 회전하는 뗏목을 다람쥐 쳇바퀴 타듯 구른 독행천괴는 마침내 뗏목을 혼자 차지하게 되었다.

그런 그를 보고 물에 빠져 허우적거리던 흑도 하나가 똥물에 튀겨 죽일 놈이라고 욕설을 퍼부었다.

독행천괴는 그런 흑도의 머리통을 향해 삿대를 한 번 후려쳐 주고는 유유히 강가로 저어나갔다.

그에 맞춰 용악산도 움직였다.

"너희들은 물에 빠진 사람들을 구해라!"

그리고는 누가 물어볼 틈도 없이 연기처럼 사라져 버렸다.

第五章

안개 속에서 표류하다

天山刀客

이십 장 높이의 밤하늘에서 내려다보는 수채는 아수라장이 따로 없었다.

불길은 곳곳에서 치솟았고 사람들은 화마를 피해 뗏목에 옮겨 타느라 바빴다.

미처 옮겨 타지 못한 자들은 등에 불이 붙은 상태에서 강물로 뛰어들었다.

그러면 세찬 강물이 그들을 집어삼켰다.

운이 좋다면 부서진 뗏목 조각을 붙잡고 하류의 어디쯤에서 뭍으로 기어오를 수 있으리라.

작은 뗏목들이 떨어져 나가면서 애초 백여 장에 달했던 거대한 뗏목군은 순식간에 손바닥만한 넓이로 변했다.

마치 바둑판이 무늬를 따라 잘게 쪼개지는 형국.

가장 오랫동안 대열을 유지하고 있는 것은 역시 가장 가운데 있던 박투장이었다.

그곳에는 지금 마지막까지 남은 변검의 수하들과 비부의 자객들이 치열한 백병전을 벌이고 있었다.

용악산의 예상대로 변검은 보이질 않았다.

그는 혼전을 틈타 몸을 뺀 것이다.

용악산은 두정안을 열고 정신을 상단전에 집중했다.

종사는 이것을 천응(天鷹)의 눈이라고 했다.

세상 맹금류 중 가장 높이 난다는 천응은 수천 길 높이에서 땅바닥을 기어가는 두더지의 움직임을 포착한다.

그건 시력이라기보다 주의력의 문제였다.

만물의 자연스런 움직임 속에 이질적인 어떤 것을 알아차리는 능력.

수많은 군중들의 움직임 하나하나가 읽혀지고 걸러졌다.

그리고 마침내 이질적인 움직임이 보였다.

모두가 화마와 난리를 피해 발을 동동 구르는 사이 혼자 유유히 빠져나가는 뗏목 하나.

동시에 용악산이 체공을 멈추고 내리꽂은 순간이었다.

멀리 뭍으로 향하는 뗏목 위에서는 독행천괴가 하늘을 올려다보고 있었다.

"허공답보(虛空踏步)라… 후후, 저 친구 큰일 낼 친구로군."

곳곳에서 살려달라는 아우성과 뗏목을 차지하려는 자들의 칼부림 소리가 난무하는 가운데 용악산은 좁은 뗏목 위에서 변검과 마주섰다.

변검은 차가운 눈으로 용악산을 응시했다.

그의 눈동자에는 마치 심연 속에 가라앉은 야광주처럼 기이한 안광이 번뜩이고 있었다.

"묘왕전은 이미 끝난 걸로 아오만?"

변검이 말했다.

"내 볼일은 아직 끝나지 않았다."

용악산의 차가운 목소리가 주변을 얼렸다.

"걸어오는 싸움을 피하는 성격은 아니지만 지금은 급한 용무가 있어서 말이지."

한순간 변검의 신형이 허공을 향해 치솟았다.

파앙!

강렬한 파공음과 함께 일직선의 궤적이 밤하늘 속으로 그어졌다.

동시에 용악산의 두 주먹에서 시뻘겋게 달아오른 두 마리의 적룡이 쏘아졌다.

조금 전 변검이 남궁휘를 상대로 펼칠 때와는 차원이 다른 위력.

긴 꼬리를 만들면서 날아간 적룡은 가공할 속도로 인해 형체를 알아볼 수 없었다.

범인의 눈에는 그저 땅에 떨어진 유성이 튕겨 나가는 것처럼 보일 뿐.

그러나 이것이야말로 진짜 적룡장(赤龍掌)이었다.

때문에 사람들은 적룡장을 눈앞에서 보고도 그것이 적룡장임을 알아차리지 못했다.

오직 용악산만이 진전을 이어받은 대종사의 절학!

거대한 충격파가 대기를 진동하며 변검을 엄습했다.

변검은 상황의 다급함을 알아차리고 황급히 몸을 비틀었다.

동시에 그의 양쪽 겨드랑이에서 날개라도 돋친 듯 사이한 불덩이가 뻗어 나왔다.

불덩이는 순식간에 변검을 에워쌌다.

"가루라염(迦樓羅炎)!"

용악산의 입에서 나직한 신음이 흘러나왔다.

더불어 변검의 신분이 다시 한 번 확실해지는 순간이었다.

적룡의 기운이 변검을 둘러싼 화염과 충돌했다.

꾸앙!

펑음과 함께 거대한 섬광이 번적였다.

"헉! 마른하늘에 웬 날벼락이지?"

공춘보는 움찔 놀라 하늘을 올려다보았다.

섬광 때문인지 한순간 시야가 흐려졌다.

세상이 온통 빛으로 가득 찬 것 같았다.

공춘보는 자신도 모르게 두 눈을 감았다.

그리고 잠시 후 역설적이게도 세상이 조금씩 어두워지면서 앞을 볼 수가 있었다.

하지만 주변에는 아무런 일도 없었다.

분명 벼락이 친 것 같은데 그 흔적을 찾을 수 없었다.

주변을 둘러보니 듣도 보도 못한 괴이한 현상에 중인들도 어리둥절한 표정이었다.

그러나 그것도 잠시, 사람들은 살아남기 위해 다시 발버둥쳤다.

공춘보는 용악산의 명령을 수행하기 위해 사방을 둘러보았다.

물에 빠진 사람을 구하라는 것이 어디 꼭 물에 빠진 사람만 구하라는 뜻일까.

위험에 처한 사람들은 누구나 구하라는 뜻이 아니겠는가.

'기왕이면 다홍치마라는 말도 있듯이……'

그의 시선이 마침내 한곳에서 시선이 멈췄다.

그가 달려간 곳은 박투장에서 그리 멀지 않은 곳에 있는 뗏목이었다.

그곳에 여자 셋이서 뗏목을 탈취하려는 흑도들과 싸우고 있었다.

그들이 흑도의 인물이라는 증거는 없었지만 공춘보는 이미 마음속에서 그들을 흑도로 규정했다.

"감히 어디를 넘보는 거냐!"

뗏목 위로 뛰어 오른 공춘보는 도끼를 휘두르는 흑도를 향해 주먹을 뻗었다.

펑! 소리와 함께 가슴을 격중당한 흑도인이 물에 빠졌다.

"공자님!"

맞은편에서 또 다른 흑도들을 상대로 고전하던 공화연이 반색을 했다.

"내가 왔으니 염려 마십시오, 낭자."

"고마워요."

"하하, 아는 사이좋다는 게 뭐겠습니까."

공춘보는 말을 하고는 곧장 돌아서서 막 뗏목 위로 뛰어든 수적 한 명을 더 쳐냈다.

뗏목은 이미 만원이어서 더 탔다간 가라앉을 수밖에 없는데도 불구하고 흑도들은 꾸역꾸역 올라왔다.

공춘보의 게슴츠레한 눈빛이 공화연의 곁에 있는 두 명의 또 다른 여인을 살짝 핥았다.

낭창낭창한 몸매에 발그스레한 볼, 무엇보다 물에 젖어 몸에 착 달라붙은 옷이 무척 뇌살적이었다.

그때 공화연이 깜짝 놀라며 단말마를 내질렀다.

"앗! 공자님!"

동시에 무언가 묵직한 것이 공춘보의 뒤통수를 후려쳤다.

한차례 휘청하며 비틀거린 공춘보가 뒤를 돌아보았다.

수적 하나가 손에 든 부러진 몽둥이와 공춘보의 뒤통수를 번갈아 보며 황당하다는 얼굴을 하고 있었다.

운도 좋다. 몽둥이였기에 다행이지, 칼이었다면…….

"이런 빌어먹을 자식!"

퍼억!

공춘보는 되는 대로 기다란 나무 막대기를 하나 주워 수적의 머리통을 똑같이 후려쳤다.

'끄윽!' 하는 소리와 함께 수적이 넘어갔다.

물속에서 기어 올라오는 놈은 막대기로 밀어 넣고, 하늘에서 떨어지는 놈은 후려쳐서 쫓아보내기를 한 식경.

뗏목을 탈취하려는 자들도 잠잠해졌다.

더불어 삼 장이나 되던 대나무 막대기는 갈가리 찢어져 회초리 다발을 묶어놓은 것 같았다.

공춘보는 쓸모가 없어진 대나무 막대기를 강물 속에 휙 던져 버리고 주위를 살폈다.

그제야 뗏목에 쓰러져 있는 또 다른 사람들의 면면이 눈에 들어왔다.

남궁휘, 모용광, 운룡, 황보충, 당진악…….

변검에게 도전을 했다가 개망신을 당한 창룡전의 후기지수들이었다.

황하신룡에게 한칼을 맞은 황보충은 과다출혈 때문인지 기식이 엄엄했고, 운룡은 내상에 두 다리까지 부러져 역시 의식이 없었다.

남궁휘와 모용광은 다행히 의식은 있었지만 지독한 내상으로 인해 가부좌를 틀고 운기행공을 하고 있었다.

적들이 사방에서 덤벼드는 판국에 운기행공을 할 여유가 어디 있는가.

그건 그들이 그만큼 다급했다는 걸 의미했다.

그걸 증명하기라도 하듯이 두 사람은 온몸이 땀으로 흥건했다.

진기를 끌어올리면서 생기는 열로 인해 몸 주면엔 수증기가 모락모락 피어올랐다.

공춘보는 내가공부에 그리 조예가 깊지 않았지만 저들의 목숨이 경각에 달렸다는 것을 짐작했다.

아마도 저렇게 한차례 내상과 싸우고 나면 온몸의 기력이 빠져나가 실신을 하고 말리라.

그렇게 해서라도 살아난다면 천운이라 할 수 있었다.

그에 비해 당진악은 좀 다른 상황에서 고전을 하고 있었다.

변검이 그의 배에다 눈썹만큼 작고 검은 암기를 한 뭉치를 쑤셔 박았는데, 그 암기에 독이 발라져 있었던 것이다.

독사도 제 혓바닥을 깨물면 죽는다고 했다.

제아무리 당문의 사람이지만 그 역시 암기의 맹독에는 뾰족한 수가 없었던 모양이다.

그는 지금 온몸이 먹처럼 검게 변해서는 내부의 독기와 싸우고 있었다.

독에 대한 조예는 전혀 없으니 당진악이 죽을지 살지는 공춘보로서도 짐작할 수가 없었다.

한 가지 분명한 것은 저들이 그렇게 한심스러워 보일 수가 없다는 것이었다.

'쯧쯧쯧, 사내놈들이 여자들에게 목숨을 맡긴 꼴이라니……'

속으로는 그런 생각이 들었지만 겉으로 표현할 수는 없었다.

공춘보는 고개를 돌려 사방을 주시하고 있는 공화연에게 물었다.

"어디 다친 데는 없으십니까?"

"네."

"그, 그렇군요."

공화연은 공춘보의 목소리가 어쩐지 풀이 죽은 것 같아 다시 그를 보며 말했다.

"고마워요. 덕분에 무사할 수 있었어요."

그제야 공춘보의 안색이 환하게 밝아졌다.

"하하하, 뭘요. 저는 단지 무인으로서 응당 해야 할 일을……"

"그런데 여긴 어디죠?"

"예?"

말을 하다 말고 공춘보는 사방을 둘러보았다.

횃불의 열기가 사라져서인지, 아니면 누군가 펼쳐 놓은 기문진이 깨져서인지 강은 어느새 짙은 안개가 장악하고 있었다.

들리는 것은 황하의 세찬 물소리와 이따금씩 튀어 오르는 물고기 소리뿐, 인기척을 전혀 느낄 수가 없었다.

묘왕전이 열리던 곳에서 한참이나 멀리 흘러온 것이다.

"우선 여기를 빠져나가야겠습니다."

"어떻게 빠져나간다는 거죠?"

"물을 아래로 흐르기 마련이니 물살을 가로질러 가다 보면 강변에 닿겠지요."

공춘보는 당연한 걸 왜 묻느냐는 얼굴이었다.

"그러니까 어떻게요?"

"당최 무슨 말씀이신지……?"

공춘보는 뒤통수를 긁적긁적하다가 뒤늦게 삿대가 없다는 걸 알아차렸다.

삿대가 없으면 무슨 수로 물살을 가로질러 갈 것인가.

황하의 넓이가 장장 이십 리나 된다는데.

"젠장, 어떤 후레자식이 삿대를 훔쳐갔나 봅니다!"

"훔쳐간 게 아니라 누군가 그 삿대를 들고 싸움을 하던걸요."

말을 한 사람은 젖은 수건으로 당진악의 피부에 맺힌 검은 땀을 닦아주던 여인이었다.

그녀가 공춘보에게 면박을 주었는 데도 불구하고 공춘보는 알아차리지 못했다.

뽀얀 목덜미에 착 달라붙은 젖은 머리카락이 어쩌면 저리도 새침할까.

이제나 저제나 어떻게 말을 걸어볼까 고심하던 공춘보는 그녀가 먼저 말을 걸어와 주니 이때다 싶었다.

"꿀꺽, 실례지만 옥명(玉名)이 어떻게 되시는지……?"

아름다운 여인의 이름을 뜻하는 옥명. 자신도 모르게 혀가 술술 풀리는 공춘보였다.

"홍시연이예요. 산동의 작은 무가 출신이죠."

공춘보의 침 넘어가는 소리를 들은 홍시연은 저도 모르게 인상을 찌푸렸다.

"아, 그렇군요. 저는 항주 금룡문의 둘째 제자 공춘보라고 합니다. 뵙게 되어 영광입니다."

공춘보는 옛날의 습관이 튀어나와 자신을 한껏 낮추었다.

구체적으로 산동의 어느 무가인지만 물어봤어도 공춘보는 감히 그녀와 말을 섞을 생각을 못했을 것이다.

일단 말문을 튼 공춘보는 내친 김에 남궁휘를 돌보고 있는 또 다른 여인에게도 물었다.

"낭자의 옥명을 알 수 있는 영광을 주시겠습니까?"

"서여옥이에요."

여자는 짧게 말을 하고는 다시 남궁휘와 모용광을 돌보는 데 여념이 없었다.

흔들리는 뗏목 위인데다 곁에서 공춘보까지 설레발을 치는 바람에 두 사람은 운기행공에 큰 방해를 받고 있었다.

하지만 공춘보는 그렇게 생각하지 않았다.

그저 변검에게 개 맞듯이 맞아 아직도 정신을 차리지 못하고 있다고 생각했다.

저런 놈들에 비해 자신은 얼마나 멋지고 당당한가.

공춘보의 어깨에 한껏 힘이 들어갔다.

공춘보의 상상이 끝 간 데 없이 펼쳐지는 동안 홍시연은 고개를 절레절레 저었다.

그녀가 공화연에게 물었다.

"여기가 어디쯤인지 알겠어?"

"모르겠어요. 사방이 온통 안개뿐이라 짐작을 할 수가 없어요."

"이대로 계속 떠내려가면 어디로 닿을까?"

"조금이라도 방향을 틀 수 있다면 언젠가 강가에 닿지 않을까요?"

"언젠가?"

"운이 좋다면 내일 아침 무렵에는 닿을지도 모르죠."

"그때까지 기다릴 수가 없어."

말을 하고 나선 사람은 서여옥이었다.

홍시연과 공화연이 동시에 부상당한 사내들을 보았다.

두 사람은 서여옥의 말을 금방 알아들었다.

저들의 부상이 워낙 위중해 그때까지 시간을 끈다면 목숨을 부지하기 힘들 것이다.

설혹 목숨을 부지한다고 해도 무인으로서의 삶은 더 이상 영위할 수가 없을 것이다.

힘을 가져 본 사람들에게 그것을 잃어버렸을 때의 박탈감은 상상할 수도 없다.

특히 무인들의 경우는 무공을 잃었을 경우, 십중팔구 폐인이 된다고 봐야 했다.

"제가 어떻게든 방법을 강구해 볼게요. 두 분 언니께서는 부상자들을 돌봐주세요."

공화연이 말했다.

"무슨 방법이라도 있는 거야?"

"지금쯤이면 호위무사들이 우리가 묘왕전으로 간 걸 알아차렸을 거예요. 곧 강물 위에 배를 띄워 우리를 수색하러 나설 겁니다. 운이 좋으면 생각보다 빨리 그들과 만날 수 있어요."

과연 공화연의 말은 설득력이 있었다.

애초 이들이 묘왕전으로 오는 것은 비밀에 속했다.

호위무사들이 그걸 알면 순순히 보내주지 않을 것이기 때문에 몰래 빠져나온 것이다.

하지만 비부의 자객들이 나타났으니 그들 역시 알아차렸을 가능성이 높았다.

비부의 자객들 무공을 고려해 볼 때 아마 한발 늦게 이곳에 도착하지 않았을까.

다만 그 한발의 차이는 생각보다 커서 이미 수채가 사분오열되고 난 후였다.

공춘보는 이쯤에서 자신이 사내답게 여자들을 안심시켜야 한다고 생각했다.

"걱정하지 마십시오. 이 공춘보가 다 알아서 하겠습니다."

공춘보는 말을 하면서 자신의 가슴을 탕탕 쳤다.

말을 그렇게 했지만 공춘보도 딱히 방법이 있는 건 아니었다.

겨우 한다는 게 흑도들과 싸울 때도 뽑지 않았던 칼로 노를 젓는 것이었다.

하지만 뗏목이 흘러가는 방향을 바꾸기에는 황하의 물살이 너무 거칠었다.

얼마쯤 시간이 지났을까.

저편 안개 너머로 뭉실 대는 횃불이 하나 보였다.

횃불은 곧 십여 개로 불어났고 수면과의 높이를 고려해 볼 때 그것이 배에서 비치는 횃불이라는 걸 짐작할 수 있었다.

공춘보는 벌떡 일어나 손을 흔들며 소리쳤다.

"여기요! 여기!"

공화연을 비롯한 여자들도 배로 짐작되는 횃불들을 발견하자 얼굴에 화색이 돌았다.

그러나 곧 홍시연이 눈매를 가늘게 뜨며 공화연에게 말했다.

"뭔가 좀 이상하지 않아?"

"뭐가 말이에요?"

"모든 배들이 황급히 떠나느라 바빴는데 저 배는 안 그렇잖아."

대답은 공춘보가 했다.

"배가 도망을 가야 강물밖에 더 있습니까. 하하."

그리고는 다시 배가 있는 쪽을 향해 고래고래 고함을 지르는 것이었다.

혹여 안개 속에서 배가 자신들을 놓칠까 봐 목청이 찢어져라 외쳐 댔다.

공화연이 홍시연을 보며 말했다.

"어쩌면 우리를 찾아 나선 호위무사들일 수도 있어요."

공화연이 아직도 쓰러져 있는 창룡전의 후기지수들을 바라보았다.

호위무사들이라면 좋겠지만 아니어도 배를 얻어 타야 했다.

홍시연도 저들의 모습을 보고 있자니 기가 막혀 말이 나오질 않았다.

저들 중에는 십청룡도 둘이나 있었다.

십 년 후에는 무림의 미래를 책임지게 될 거라는 기재들이 저런 모습으로 쓰러질 줄 누가 짐작이나 했을까.

공춘보의 간절한 외침이 전달되었는지 잠시 후 배가 가까이 다가왔다.

배는 알록달록하게 채색이 된 화선이었다.

묘왕전이 열리는 동안 수채에 저런 배가 정박해 있던 걸 보았다.

근동의 부호나 세도가의 자제들이 기녀들을 끼고 주연을 벌이던 배.

배의 정체를 어렴풋이나마 짐작하자 일행은 다행이라는 생각이 들었다.

최소한 수적이나 흑도, 혹은 무시무시한 변검의 수하들은 아닌 것이다.

"거기 누구요?"

안개 속 갑판 위에서 경계심이 가득한 목소리가 흘러나왔다.

"묘왕전에 구경을 왔다가 표류된 사람들이오. 부상자가 있어 그러니 뭍으로 좀 태워주시면 은혜를 잊지 않겠소."

공춘보가 유일하게 멀쩡한 사내답게 대표로 말을 했다.

목소리도 제법 호기로웠다.

갑판 위에서는 잠시 침묵이 흘렀다.

저들 역시 갑작스럽게 나타난 사람들로 인해 약간 경계를 하는 듯했다.

공춘보는 뒤를 돌아보며 공화연 등에게 안심하라는 듯 눈을 찡긋찡긋해 보였다.

잠시 후 갑판 위에서 대답이 들려왔다.

"거기 몇 사람이 있소?"

"대충 대여섯 명 되오. 아, 나쁜 무리는 아니니 염려 마시오."

다시 침묵, 그리고 이어지는 대답.

"사해가 동도라 했는데 어찌 곤란함을 모른 척할 수 있겠소."

"고맙소이다. 하하하."

"놀라지 마시오."

말과 함께 쇠갈고리 네 개가 날아와 뗏목의 사방 귀퉁이를 찍었다.

동시에 뗏목이 빠른 속도로 배를 향해 끌려갔다.

뗏목은 배에 바짝 붙어서도 멈추질 않았다.

놀랍게도 뗏목이 통째로 들려 올라간 것이다.

갑작스런 상황에 공춘보와 여자들은 부상당한 사람들이 뗏목 바깥으로 떨어져 나가지 않도록 붙잡고 있어야 했다.

뗏목은 순식간에 갑판 위에 내려섰다.

자욱한 안개 너머로 한두 사람 모습을 보이기 시작하더니 이내 그 숫자가 이십여 명으로 불어났다.

그런데 그 모습이 이상했다.

지옥의 악귀들과 수없이 전투를 치르면서 살아남은 듯한 흉흉함.

저마다 칼을 가슴에 품은 채 팔짱을 끼고는 히죽히죽 웃으면서 공춘보와 여자들을 여유롭게 쳐다보는 것이었다.

그중 한 사람, 모두가 알면서도 실은 전혀 모르는 자가 있었다.

"다, 당신은!"

공춘보가 기겁을 해서 소리쳤다.

사내는 변검이었다.

배에 타고 있는 사람들 역시 비부의 자객들과 악전을 치르던 변검의 수하들이었다.

혼전 중에 어디로 사라졌나 했더니 화선 한 척을 탈취해서 이동 중인 것이었다.

이렇게 되면 호랑이굴에 제 발로 찾아온 격.

"제기랄!"

차차차창!

공춘보를 필두로 공화연과 여자들이 약속이나 한 듯 칼을 뽑아 들었다.

곁을 돌아보니 그나마 의식이 있던 남궁휘와 모용광은 무슨 이유에선지 쓰러져 있었는데 얼굴은 검게 변하고 콧구멍에선 시커먼 피가 흘러나오고 있었다.

주화입마!

하필 이런 순간, 주화입마에 걸릴 줄이랴.

변검이 앞으로 나서며 공화연에게 말했다.

"일을 복잡하게 만들 셈이오?"

"여인이라 하여 우습게 보았다간 큰코다칠 거예요."

"저들의 상태가 위급해 보이오만?"

변검이 모용광과 남궁휘를 가리켰다.

"여기서 당신들을 만난 것, 우연이 아니군요. 그렇죠?"

"우연이 아니긴 했지만 저 친구 덕분에 수월하게 찾은 건 맞소."

말을 하면서 변검은 공춘보를 힐끗 바라보았다.

뗏목은 선고가 낮아 수면에 착 달라붙어 있기 마련이었다.

당연히 안개 속에서 지나치기가 쉬운데 공춘보가 고함을 질러주는 바람에 쉽게 찾은 것이다.

여자들은 약속이나 한 것처럼 똥 씹은 얼굴이 되었다.

공춘보는 얼굴이 시뻘겋게 달아올랐다.

"순순히 투항하면 저들을 치료할 수 있게 해주겠소."

변검의 말투는 정중했다.

그 정중함 속에는 거역할 수 없는 위엄도 있었다.

공화연과 홍시연은 잠시 시선을 나눈 다음 칼을 돌려 손잡이를 변검 쪽으로 향해 내밀었다.

변검의 수하들이 앞으로 나와 칼을 거두어갔다.

공춘보는 알아서 칼을 건네주려 했는데 변검의 수하들은 받지 않았다.

수하들 중 하나가 공춘보를 아래위로 훑어보더니 물었다.

"넌 누구냐?"

공춘보는 이자들이 자신에게만 그걸 묻는 게 의아했다.

결국 다른 사람들은 모두 아는데 자신의 정체는 모른다는 뜻인가.

"금룡문의 공춘보요."

사내는 고개를 돌려 변검에게 말했다.

"웬 쭉정이가 하나 걸려들었습니다. 강물에 던져 버릴까요?"

여자들을 설득한 후 저만치 선실로 걸어가던 변검이 고개를 쓱 돌렸다.

그는 그제야 공춘보를 알아본 듯 웃으면서 말했다.

"아, 알고 보니 금룡문의 제자였군. 그도 데리고 간다."

"이자는 예정에 없던 자입니다만……."

"어쩌면 그 사람이야 말로 우리에게 복을 가져다줄지도 모르겠구나. 그 반대일 수도 있겠지만……."

공화연과 홍시연은 어리둥절해했다.

그 반대라면 재앙을 가져다줄 수도 있다는 뜻.

저 이상한 사내가?

영문을 모르는 공춘보는 눈알만 뒤룩뒤룩 굴릴 뿐이었다.

*   *   *

용악산은 강가에서 안개 속을 바라보고 있었다.

변검을 놓친 것은 한 식경 전이었다.

가루라염의 위력은 상상을 초월했다.

용악산이 십성의 공력을 담아 떨친 적룡장의 가공할 경력을 막아낸 것이다.

가루라염은 본시 부동명왕의 후광을 일컫는 말로, 그 모습이 꼭 용을 잡아먹는다는 전설의 새, 가루라가 날개를 펼친 모양 같다고 해서 붙여진 이름이었다.

가루라염은 신교의 어느 고수가 창안해 낸 강기공이었다.

대종사와 함께 쌍벽을 이루던 무적의 고수.

그는 십종가의 대가주였다.

언젠가 한번은 대종사와 부딪쳐야 할 거라고 생각했던 걸까.

마도백가의 화룡토와 십종가의 빙백신공, 다시 대종사의 적룡장과 십종가의 가루라염.

모두가 용과 가루라처럼 천적의 성격을 지닌 무공이었다.

용악산은 생각하면 생각할수록 이 모든 것이 오래전부터 예고된 운명이라는 느낌을 떨칠 수가 없었다.

그때 저만치에서 하풍달을 비롯한 사제들이 달려왔다.

"여기 계셨군요. 한참 찾았습니다."

하풍달이 말했다.

"어떻게 됐어?"

"휴우, 흑도 놈들은 어쩔 수가 없습니다. 조금씩 양보하면 모두가 살 것을 저만 살겠다고 칼을 뽑아 드는 바람에……."

"결론만."

"대부분은 뗏목의 잔해라도 잡고 목숨을 건졌지만 삼 할 정도는 물에 떠내려간 것 같습니다."

안타까운 일이었다.

생사결을 구경하며 광분하는 이들이라는 걸 생각하면 죽어 마땅한 인간들이지만 그래도 많은 사람의 죽음은 안타까웠다.

또한 그들 모두가 흑도라는 보장도 없고 흑도라고 해서 반드시 악인인 것만은 아니었다.

하지만 이런 살겁을 벌인 범인이 자신과 같은 신교의 인물이라는 것 때문에 용악산은 마음이 더욱 무거웠다.

"뗏목이 조각나면서 함께 흘러갔으니 상당수는 그것에 의지해 구명을 할 수도 있을 겁니다."

용악산의 마음을 어느 정도 짐작했음인지 표자룡이 말했다.

확실히 조금은 위로가 되었다.

"춘보는 왜 보이질 않는 거냐?"

"예?"

하풍달은 주위를 둘러보고는 가슴이 출렁했다.

그러고 보니 정말로 공춘보가 보이질 않았다.

동시에 무언가 찜찜한 기분을 떨칠 수가 없었다.

이놈의 인간은 한동안 보이질 않는다 싶으면 꼭 사고를 치기 때문이었다.

하풍달은 목구멍까지 올라온 욕지기를 도로 삼키느라 애를 먹었다.

그러다 갑자기 얼굴이 딱딱하게 굳었다.

"설마?"

강물에 빠져 죽은 게 아닐까.

하풍달은 전신에 소름이 돋았다.

그때 채홍만이 조심스럽게 말을 꺼냈다.

"저기……."

"뭐야, 혹시 뭔가 아는 거라도 있어?"

하풍달이 지푸라기라도 잡는 심정으로 다급하게 물었다.

"아까 공화연 소저가 위험에 처한 걸 보고 구하려 달려가던데요."

"뭐?"

"부상당한 창룡전의 후기지수들이 타고 있는 뗏목이 있었습니다. 그 주변에 흑도들로 보이는 자들이 많았는데 뗏목을 탈취하려고 아수라장을 펼쳤거든요."

"그, 그래서?"

"그다음엔 모르겠습니다."

"이런 주책바가지!"

일단 물에 빠져 죽은 것은 아니라는 걸 확인하자 하풍달은 버럭 화가 났다.

보지 않아도 머릿속에 뻔히 그려지는 상황이었다.

애초 공화연의 곁에는 아리따운 여인들이 두 명 더 있었다는 건 하풍달도 얼핏 보아 알고 있었다.

그 한심한 인간이 이참에 어떻게 환심이라도 좀 사볼까 해서 겁없이 뛰어들었다가 실종을 당한 모양이었다.

하지만 그들과 함께 있었다면 어떻게든 구출이 되지 않았을까?

그때 용악산이 물었다.

"창룡전의 후기지수들은?"

"그들 역시 사라졌습니다."

이번엔 표자룡이 말했다.

"어떻게 알지?"

"반 식경 정도 전에 범상치 않아 보이는 호위무사들 수십 명이 여인들을 찾으러 다니는 걸 보았습니다. 미루어 보건대, 창룡전 후기지수들의 호법들이 아닌가 싶습니다."

표자룡의 말이 의미하는 바를 정확히 몰라 하풍달과 채홍만은 한동안 표정이 굳었다.

용악산의 낯빛이 점점 굳어지더니 이윽고 무거운 말을 했다.

"납치되었군. 처음부터 그게 목적이었어."

"공 사형은 얼떨결에 엮인 것 같습니다."

표자룡이 말했다.

"그랬겠지. 춘보를 납치할 이유는 없을 테니까."

"어쩌시겠습니까?"

"찾아야지."

"강폭이 워낙 넓은데다 안개까지 기승을 부려 찾을 수가 없습니다."

"그를 찾아라."

"……?"

이번에는 표자룡도 선뜻 용악산의 말을 이해하지 못했다.

용악산이 말한 '그'가 공춘보가 아닌 건 확실한데 누굴 말하는지 알 수가 없었기 때문이다.

"그라고 하심은?"

"강하방도. 팔비검에게 중상을 당했던 노수룡의 제자 말이야! 어서!"

뒤늦게 용악산의 의중을 짐작한 표자룡이 재빨리 신형을 날렸다.

채홍만도 영문은 모르지만 일단은 눈썹을 씰룩거리며 표자룡의 뒤를 따랐다.

용악산의 의중에는 관심도 없고, 오로지 화가 머리끝까지

뻗친 하풍달은 독설을 한 바가지로 퍼부으며 달려갔다.

"젠장! 젠장! 젠장! 이번에 찾으면 개목걸이를 달아놓던지 해야지. 원!"

* * *

"글쎄, 아무 걱정할 게 없다니까요. 지금쯤 저의 대사형이 사제들을 이끌고 저를 찾고 있을 겁니다. 저의 대사형이 어떤 사람이냐 하면 말이죠……"

"황하는 바다처럼 넓다고 했어요. 댁의 대사형이 어떤 신묘한 재주를 지녔는지는 모르나 말처럼 쉬울 것 같지는 않군요."

"황하가 아무리 넓다고는 하나 결국은 강 아니겠습니까? 물길 한쪽을 떡하니 막고 있으면 제 놈들도 어쩔 수 없을 겁니다."

"답답하군요. 저들이 언제까지나 강으로만 향할 거라고 생각해요?"

"예?"

"말 그대로예요. 저들이 도중에 배를 버리고 뭍으로 도주할 수도 있다는 뜻이에요."

"……!"

홍시연의 거듭되는 반박에 공춘보도 결국은 할 말을 잃었다.

확실히 놈들이 언제까지 배로만 도주할 거라는 장담은 하기 어려웠다.

행로가 빤히 보이는 강보다는 사방으로 빠져나갈 수 있는 숲이 도주를 하기에 훨씬 유리했다.

더구나 숲은 훌륭한 은폐물도 동시에 제공해 주지 않는가.

공춘보와 사람들은 갑판 아래의 어두운 밀실에 갇혀 있었다.

곁에는 남궁휘를 비롯한 후기지수들이 아직도 의식을 잃은 채 쓰러져 있었다.

주화입마에 빠졌던 모용광과 남궁휘는 서여옥과 공화연이 다급히 추궁과혈(推宮過穴)을 해서 한숨은 돌렸다.

하지만 주화입마라는 것이 단순한 내상을 치료하는 것과는 달라서 임시방편일 뿐, 언제 어떻게 다시 발작을 할지 아무도 알 수 없었다.

다만 두 번째 발작이 일어났을 때는 의선(醫仙)이 있다 해도 돌이킬 수 없을 거라는 것만은 짐작할 수 있었다.

때문에 사람들의 마음은 한시가 급했다.

배는 계속해서 어디론가 흘러갔다.

도무지 방향을 종잡을 수가 없었다.

그런 와중에 공춘보는 여자들을 안심시키기 위해 무작정 자기만 믿으라고 했다.

대사형이 틀림없이 구하러 올 거라면서.

홍시연과 서여옥은 공춘보의 대사형이라는 사람에 대해 아는 바가 없었다.

금룡문의 장제자라고는 하는데 바로 그 금룡문이라는 문파에 대해서조차 아는 바가 없으니 제자에 대한 정보가 있을 리는 더더욱 없었다.

창룡전의 삼관문에서 금룡문의 제자들이 상당한 무위를 드러내며 많은 사람들을 살렸다는 소문은 들었다.

하지만 실제로 보지도 않았거니와, 무너지는 천장을 어깨로 받쳤다는 등, 하도 황당하여 믿기기 어려웠다.

과장이 심하면 오히려 더욱 믿기 어려운 법이다.

한 가지 이상한 것은 공화연이 공춘보의 허풍에 상당히 기대를 거는 눈치였다는 것이다.

"화연, 그가 그렇게 대단한 사람이야?"

공춘보가 슬그머니 찌그러지고 난 뒤 홍시연이 낮은 목소리로 물었다.

"한 가지는 분명하죠."

"뭐가 분명하다는 거지?"

"사제를 구하기 위해서라면 지옥 끝까지라도 쫓아갈 사람이라는 거."

홍시연은 묘한 표정으로 공화연을 보았다.

하지만 이내 고개를 가로젓고 말았다.

금룡문의 장제자인지 뭔지 하는 사람보다는 역시 자신의 사문에서 구출해 주기를 바라는 게 백번 빠를 것 같았다.

어찌 자신의 사문뿐일까.

이곳에 갇혀 있는 사람들은 모두 명문의 후기지수들이었다.

무림맹을 비롯한 저들의 사문도 지금쯤 발칵 뒤집어졌을 것이다.

하나같이 무림을 진동시킬 정도의 무력을 지닌 곳들.

반드시 찾아내리라, 반드시.

문제는 자신들을 납치한 저들 역시 그렇게 만만해 보이지는 않는다는 점이었다.

그 순간 배의 속도가 느려지는가 싶더니 쿵! 하는 소리와 함께 작은 진동이 느껴졌다.

무언가에 부딪친 것이다.

사람들은 바짝 긴장했다.

잠시 후 뺨에 검상이 가득한 자가 수하 둘을 데리고 나타났다.

"대주께서 각별히 예를 갖추라는 엄명을 내리셨소."

"흥, 그래도 아주 시정잡배는 아니군요."

홍시연이 툭 쏘아붙였다.

"더불어 대주께서는 예가 비례로 돌아올 때는 마음대로 해도 좋다는 허락을 하셨소. 난 그분의 두 번째 말을 받드는 상황이 오지 않기를 진심으로 바라는 바이오."

사내의 그 말에 홍시연과 공화연을 비롯한 다른 사람들의 표정이 흠칫 굳어졌다.

결국 고분고분 협조하지 않으면 죽일 수도 있다는 소리.

사내의 전신에서 느껴지는 살기 때문인지 그 말이 허투루 들리질 않았다.

하지만 홍시연은 분명하고도 확실한 경고를 잊지 않았다.

"당신들이 누군지, 왜 이런 짓을 저지르는지 모르지만 반드시 대가를 치르게 될 거예요."

서슬이 시퍼런 공화연의 경고에도 불구하고 사내는 별로 개의치 않는 듯했다.

그가 사람들을 향해 검은 복면을 휙 던져 주었다.

아무렇게나 던진 것처럼 보였지만 복면은 마치 살아 있는 것처럼 정확히 사람들을 향해 하나씩 날아갔다.

그걸 뒤집어쓰라는 건 말하지 않아도 알 수 있었다.

공춘보가 가장 먼저 뒤집어쓰더니 말했다.

"눈구멍이 없군요."

"……!"

"……!"

여자들은 물론이거니와, 검상의 사내도 한순간 당황했다.

지금 이 상황에서 복면을 뒤집어쓰라는 건 눈을 가리겠다는 것인데, 거기에 눈구멍이 있을 리가 없지 않은가.

공춘보는 싸늘한 분위기를 읽고 뒤늦게 자신이 실언을 했음을 깨달았다.

서여옥은 부상을 입은 사람들에게도 모두 복면을 씌웠다.

일부는 자신들이 부축을 하고, 일부는 사내가 데려온 험상궂은 수하들이 부축을 했다.

앞이 보이질 않자 공춘보는 갑갑했다.

계단을 올라갈 때는 몇 번이나 넘어져 모서리에 정강이를 부딪쳤다.

평소였다면 오두방정을 떨며 정강이를 문질렀겠지만 여자들이 곁에 있는지라 입술을 꾹 깨물며 참았다

그리고 잠시 후 느껴지는 상쾌한 바람.

아마도 갑판 위로 올라온 것 같았다.

"후우, 새벽 공기로군."

잔뜩 무게를 잡으며 말을 해보지만 돌아오는 건 발길질뿐이었다.

퍼억!

"빨리빨리 움직여!"

파도 소리, 바람 소리가 뒤섞인 가운데 공춘보 일행은 다른 배로 옮겨 탔다.

거기서 다시 갑판을 걷다가 층계를 따라 아래로 내려간 후에야 복면을 벗을 수 있었다.

이번엔 아까보다 훨씬 넓은 공간이었다.

황촉도 준비되어 있어 주변을 살필 수 있었다.

하지만 창문도 없고 천장으로 연결된 출구도 단단하게 닫혀 있어 바깥의 돌아가는 사정은 전혀 알 수가 없었다.

공춘보가 서둘러 목재로 된 벽면에 귀를 가져다 대었다.

혹시라도 놈들이 나누는 대화를 엿들을 수 있을까 해서였다.

"소용없어요. 판자 사이의 빈틈을 역청으로 꼼꼼하게 메워 바깥의 소리가 들리지 않을 거예요."

공춘보는 방정맞게 뛰어다녀서야 알아낸 사실을 공화연은

한 번 쓰윽 둘러보는 것으로 알아차렸다.

그때 홍시연은 가운데 놓인 탁자에 수북하게 쌓인 음식들을 발견했다.

그녀는 앞뒤 잴 것도 없이 털썩 주저앉더니 깨끗한 물부터 벌컥벌컥 마셨다.

그리고 곧 닭다리 하나를 부욱 찢으며 음식들을 먹어치우기 시작했다.

공춘보가 그런 그녀의 모습을 황당하다는 눈으로 쳐다보았다.

"독이라도 들었으면 어쩌려고……."

"흥, 수고롭게 독살을 시킬 게 뭐 있어요. 그냥 놔두기만 해도 갈증으로 죽을 텐데."

"시연 언니 말이 맞아요. 굳이 중독을 시킬 작정이었다면 살려두지도 않았고, 무엇보다 이런 하수를 쓸 사람들이 아니에요."

공하연도 곁에 앉아 물과 음식을 먹기 시작했다.

아닌 게 아니라, 밤새 고생을 했더니 갈증과 허기로 여간 고역스러운 게 아니었다.

결국 공춘보가까지 앉아 음식을 게걸스럽게 먹어치웠다.

그사이 서여옥은 품속에서 수건을 꺼내 물에 적신 후 창룡전의 후기지수들의 입속을 촉촉이 적셔주었다.

홍시연은 그런 그녀가 못마땅한 눈치였다.

"흥, 저런 것들도 사내라고……."

낮은 목소리였지만 공춘보와 공화연은 분명하고도 확실하

게 들을 수 있었다.

　잠깐 동안 지내면서 공춘보는 홍시연의 성격을 짐작했다.

　공화연이 침착한 데 반해 그녀는 괄괄하고 직선적이었다.

　서여옥은 셋 중 가장 말이 없고 부드러웠는데, 그녀는 시종
일관 부상당한 사람들을 보살피느라 여념이 없었다.

　"어라? 이건 먹는 게 아니네."

　공춘보가 목갑 하나를 발견하고 열었는데 엉뚱한 게 들어
있었던 것이다.

　하지만 그게 무엇인지 알기도 전에 지독한 악취가 몰려왔다.

　"욱! 이게 뭐야."

　공화연이 코를 틀어막았다.

　닭똥과 돼지 똥을 한 십년쯤 썩은 물에 말아놓으면 이런 냄
새가 나려나.

　"뭐 하는 거예요. 어서 치워 버려욧!"

　홍시연이 버럭 화를 냈다.

　당황한 공춘보가 얼른 목갑을 집어 던지려는데,

　"잠깐만요!"

　서여옥이 그를 막았다.

　그녀는 황급히 목갑을 빼앗더니 안에 든 물건들을 살폈다.

　염소 똥처럼 동글동글하게 생긴 알맹이는 모두 다섯 개.

　서여옥은 그중 하나를 보물이라도 되는 것마냥 조심스럽게
집어 들더니 혀끝에 살짝 대 맛을 음미했다.

　공화연과 홍시연, 공춘보는 자신의 입에라도 들어온 것처럼

구역질이 치밀어 오르는 걸 억지로 참았다.

그때 서여옥이 화등잔처럼 커진 눈으로 말했다.

"천왕보심단(天王補心丹)! 틀림없어."

"그게 뭐예요, 언니?"

공화연이 물었다.

"만무곡(萬巫谷)에서 쓰는 내상 치료약이야. 내상 치료에 국한한다면 소림의 대환단에 필적할 영약이야."

사람들은 깜짝 놀랐다.

만무곡이라면 의술로 유명한 곳이다.

다만 그 연단의 제조법이 사이해 무림인들 사이에서는 사마외도로 불리는 곳.

바로 그 만무곡의 영약이 지금 눈앞에 나타난 것이다.

보다 이해가 안 되는 건…….

"그 귀한 걸 왜 우리에게 주는 거죠?"

공화연이 물었다.

"휴우, 나도 무슨 영문인지 모르겠어."

"영문이나 마나 어서 먹여 없애 버려요. 구역질이 나서 도저히 못 참겠어요!"

코를 틀어막은 홍시연이 코맹맹이 소리를 냈다.

第六章

늙은 수룡의 제자

天山刀客

"황하를 항주의 샛강쯤으로 생각하면 큰 오산이오."

들것 위에 누운 장한은 그렇게 대답했다.

놀랍게도 그의 몸에는 아직 뽑지 않은 다섯 자루의 촉검이 박혀 있었다.

보기만 해도 끔찍하기 짝이 없는 모습.

저 지경이 되고도 죽지 않았다는 게 신기할 따름이다.

정작 경이로운 것은 저렇게 만든 사람의 신묘한 검술이다.

아니, 의술이라고 해야 하나?

인체를 얼마나 소상히 들여다보면 저렇게 검을 찔러 넣고도 살아 있게 만들 수 있을까.

저렇게 만든 범인이 과거 얼마나 뛰어난 고문 기술자였는지를 말해주었다.

더불어 그에게 고문을 당했던 사람들이 어떤 고통을 겪었을지 상상이 갔다.

온몸에 촉검을 박고도 살아 있는 장한은 강하방주 노수룡의 제자였다.

애초 팔비검이 마지막에 목숨을 거두기 위해 급소를 피해 찔렀던 탓이다.

용악산 일행이 어디론가 서둘러 가고 있는 이들을 발견한 건 조금 전이었다.

검을 뽑은 후 출혈을 감당할 자신이 없자 서둘러 의원에게 달려가는 모양이었다.

"그러기에 당신을 찾아온 것 아니오. 황하라면 당신들이 가장 잘 알지 않소."

하풍달이 사내에게 간절한 얼굴로 말했다.

"다시 말하지만, 황하 위에서 특정한 배를 찾기란 하남에서 장 서방을 찾는 것만큼이나 어렵소."

"배를 찾아 달라는 게 아니오. 궁가촌에서 화선을 타고 달리면 한 시진 만에 어디까지 닿을 수 있는지 콕 찍어 달라는데, 뭐가 그리 복잡하오?"

하풍달이 약간 짜증을 냈다.

"그건 그들이 어디로 향했는지에 따라 다르오. 물살을 거슬러 상류로 향했을 수도 있고, 하류를 향했을 수도 있고. 중간에 배를 대고 뭍으로 올랐을 수도 있소. 경우의 수가 너무 많으니 정확한 답도 해줄 수가 없다는 말이오."

용악산은 사내의 말투에서 강을 읽고 배를 부리는 재주에 대한 자부심을 읽을 수 있었다.

그런 그에게 하풍달은 그저 자신이 필요로 하는 지식의 편린들만 물은 것이다.

장인들에게 그런 질문은 모욕일 수도 있었다.

결국 용악산이 나섰다.

"당신이라면 어떻게 하겠소?"

"……?"

들것에 누운 사내가 고개를 움직여 용악산을 바라보았다.

"황하 한가운데서 누군가를 납치했소. 배는 관옥선으로 추정되오. 추적자들을 피해 최대한 빨리 도주를 해야 한다고 가정을 했을 때 당신이라면 어떻게 하겠소?"

용악산은 자신의 기준과 판단을 배제한 채 모든 정보를 사내에게 알려주었다.

그리고 사내의 경험과 지식에 근거한 조언을 구했다.

"원하는 게 정확히 무엇이오?"

"당신의 경험을 사고 싶소."

피차 무얼 묻고 어떤 대답을 기다리는지 알고 있는 상황이었다.

구구절절이 설명할 게 뭐 있나.

사내는 잠시 사이를 두었다가 마침내 입을 열기 시작했다.

"나라면 끝까지 배에서 내리지 않을 것이오."

중간에 배를 대고 뭍으로 향할 거라고 생각했던 사람들은
의외였다.

황하가 아무리 넓기로서니 역시 강 아닌가.

추적자들이 중간에 물길을 막고 기다린다면 꼼짝없이 당할
수밖에 없었다.

한데 사내는 끝까지 배에서 내리지 않겠다고 한다.

용악산은 잠자코 사내의 다음 말이 이어지기를 기다렸다.

"물길을 모르는 사람들의 생각은 단순하기 짝이 없지. 뭍으
로 달리는 것이 배를 타고 가는 것보다 빠를 것이다? 천만에.
물과 바람을 안다면 그런 말을 못할 것이오. 배는 사람보다도
빠르며, 심지어 말보다도 빠르오."

"좀 더 자세히 설명해 주겠소?"

용악산이 묻자 사내는 흔쾌히 대답을 이어갔다.

"지금은 동풍이 가장 극성을 부리는 시각이오. 하류를 향하
는 물살에 동풍까지 불어준다면 동이 틀 때쯤이면 이백 리 정
도 벗어날 수 있을 거요."

"이, 이백 리라고 했소? 밤사이 그렇게나 멀리까지 갈 수 있
단 말이오?"

하풍달이 눈을 동그랗게 떴다.

밤사이라고 해봐야 동이 틀려면 불과 두 시진도 남지 않았
다.

경공의 고수가 달리는 것도 아닌데 어떻게 하룻밤 사이에
그렇게나 멀리까지 갈 수 있단 말인가.

하지만 이어지는 사내의 대답은 더욱 놀라웠다.

"배에 따라 그 두 배까지도 가능하오."

하풍달의 작은 눈이 더 이상 찢어질 수 없을 만큼 벌어졌다.

하지만 용악산은 사내의 말에서 무언가 의미심장한 것을 발견하고 눈동자를 반짝이며 물었다.

"배에 따라 다르다는 건 무슨 뜻이오?"

"만약 돛이 큰 범선을 탄다면 밤사이 하남을 벗어나 산동까지 가는 것도 가능하오."

이건 정말로 뜻밖의 말이었다.

사실 용악산은 놈들이 밤사이 아무리 빨리 달려도 궁가촌에서 이백 리 이상은 벗어나지 못할 거라고 생각했다.

그것도 만일의 경우를 대비해 아주 넓게 잡은 거리였다.

무림맹이 맹렬한 추격을 하는 한편 연락망을 통해 인근에서 활동 중인 지단의 무인들에게 급보를 전하고 완벽한 천라지망을 펼치는 데 얼마나 시간이 소요될까?

괴사가 벌어지는 걸 지단의 무인들이 알게 되는 데는 그리 시간이 오래 걸리지 않을 것이다.

당장 전서구를 날리면 되니까.

하지만 서로 긴밀한 연락망을 취하면서 가장 완벽하게 천라지망을 펼치는 데는 어느 정도의 시간이 소요되기 마련이었다.

이때 또 간과해서는 안 되는 것이 천라지망이 너무 넓어도 너무 좁아도 안 된다는 것이다.

너무 넓을 경우에는 구멍이 생길 확률이 높고 너무 좁은 경우에는 놈들이 이미 벗어났을 가망성이 높았다.

용악산은 그 거리를 이백 리로 보았고, 시간을 두 시진으로 보았다.

무림맹도 그 정도의 선에서 천라지망을 펼치며 포위망을 좁혀갈 것이라고 생각했다.

하지만 사내의 말이 사실이라면 무림맹의 추격대는 변검이 지나가고 난 곳을 뒤늦게 그물질하게 될 것이다.

그야말로 허를 찌르는 상황이었다.

용악산은 변검이 범선을 탔을 거라는 확신을 가지게 되었다.

묘왕전에서 창룡전의 후기지수들을 납치할 정도로 치밀하게 계획을 했다면 황하의 사정을 고려하지 않았을 리가 만무했다.

용악산은 다시 사내에게 물었다.

"당신이 만약 추적자라면 어디서 그들을 잡겠소?"

사내가 한층 깊어진 눈으로 용악산을 응시하더니 말했다.

"폭룡탄(暴龍灘)!"

".......?"

"강바닥에도 산이 있고 골짜기가 있소. 폭룡탄에 이르면 좌우로 산이 솟아오른 가운데 골짜기가 하나 있소. 배 밑바닥이 평평한 판옥선이라면 모를까, 속도를 내기 위한 범선이라면 반드시 그 협곡을 지나야 하오."

"폭룡탄은 어디에 있소?"

"하남과 산동의 경계."

"협곡의 정확한 위치는?"

"뭍에서부터 강심으로 정확히 천오백 장."

"언제쯤 그들이 폭룡탄을 지날 것 같소?"

"동이 틀 무렵이면 그곳에 닿을 것이오."

용악산은 마침내 사내로부터 원하는 것을 모두 얻었다.

말을 마친 사내는 고통스러운지 살짝 눈을 감았다.

다섯 자루나 되는 칼에 찔리고도 아무렇지 않다면 사람이 아니다.

지금까지 버텨준 것만으로도 초인적인 힘이라고 할 수 있었다.

용악산은 새삼 사내가 대단해 보였다.

그리고 미안해졌다.

'좋은 스승을 만나면 필시 크게 될 인물이다.'

용악산은 그를 향해 정중히 포권을 하며 말했다.

"아직 당신의 이름을 알지 못하오."

"곡삼랑이오."

"혹, 우리가 예전에 만난 적이 있소?"

"그건 왜 묻는 겁니까?"

"당신의 보법이 어딘지 낯이 익어서 말이오."

용악산의 이 말은 표자룡과 하풍달을 어리둥절하게 만들었다.

사내는 잠시 생각하더니 대답했다.

"보잘것없는 보법으로 고인의 눈을 어지럽혔군요. 우린 초면입니다."

"그렇군요. 난 금룡문의 비파랑이오. 언젠가 내 도움이 필요하다면 찾아주시오. 반드시 돕겠소."

용악산은 그 말을 끝으로 사제들과 함께 바람처럼 사라졌다.

그들이 사라지고 난 후 곡삼랑의 수하 중 하나가 물었다.

"무림맹의 추격대가 찾아왔을 때는 함구하시더니 저들에게는 귀띔을 해주시는 이유가 무엇입니까?"

"그들에게 구명지은의 은혜를 입었다."

"구명… 지은이라고 하셨습니까?"

"창룡전 삼관문에서 동굴 천장에 깔려 죽을 뻔한 나를 저들이 구해주었지."

애초 곡삼랑의 사부 노수룡은 곡삼랑이 창룡전에 출전하는 걸 반대했다.

창룡전뿐만이 아니라 어떠한 무림대회도 참전을 꺼렸다.

강하방의 진정한 힘은 무공이 아니라 배를 부리는 재주에서 온다고 믿기 때문이었다.

하지만 곡삼랑은 자신의 실력을 확인해 보고 싶었고, 결국엔 역용을 쓰고 창룡전에 참전했다.

그 결과, 하마터면 비명횡사를 할 뻔했고. 그는 창룡전의 후기지수들과 자신의 거리가 아직도 까마득하게 멀다는 것을 실감하는 것으로 만족해야 했다.

묘왕전에 참전한 것도 비슷한 이유에서였고 역시 동일한 결과를 얻었다.

"그렇군요. 그나저나 눈썰미가 대단한데요. 하마터면 소방주를 알아볼 뻔했지 않습니까?"

"넌 그가 나를 몰라봤다고 생각하느냐?"

"예?"

"그는 알고 있었다. 다만 내게 무언가 곤란한 입장이 있음을 눈치채고 모른 척했을 뿐이지."

"아, 그, 그렇군요."

수하는 이번에도 같은 말만 연발하다가 문득 무언가 생각나는 게 있어 다시 물었다.

"그런데 저들이 언젠가 한 번은 우리를 도와주겠다는 약속을 지킬까요?"

"무슨 뜻이냐?"

"무인의 말이 가벼워진 시대 아닙니까? 더구나 들은 사람이 우리밖에 없는 데야……."

"그는 지킬 것이다."

"어째서 그렇습니까?"

"창룡전이 예정대로 진행되었다면 가장 마지막까지 남는 사람은 그였을 것이다."

"그가 그 정도였습니까?"

"창룡전 삼관문에서 모두가 우승에 눈이 멀어 동도들의 위험을 모른 척할 때도 그와 사형제들은 기꺼이 다른 사람들의 목숨을 구했다. 자신과 사문이 이름을 떨칠 수 있는 기회가 왔는 데도 불구하고 그것을 포기하면서까지 말이다. 그런 사람이라면 누가 보지 않아도 반드시 자신의 말에 책임을 질 것이다."

"아아, 그렇군요."

수하는 이번에도 앵무새처럼 똑같은 말만 반복했다.

곡삼랑은 한참 동안이나 용악산 일행이 사라져 간 방향을 보고 있었다.

'금룡문이라… 저런 문파가 좀 더 많아지면 세상도 달라질 수 있을까?'

*   *   *

산동을 불과 십 리 정도 앞둔 어느 포구 마을.

시간은 어느새 새벽을 지나 동트기 직전의 아침을 향해 달리고 있었다.

하루 중 가장 어두운 시간, 동시에 물안개가 극성을 부리는 시간이기도 했다.

여타의 강이라면 이런 때는 상선들도 적당한 곳에 배를 정박하고 운행을 삼간다.

안개 속에서 갑자기 나타난 배와 부딪칠 수도 있기 때문이다.

하지만 황하는 다르다.

너무 넓어서 배가 부딪칠 확률은 극히 낮은 데 비해 먹고사는 일은 팍팍했다.

그래서 지금쯤 많은 고깃배들이 황하로 나갈 채비를 서둘러야 했다.

하지만 어쩐 일인지 포구는 한산했고, 배는 찾아볼 수가 없었다.

용악산은 이름 모를 포구에서 안개 속을 흘러가는 강을 바라보고 있었다.

무언가 잘못되어 가고 있다는 느낌을 지울 수가 없었다.

곁에는 표자룡과 채홍만이 역시 무거운 얼굴로 안개 속을 바라보고 있었다.

그들 역시 이상한 기류를 느낀 것 같았다.

잠시 후 안개 속에서 하풍달이 모습을 드러냈다.

얼굴에는 난감한 기색이 역력했다.

"휴우, 소용없습니다. 이번에도 어떤 작자들이 나타나 깡그리 불태워 버렸다고 합니다."

역시나 예상하고 있던 대답이 흘러나왔다.

용악산과 사제들은 밤새 상승의 경공을 펼쳐 이곳까지 달려오는 동안 여러 곳의 포구를 지났다.

하지만 어쩐 일인지 배가 정박해 있는 포구를 보지 못했다.

처음엔 고기잡이를 나갔거니 했지만 점점 이상한 느낌을 떨칠 수가 없었다.

결국 목적지에 거의 이르러서 포구 한 곳에 들렀다가 놀라운 이야기를 들었다.

간밤에 거칠어 보이는 사람들이 나타나 사람이 탈 수 있는 거라면 무엇이든 불태워 버렸다는 것이다.

미루어 보건대, 이곳까지 달려오는 동안 줄곧 배가 보이지 않은 것도 그런 이유 때문일 것 같았다.

이는 필시 변검의 계략일 터였다.

그가 뭍으로 나와 배를 구입하고 또 태우는 등의 일로 시간을 허비했을 리는 없다.

분명 외부에서 그를 돕는 또 다른 무리들이 있다는 얘기다.

이렇게 되면 가장 곤란해지는 것은 무림맹의 추격자들이다.

배가 있어야 천라지망을 펼치든 말든 할 것이 아닌가.

결국 지류로 들어가 배를 구하고 그걸 다시 황하로 끌고 오는 데 시간이 소비될 것은 자명한 일.

황하의 강폭이 이십 리에 달하고 하류로 갈수록 넓어진다는 걸 감안할 때 이중, 삼중으로 천라지망에 구멍이 생기는 것이다.

그사이에 범선은 계속해서 황하를 따라 도주할 수 있다.

언젠가는 부딪치겠지만 최소한 시간을 벌 수는 있다.

지금은 시간이 곧 생명이다.

얼마든지 또 다른 계략을 꾸밀 수도 있는 것이다.

"단 한 척도 없었단 말입니까?"

표자룡이 물었다.

"겨우 한 척 구하긴 했다만……."

하풍달이 말꼬리를 흐리면서 저만치 강가를 가리켰다.

하지만 안개가 짙어 강가를 볼 수가 없었다.

용악산이 소매를 한번 휘젓자 안개는 돌풍이라도 만난 듯 소리없이 흩어져 긴 공간을 만들어냈다.

표자룡과 채홍만은 용악산의 신묘한 수법에 놀라고, 그 사이로 나타나는 작은 배에 또 한 번 놀랐다.

"구했다는 배가… 저겁니까?"

표자룡이 다시 하풍달에게 물었다.

표자룡이 재차 확인을 할 정도로 배는 형편없었다.

길이는 채 일 장이 되질 않았고, 폭은 앉으면 엉덩이가 낄 정도로 좁았다.

무엇보다 이미 반쯤은 썩어 물에 뜰 수 있을지나 의문이었다.

한마디로 말해 폐선이나 다름없는 배.

저런 배라면 죽었다 깨어나도 네 사람 모두 탈 수가 없었다.

"십 년 전 혼자 살던 촌로가 죽고 난 후 갈대밭 속에 버려져 있었대. 그나마 물에 뜰 수 있는 건 저것밖에 없었어."

배는 운행을 해야 하고 집은 사람이 깃들어야 한다.

그렇지 않고 방치되면 저렇게 되는 것이다.

표자룡이 용악산에게 말했다.

"아무래도 안 되겠습니다. 저와 홍만이가 나무를 잘라 뗏목이라도 엮어보겠습니다."

"그럴 필요 없다."

"……?"

"나 혼자 다녀오겠다."

"대사형!"

표자룡의 목소리가 커졌다.

하지만 용악산은 군소리를 섞지 않고 강가로 다가가 배에
올라탔다.

"대사형, 자룡이 말을 들으십시오. 혼자서는 위험합니다."

이번에는 하풍달까지 나서서 용악산을 만류했다.

"걱정 마라."

"걱정을 하지 말란다고 안 해집니까."

다급한 나머지 하풍달이 역정까지 냈다.

아무리 대사형이 무서워도 그를 잃는 것보다 더 무섭지는
않았다.

그때 곁에서 우렁우렁한 목소리가 흘러나왔다.

"제가 같이 가겠습니다."

채홍만이었다.

하풍달과 표자룡이 의아한 눈으로 채홍만을 바라보았다.

용악산은 잠시 채홍만과 시선을 나누더니 말했다.

"좋아. 홍만이는 나와 함께 가고 두 사람은 여기서 대기한
다."

"홍만이가 약하다는 건 아닙니다만, 한 사람을 허락하시겠
다면 제가 가겠습니다."

표자룡이 보다 강한 어조로 말했다.

"중언부언하지 말고 여기서 기다려!"

용악산의 목소리에 힘이 들어갔다.

용악산은 한번 내린 결정을 번복하는 법이 업었다.

결국 용악산에 이어 채홍만이 배에 올랐고, 하풍달은 두 사람이 탄 배를 강물 속으로 힘껏 밀어주었다.

안개 속으로 사라지는 두 사람을 보며 하풍달은 불안한 마음을 감출 수가 없었다.

"예감이 좋질 않아. 저 성정에 좋게 말로 할 리도 없고, 변검이라는 그 작자도 범상치 않아 보이던데."

"아무래도 뗏목을 만들어야겠습니다."

"역시 그게 낫겠지?"

두 사람이 안개를 헤치며 숲으로 달려갔다.

*   *   *

강의 한가운데로 나간 용악산은 조용히 기다렸다.

채홍만은 대초자곤을 등에 단단히 꽂아둔 채 어둠 속의 맹수처럼 안개를 노려보고 있었다.

"긴장되느냐?"

"상대가 상대니까요."

"그들이 누군지 안단 말이냐?"

"처음엔 몰랐습니다. 하지만 비부의 자객들과 싸울 때 알아

봤습니다."

"좋아, 저들이 누구인지 안다면 긴말 않겠다. 말로 해결되지 않는 상황이 오면 손속에 인정을 두지 마라."

"존명!"

"난 이제 너의 대사형이다. 존명이라는 말은 어울리지 않아."

"존… 알겠습니다."

잠시 후 저만치 상류 쪽에서 안개의 흐름이 달라졌다.

그리고 곧 커다란 돛이 보이는가 싶더니 범선의 머리가 안개를 가르며 위용을 드러냈다.

"가자."

배를 부려 범선에 다가가자 대도를 허리에 비껴 찬 사내가 뱃머리에 한 발을 올려놓고 사방을 살피는 게 보였다.

그는 용악산이 타고 오는 배를 발견하고도 놀라거나 당황하는 기색이 없었다.

더욱 놀라운 것은 그가 밧줄을 던져 주며 한 말이었다.

"기다리고 계십니다."

용악산은 밧줄을 슬쩍 잡아당기는 동시에 그 반탄력으로 삼장 높이의 뱃머리로 훌쩍 날아올랐다.

뒤를 이어 채홍만도 날아올랐다.

거구의 덩치에 어울리지 않게 날렵한 솜씨였다.

범선은 폭이 다섯 장에 길이만도 십여 장이 넘는, 바다라면 모를까, 강에서라면 좀처럼 보기 드물 만큼 컸다.

세 개의 돛은 바람을 머금어 잔뜩 부풀어 있었다.

돛 아래의 갑판에는 오십여 명의 장한들이 안개 속에서 용악산을 기다리고 있었다.

그사이 삼십 명이나 더 불어난 것이다.

아마 처음부터 범선에 타고 대기하고 있었던 자들이리라.

그게 다가 아니다.

포구의 배를 불태우며 외부에서 지원을 하는 자들까지 포함하면 이번 거사에 동원된 저들의 숫자는 족히 백 명을 헤아릴 것이다.

마치 대적을 기다리기라도 한 것처럼 흉흉한 살기를 뿜어내며 서 있는 무인들.

용악산의 등장에 그들의 눈동자가 붉게 타올랐다.

강자를 만나자 길들여지지 않은 야수처럼 투기가 끓어오르는 것이다.

채홍만은 어느새 대초자곤을 뽑아 어깨에 척 올린 채 그들 하나하나와 마주 보았다.

만에 하나 허튼 행동을 했다간 머리통을 박살 내주겠다는 경고의 눈빛과 함께.

용악산이 뱃전을 걸어 갑판의 중앙으로 향하자 사람들은 느릿느릿하게 길을 터주었다.

하지만 가슴과 가슴이 닿을 정도로 가까이 다가온 후에야 마지못해 길을 터주었다.

용악산은 꼭 자신의 옛 수하들을 보는 것 같았다.

그들 역시 한때는 지금의 저 사내들처럼 사나웠었다.

건드리기만 하면 금방이라도 목을 물어뜯을 것처럼 용맹했던 수하들.

만약 자신의 수하들과 저들이 부딪친다면 어떻게 될까?

어느 쪽이 이길지는 모른다.

분명한 것은 어느 한쪽은 반드시 전멸을 할 것이라는 점이다.

최후의 일인이 남기 전까지는 싸움을 멈추지 않을 테니까.

선실에 가까워졌을 때 갈라짐이 멈췄다.

누군가 기어이 비켜주지 않고 용악산을 막아선 것이다.

아마도 계산된 행동일 거라고 용악산은 짐작했다.

"용건이 뭐요?"

기다리고 있었다면서 용건이 뭐냐고 묻다니.

역시 계산된 행동이었다.

"너의 주인에게 안내하라."

"그분은 아무나 만날 수 있는 분이 아니라서 말이지."

송충이 같은 눈썹 아래로 씰룩거리는 모습이 맹수를 연상케하는 사내였다.

누군가를 베고 왔는지 허리춤에 비껴 찬 대도에서는 아직도 마르지 않은 피가 묻어 있었다.

"그래도 만나야겠다면?"

"당신에게 그럴 자격이 있는지 먼저 증명을 해야겠지."

결국 막아선 이유가 이것이었다.

사내가 한 걸음 뒤로 물러나며 허리춤에 꽂아둔 칼로 손을 가져갔다.

그 순간 채홍만이 용악산의 앞으로 나오더니 커다란 눈썹을 꿈틀거리며 말했다.

"예를 갖춰라! 감히 네놈 따위에게 하대를 받을 분이 아니다!"

굵은 울림통을 통해 흘러나오는 목소리는 대단히 위협적이었다.

평소와 다른 분위기에 공춘보가 들었다면 기겁을 했을 상황.

*   *   *

"어라? 어디서 많이 듣던 목소린데?"

"목소리라뇨?"

"공 소저는 듣지 못했소? 방금 무슨 소리가 난 것 같은데?"

"난 아무것도 못 들었는걸요."

"내가 잘못 들었나?"

공춘보는 새끼손가락으로 귓구멍을 한 번 후비고는 다시 널빤지 사이로 소도를 쑤셔 넣었다.

찌르는 게 아니라 쑤셔 넣는 것이다.

적들은 측량할 수 없는 강자들.

약간의 소리라도 발생한다면 즉각 의심을 하고 달려올 게 틀림없었다.

공춘보의 작전은 이랬다.

최대한 조심스럽게 배의 널빤지 몇 개를 뜯어낸 후 그 구멍을 통해 도망을 간다.

부상자들과 함께 강물 속으로 뛰어드는 게 좀 부담스럽기는 했지만 탁자를 부수어 판자 조각을 잡게 하면 대충 물에 뜰 수는 있을 것 같았다.

그런 다음엔 적들의 눈에 들키지 않도록 최대한 멀리 떨어지면 되는 것이다.

습한 공기로 미루어 바깥에는 아직 안개가 자욱한 것 같으니 적들의 시야에서 사라지는 것은 대략 일각 정도면 될 것 같았다.

일각, 일각만 버티면 되는 것이다.

그런데…….

"젠장, 도대체 이놈의 널빤지는 몇 겹을 붙인 거야?"

"소용없소."

말을 하고 나선 사람은 당진악이었다.

"당 공자, 깨셨군요. 좀 어떠세요?"

서여옥이 황급히 당진악을 부축하며 물었다.

"저를 해독해 주신 분이 서… 누님이셨군요."

나이 차가 조금 나서인지 당진악은 그녀를 누님이라고 불렀다.

공화연과 홍시연보다도 나이가 많은데 낭자라고 부르기에

는 아무래도 민망했던 것이다.

당진악은 정신을 차리자마자 자신의 품속부터 뒤졌다.

"독은 모두 그들이 가져갔어요."

서여옥이 말했다.

"한데 해독제는 어떻게 알고?"

"그건 그들이 주었고요."

적들이 해독제를 주었다는 말에 당진악은 한동안 어리둥절해했다.

저들이 무슨 이유로 해독제를 주었는지는 둘째 치고, 당문의 독을 저들이 무슨 수로 해독했다는 말인가.

혹시 자신의 품속에 있던 해독제들 중에서 하나를 준 것일까?

그것도 이해할 수 없었다.

많은 약병들 중 어느 것이 해독제인 줄 알고.

거기까지 생각이 미치자 또다시 머리가 아파왔다.

아직 중독의 후유증이 말끔히 가시지 않은 탓이다.

깨어난 사람은 당진악뿐만이 아니었다.

남궁휘와 모용광도 어느 정도 주화입마에서 벗어나 기력을 찾고 있었다.

운이 좋았다고밖에는 말할 수 없었다.

무림인들이 가장 경계하는 주화입마에 빠지고서도 살아나다니.

하지만 내상이 치료되기에는 아직 멀어서 한참을 더 요상(療

傷)해야 했다.

황보충과 운룡 역시 서여옥이 외상을 치료하고 부러진 다리에 부목을 대어주어 어느 정도 운신을 할 수 있었다.

서여옥이 그동안 있었던 일을 설명하는 동안 공춘보는 또다시 소도로 널빤지 사이로 벌리고 있었다.

그 모습을 보고 당진악이 다시 말했다.

"소용없다니까요."

'쬐끄만 놈이 뭘 안다고.'

공춘보는 속으로 욕을 하고는 계속 소도를 찔러 넣었다.

"휴우, 소용없다니까 계속 그러시네."

하지만 공춘보는 계속해서 널빤지를 벌렸고, 결국 손바닥만하게나마 널빤지 조각 하나를 뜯어내는 데 성공했다.

공춘보는 보란 듯이 당진악을 쏘아보고는 조심스레 구멍에 눈을 가져다 댔다.

그리고는,

"허어억!"

기겁을 하고는 뜯어낸 널빤지 조각을 얼른 붙여놓고 후다닥 뒤로 물러났다.

공화연과 홍시연 등이 어리둥절해서 공춘보를 바라보는데 당진악이 말했다.

"배에 대해 전혀 모르시는군요. 이만한 규모의 선실을 갖춘 배라면 틀림없이 범선일 텐데. 벽체가 사방이 수직이라면 가장자리는 아닐 테고, 당연히 다른 선실로 연결되겠죠."

당진악의 말이 과연 그럴듯해 모두들 고개를 끄덕이는데 공춘보는 아직도 귀신에 홀린 사람처럼 얼이 빠져 있었다.

"이봐요. 방금 무얼 보았는데 그래요?"

홍시연이 물었다.

"모, 모르겠습니다. 뭔 시커먼 놈이 눈알을 들이대고 이쪽을 보고 있지 않겠소?"

결국 옆 칸에 있는 또 다른 누군가가 있다는 것이다.

쓸데없이 탈출할 궁리를 하고 있다는 것만 알려준 상황.

사람들이 모두 공춘보에게 원망의 눈초리를 보냈다.

잠시 침묵이 흐른 후 남궁휘가 말했다.

"적들의 숫자가 얼마나 되지?"

"아까 범선으로 옮겨 타면서 느낀 기척으로 보아 얼추 오십 명은 되는 것 같아요. 어쩌면 더 있을지도 모르고요."

공화연이 말했다.

복면으로 시야를 가린 상태에서 인기척만으로 상대의 숫자를 파악하는 것은 놀라운 재주였다.

하지만 사람들은 공화연의 그런 재주보다 적들의 숫자가 많다는 데 더욱 놀랐다.

다시 공화연이 말했다.

"혹시, 탈출을 할 생각인가요?"

"그냥 기다릴 수는 없잖아."

"위험을 무릅쓰고 탈출을 하는 것보단 추격대가 와서 구출해 줄 때까지 기다리는 게 낫지 않을까요?"

"아니, 우리 힘으로 탈출을 해야 합니다."

이번엔 모용광이 말했다.

공화연은 그의 말속에서 지금의 이 상황을 얼마나 수치스럽게 여기고 있는지, 얼마나 자존심이 상했는지 짐작할 수 있었다.

창룡전의 후기지수들이 한순간의 혈기를 참지 못하고 묘왕전에 참가를 했다.

게다가 정체를 알 수 없는 일단의 무리들에게 납치까지 당했다.

그것도 단 한 사람에게 모두 패하고서 말이다.

진짜 문제는 그게 끝이 아니라는 데 있었다.

저들이 자신들과 같은 대단한 신분을 납치했을 때는 분명 무언가 원하는 것이 있을 것이다.

그리고 그건 무림맹을 비롯한 사문에 커다란 피해를 줄 것이 자명했다.

그건 정말 참을 수 없는 모욕이었다.

도움은 되지 못할 망정 거추장스런 존재가 되었다니.

이거야말로 철부지 애송이들이 사고를 쳤다는 말을 듣기에 딱 좋지 않은가.

천하의 웃음거리가 되는 것은 시간문제였다.

지금이라도 그걸 막는 길은 자신들의 힘으로 탈출하는 것밖에 없었다.

설사 그게 죽음으로 가는 길이라 할지라도.

하지만 그들의 분위기에 찬물을 끼얹는 목소리가 하나 있었다.

"아직도 영웅놀이를 하고 싶으신 건가요?"

말을 한 사람은 홍시연이었다.

황보충이 눈썹을 씰룩거리며 불쾌한 기색을 드러냈다.

"낭자, 그게 무슨 뜻이오!"

"당신들은 저들의 상대가 되질 않아요. 아직도 모르시겠어요?"

"언사가 지나치시오!"

"모두가 현실을 간과하고 있으니 저라도 중심을 잡을 수밖에요. 그래야 두 번씩이나 우리를 위험에 빠뜨리지 않을 테니까요."

"그게 무슨……."

"설마 저를 비롯해 여기 있는 화연이나 여옥 언니가 무공이 모자라 저들에게 납치를 당했다고 생각하는 건 아니겠죠?"

"……?"

사내들은 한순간 할 말을 잃었다.

여자들은 부상당한 자신들을 구하려다 이 지경이 된 것이다.

이런 상황에서 부상당한 자신들이 또다시 무리한 탈출을 감행할 경우 가장 곤란한 사람들은 여자들이었다.

이기고 싶으나 실력이 따라주지 않는 상황.

사내들의 기분은 참담하기 이를 데가 없었다.

　지옥 밑바닥까지 내려간다면 이런 기분일까.

　이럴 때는 명가의 후기지수라는 사실이 오히려 죽도록 싫었
다.

第七章

용악산, 그를 만나다

天山刀客

스릉!

송충이 눈썹의 사내가 기어이 대도를 뽑아 들었다.

상대가 확실하게 싸울 의사를 밝혔으니 이쪽에서도 그에 걸맞은 대답을 해줄 수밖에.

부앙!

채홍만의 대초자곤이 대기를 찢었다.

사내는 경이적인 유연함으로 허리를 뒤로 꺾더니 대도를 휘둘렀다.

무시무시한 공격을 피하는 와중에도 반격의 틈을 놓치지 않은 근성과 눈.

용악산은 이런 수하를 길러낸 그가 새삼 대단하게 느껴졌다.

하지만 채홍만도 만만치 않았다.

사내의 대도가 자신의 허리를 가르는 순간 채홍만은 커다란 손을 사내의 머리를 향해 뻗었다.

이건 어지간한 뚝심이 없다면 할 수 없는 공격이었다.

대도가 자신의 허리를 갈라오는데도 그것을 방어할 생각을 않고 오히려 공격을 했으니까.

결국 사내는 둘 중 하나를 선택해야 했다.

채홍만의 허리를 베고 자신의 머리통을 내어줄 것이냐, 아니면 한발 물러나 다시 기회를 노릴 것이냐.

이런 경우, 십중팔구는 다음 기회를 노릴 것이다.

하지만 사내는 계속해서 채홍만의 허리를 노렸다.

위험하기는 두 사람 모두 마찬가지이니 겁이 난다면 이 거구의 사내가 먼저 물러날 것이라고 생각한 것이다.

배짱과 배짱의 싸움.

지금의 이 승부에 따라 기선을 잡을 수도, 잡힐 수도 있는 것이다.

그리고 절대 지고 싶지 않은 것이다.

목숨을 걸 만큼.

하지만 사내는 한 가지를 놓쳤다.

채홍만이 단순히 몸집만 큰 게 아니라는 걸.

쫘앙!

사내의 머리 위에서 회전을 하던 대초자곤이 어느새 한 바퀴를 돌아 사내의 검마저 튕겨냈다.

채홍만의 코끼리 같은 손이 사내의 머리통을 움켜쥐는 것과 동시였다.

꽈악!

"크억!"

사내의 입에서 단말마가 터져 나왔다.

우악스런 악력에 사내는 코끼리가 자신의 머리통을 통째로 잘근잘근 씹는 것 같은 고통을 느꼈다.

손에는 아직 대도가 들려 있었지만 감히 휘두를 생각도 못했다.

그걸로 상대의 심장을 꿰뚫기도 전에 자신의 머리통이 썩은 두부처럼 으스러질 것 같았기 때문이다.

이건 독심으로도 어찌해 볼 수 없는 현실적인 공포였다.

온몸의 털이 곤두서면서 체감되는 섬뜩한 공포.

채홍만은 사내의 머리통을 잡은 채 높이 치켜들고는 손아귀에 더욱 힘을 주었다.

손가락이 측두부와 이마를 파고들면서 붉은 피가 줄줄 흘러내렸다.

"어떤 놈이든 나의 대사형에게 불손하게 굴면 충분한 대가를 치를 것이다."

채홍만이 좌중을 둘러보며 무시무시한 경고를 했다.

하지만 저들 중 겁을 집어먹는 사람들은 없었다.

오히려 더욱 투지가 불타오르는 듯 저마다 도검을 뽑아 들고는 용악산과 채홍만을 옥죄어왔다.

단 한 명이라도 돌발 행동을 한다면 전체가 아수라장이 될 상황.

"수하들을 모두 죽일 셈인가!"

용악산이 말했다.

조용한 음성이었지만 짙은 살기를 띠고 사방으로 전해졌다.

마치 범선 전체를 에워싼 죽음의 기운처럼.

그리고 이건 경고였다.

계속 이대로 못 본 척한다면 너의 수하들이 모두 죽는다는 경고.

과연 이층의 상갑판에서 한 사람이 모습을 드러냈다.

부풀어 터질 것 같은 근육에 어울리지 않게 얼굴은 청수하고 갸름했다.

갸름한 얼굴 가운데는 콧날이 천산의 산맥처럼 시원하게 뻗어 있었다.

그는 이미 변검이 아니었으며 신비검객도 아니었다.

그는 용악산이 오래전부터 멀리서 지켜봐 온 바로 그 사내였다.

"물러나라."

사내가 용악산과 채홍만을 둘러싼 자신의 수하들을 향해 말했다.

"대주!"

"그는 적이 아니다, 아직은."

묘한 여운을 남기는 말이었다.

동시에 많은 해석이 가능한 말이었다.

사내의 말에 그의 수하들은 두말도 않고 길을 터주었다.

용악산이 나아갈 필요도 없이 사내가 층계를 걸어서 하갑판으로 내려왔다.

그곳에 미리 준비를 해놓은 듯 작은 탁자가 놓여 있었다.

"답답한 선실보다는 이곳이 낫지 않겠소?"

사내가 먼저 자리에 앉으면서 한 말이었다.

용악산도 사양치 않고 자리에 앉았다.

채홍만은 손아귀에 틀어쥔 사내를 저만치 그의 동료들을 향해 던져 버린 후 용악산의 뒤에 시립했다.

대초자곤은 이번에도 그의 어깨에 척 걸쳐졌다.

채홍만이 그러는 동안 사내가 용악산에게 말했다.

"평원에서 처음 당신을 보았을 때 평범한 사람이 아니라는 건 알고 있었지. 그런데 창룡전에서 다시 만날 줄이야."

"수하들을 죄다 끌어모았군, 멸천대주 장산벽."

십종지룡이라 불리며 십종가의 진전을 고스란히 이은 마도의 젊은 영웅.

장산벽은 용악산이 자신의 정체를 알고 있는 것에 대해 놀라지 않았다.

그 역시 어느 정도는 짐작하고 있었던 것이다.

"그때도 궁금했었지. 어떻게 나를 알고 있는가, 내가 누구인지를 알면서도 감히 평대를 하는 자가 누구인가."

장산벽은 고개를 들어 용악산에게 물었다.

"이제 내 궁금증을 풀어주지 않겠소?"

"종사를 가까이에서 모셨던 사람이라고 해두지."

"보아하니 마도백가의 무공을 익힌 것 같던데."

"짐작하는 대로."

"그렇군. 종사의 곁에는 늘 인재들이 많았지. 한잔하겠소?"

마침 그의 수하가 가져온 술을 장산벽이 따라 주었다.

돌돌돌.

맑은 액체가 술잔에 담기는 순간부터 지독한 독기가 올라왔다.

안개가 자욱한 황하 한가운데서 술잔을 기울인다면 제법 풍류를 안다고 할 수도 있겠지만 현실은 전혀 그렇질 않았다.

일촉즉발의 긴장감만이 감돌 뿐이었다.

술잔을 건네는 사람이나, 받는 사람이나 아직은 서로가 적인지 형제인지를 모른다.

그리고 지금부터 그것에 대해 차근차근 따져야 했다.

용악산은 독주를 단숨에 비운 다음 장산벽에게도 권했다.

장산벽 역시 단숨에 술잔을 비운 다음 다시 권했다.

그렇게 석 잔이 오고 갔다.

숨을 쉴 때마다 독기가 줄기줄기 흘러나왔다.

마침내 장산벽이 입을 열었다.

"단도직입적으로 묻겠소. 당신은 나의 형제로 온 것이오, 아니면… 적으로 온 것이오?"

"그건 그대의 대답 여하에 달려 있다."

"내가 신교를 다시 일으킬 것인지가 궁금한 거로군. 그렇소?"

"그렇다."

"신교를 다시 일으키는 일은 없을 것이오."

장산벽은 용악산의 침잠한 눈동자를 뒤로하고 독주를 한 잔 더 비운 후에 말을 이었다.

"처음부터 신교는 무너지지 않았소. 다만 그 주인이 바뀌었을 뿐."

용악산의 눈썹이 묘하게 뒤틀렸다.

"무슨 뜻이지?"

"무림맹이 공표한 백인살생부의 고수 절반이 죽었소. 무인의 길을 걷기로 결심한 이상 군림천하(君臨天下)하지는 못할지언정 쫓기다가 죽을 순 없지 않겠소?"

백인살생부의 고수 절반이 죽었다는 말에 용악산은 가슴 한쪽이 무너지는 것 같았다.

이건 대종사의 죽음이 남긴 또 다른 업보였다.

이런 상황이 발생하리라는 것을 예상 못한 것은 아니었다.

그럼에도 불구하고 잠자코 있었던 것은 그나마 그게 희생을 줄이는 최선의 방법이기 때문이었다.

끝까지 도주해서 새로운 신분으로 세상 속에 녹아들기를 바랐다.

한때는 마도 척결을 주장하는 무림맹주를 찾아가 암습을 할

까도 생각해 보았다.

하지만 그건 역설적이게도 더욱 많은 희생을 불러올 것이다.

몽매한 교도들은 적이 얕잡아 보이는 순간 벌 떼처럼 일어날 테니까.

또한 무림맹은 마도 척살에 온 힘을 기울일 테니까.

안타깝지만 각자가 알아서 살아남기를 바랄 수밖에 없었다.

그런데 장산벽이 나타난 것이다.

그렇다면 장산벽은 단지 무인다운 죽음을 위해 이렇게 거사를 일으킨 것일까?

용악산은 아니라고 보았다.

"이렇게 될 줄 알고 있었군."

"정치란 십 년 후를 내다보고 해야 하는 법이거든."

"무슨 뜻이지?"

"십 년 전 빙곡의 혈사를 기억하시오?"

빙곡은 수천 개의 골짜기가 있는 천산의 어느 한 자락을 일컫는 말이었다.

새도 넘나들지 못할 만큼 지세가 험해 마인들에겐 출입이 금지된 천혜의 요새.

과거 천마신교는 무림맹의 주력 오천을 바로 그 빙곡으로 유인하는 데 성공했다.

그리고 삼천의 천마교도가 피의 전투를 벌였다.

그 전투의 결과에 따라 향후 천하의 운명이 좌우될 상황.

각자의 사활이 걸린 만큼 전투는 치열했다.

하지만 처음의 계획과 달리 반년이 넘도록 전투는 끝이 나지 않았다.

가을을 보내고 겨울이 오자 한 달 동안 폭설이 쉬지 않고 퍼부어졌다.

양쪽 모두 무기와 식량은 물론, 약을 포함한 모든 물품의 보급이 중단된 상황.

그때부턴 누가 오래 견디느냐의 지루한 싸움이었다.

싸우다가 죽는 사람들보다 굶어 죽거나 동상에 걸려 죽는 이가 더 많았다.

하지만 어느 한쪽도 쉽게 발을 뺄 수가 없었다.

외부와의 유일한 통로인 빙곡을 사이에 두고 양쪽이 산면을 장악하고 있었기 때문이다.

즉, 어느 한쪽이라도 빙곡을 통해 탈출을 감행한다면 곧장 위에서 눈사태를 일으켜 몰살시켜 버릴 상황이었던 것이다.

이러다가는 양패구상하겠다 싶어 무림맹주와 대종사가 서둘러 협정을 맺었고, 겨우 빙곡에서 빠져나올 수 있었다.

"그때 빙곡에서 끝장을 봐야 했소. 그랬다면 무림맹은 치명적인 타격을 입었을 테고 정마대전도 끝이 났을 테지. 천하는 우리의 수중에 들어왔을 것이고 말이오."

"무림맹이 타격을 입은 만큼 신교의 형제들도 피해가 컸을 것이다."

"하지만 그 때문에 전쟁이 더욱 장기화되었고, 결국은 더 많은 형제들이 더 많이 죽어나갔소."

용악산은 장산벽의 말을 부정할 수 없었다.

빙곡에서 정마대전을 마무리 짓지 않은 탓으로 전쟁이 장기
화된 것만은 사실이었기 때문이다.

결국 그 후 십 년 동안 그것보다 몇 배나 많은 숫자의 사람
들이 죽어나간 것도 사실이었다.

하지만 전쟁의 결과를 그렇게 획일적으로 도식화해서 설명
할 수 있을까.

용악산은 장산벽과 설전을 벌일 필요를 느끼지 못했다.

자부심이 강한 자들일수록 머릿속에 한번 각인된 것을 바꾸
기란 쉽지 않으니까.

"그래서 종사를 배신했군."

용악산은 십종가가 오늘의 이 상황을 기다려 왔다고 확신했
다.

그들은 막연히 기다리고 있을 사람들이 아니었다.

필시 무언가 적극적인 행동을 했을 테고, 그것이 오늘의 이
상황을 만든 것이다.

"천만에, 우릴 배신한 것은 바로 종사요!"

장산벽의 목소리가 처음으로 떨리고 있었다.

용악산은 장산벽의 말을 무시하고 다시 물었다.

"그래서 구체적으로 어떤 행동을 했지?"

"십년지동(十年之動)!"

용악산은 상당한 충격을 받았다.

십년지동이라는 말은 원래 십종가의 사람들이 주장했던 말로, 천하 경영을 위해서는 중원 곳곳에 신교의 세력을 심어두어야 한다는 것이 골자였다.

그 과정이 눈에 띄지 않도록 십 년에 걸쳐 조금씩 진행되어야 한다고 해서 십년지동이라 불렸다.

하지만 대종사의 반대로 무산되었고 십종가도 더는 그 말을 언급하지 않았다.

결국 그들이 지닌 힘의 일부를 천산에서 중원으로 옮겼던 것이다.

장장 십 년에 걸쳐 조금씩 조금씩…….

빙곡의 혈사에서 보여준 대종사의 태도가 그들에게 그런 결정을 내리도록 한 것이다.

결과적으로 정마대전은 공동 상태인 중원무림에 십종가가 뿌리를 내릴 수 있도록 시간을 벌어준 셈이었다.

그리고 정마대전이 끝난 후 중원무림의 혼란을 틈타 다시 일어서려는 중이었다.

"삼백여 개의 문파가 하나로 똘똘 뭉쳐 십만이 넘는 우리를 막아냈던 중원무림이다. 고작 일개 마가가 당해낼 수 있을까?"

"고난을 함께한 사람들은 호강을 함께하지 못하는 법이지."

장산벽은 십종가의 후계자였다.

어느 곳이나 그러하듯이 대단한 세도가의 후계자들은 어려서부터 체계적인 정치 수업을 받는다.

장산벽이 지금 한 말도 바로 그런 정치 수업의 결과였다.

용악산은 장산벽과 말을 나누면 나눌수록 그가 이미 일대 종사의 시각으로 세상을 바라보고 있음을 알 수 있었다.

"원하는 게 무엇인가?"

능히 대답을 짐작하면서도 다시 묻고 싶은 용악산이었다.

"중원!"

장산벽의 대답은 육중한 쇳덩어리가 황하의 깊은 물속으로 가라앉듯 그렇게 흘러나왔다.

"그다음엔?"

"군림천하!"

"그다음엔?"

"세상을 바꾸는 거지."

"칼로는 세상을 바꿀 수 없다."

"잊은 것 같은데, 강호는 오직 힘의 법칙만이 존재하는 곳이오."

"다른 종류의 힘도 있다."

"난 무인이오. 무인은 칼의 길을 가야겠지."

"무엇 때문에 그토록 군림천하를 하려는 거지?"

"당신도 구음멸관에서 정파의 애송이들이 하는 짓거리를 보았겠지? 내가 변화시킬 수 있소. 무림이 탄생한 후 수백 년 동안 지속된 혼란에 질서를 가져올 수 있소. 그 질서는 수천 년간 지속될 거요."

"세상이 피로 물들 것이다."

"그리고 다시는 피가 흐르지 않겠지."

두 사람 사이에 한동안 숨 막히는 침묵이 흘렀다.

용악산은 장산벽이 강북 일대의 무림대회를 휩쓸며 비무행을 벌인 이유가 궁금했었다.

하지만 이제는 알 것 같았다.

장산벽은 무림맹에 쫓기는 마인들을 하나로 뭉치고 싶었던 것이다.

그러기 위해선 먼저 그들의 피를 뜨겁게 달구어야 한다.

그런 면에서 형제들의 원수인 명문대파의 후기지수들을 쓰러뜨리고 돌풍을 일으킨 한 젊은 마인의 등장은 단연 그들의 웅심에 불을 지펴줄 것이다.

그렇다면 창룡전의 후기지수들을 납치한 것은 무엇 때문일까.

그건 단순히 시선을 끌기 위해서가 아니었다.

그런 목적에서라면 장산벽과 멸천대가 치러야 할 대가가 너무 컸다.

지금도 무림맹과 후기지수들의 사문에서 황하 일대에 이중, 삼중으로 천라지망을 펼치고 있을 게 분명했다.

고요한 이 순간이 사실은 어느 때보다 위험한 순간이라는 걸, 저 짙은 안개 너머로 엄청난 위험이 다가오고 있음을 용악산은 피부로 느낄 수 있었다.

그렇다면 장산벽은 그런 위험을 감수하고서라도 얻으려는 게 있을 것이다.

그게 무엇일까.

용악산이 굳이 무림맹과 협조를 하지 않고 혼자 장산벽을 찾아온 것도 그런 이유에서였다.

하지만 장산벽이 그걸 말해줄 것 같진 않았다.

"이제 내가 물을 차례군. 당신은 아직 우리의 형제인가?"

장산벽이 무거운 목소리로 물었다.

말투도 어느새 하대로 바뀌어 있었다.

용악산은 선뜻 대답하지 않았다.

저 한마디에 담긴 여러 가지의 의미와 무게를 실감하기 때문이었다.

"오래전 종사께서 내게 말씀하셨지. 십종가와는 같은 길을 가면서도 바라보는 곳이 다르다고."

장산벽은 용악산의 말을 알아들었다.

그는 한 번 싱긋 웃더니 몸을 일으키며 말했다.

"아쉽군."

그리고는 층계를 올라가 사라졌다.

그가 사라진 뒤로 멸천대의 무인들이 도검을 꼬나 쥐고 나타났다.

순순히 보내주지 않겠다는 뜻이었다.

동시에 사람들을 구하려면 자신들을 뚫고 가라는 말이기도 했다.

대초자곤을 든 채홍만의 손에 힘이 들어갔다.

두 다리는 적당한 보폭으로 벌어졌고 눈동자에는 살기가 그

득 담겼다.

용악산이 자신을 향해 다가오는 멸천대의 무인들을 향해 말했다.

"내 사제와 후기지수들은 어디에 있지?"

물론 대답을 해줄 거라는 기대는 하지 않았다.

하지만 용악산의 눈동자에서 뻗어 나오는 서늘한 살기 때문인지 선두의 멸천대가 틈을 벌렸다.

용악산은 한 치의 망설임도 없이 그들 사이를 태연히 걸어갔다.

채홍만이 뒤를 따랐다.

강철처럼 단단해 보이는 무형의 강기가 두 사람을 에워싼 것 같았다.

함부로 덤벼들었다간 어떻게 죽는지도 모르게 죽을 것만 같았다.

압도적인 위엄이 멸천대를 옥죄고 있었다.

그러다 용기를 낸 자가 나타났다.

"갈!"

안개를 꿰뚫는 대갈일성(大喝一聲)과 함께 허공에 한 줄기 빛이 어렸다.

일 장이나 뻗어 나온 검영이 용악산의 등을 갈랐다.

채홍만의 대초자곤이 작렬한 것도 동시였다.

꽈앙!

육중한 힘에 놈의 검신이 튕겨 나갔다.

채홍만의 대초자곤에도 절반이나 검이 박혀들었다.

동시에 멸천대의 무인 다섯이 두 사람을 향해 날아올랐다.

잠자던 동굴 속 박쥐 떼를 건드린 것처럼 사방에서 검영이 번뜩였다.

용악산의 옷자락이 순식간에 부풀어 올랐다.

강력한 발경이 용악산의 두 손으로부터 시작됐다.

콰아아아앙!

천지를 뒤흔드는 폭발음과 함께 날아오른 자들이 펄럭이는 돛으로, 갑판으로, 강물 속으로 나가떨어졌다.

허공에는 그들이 날아가면서 입으로 뿜어낸 피가 어지럽게 날렸다.

단 일격에 다섯 명이 내상을 입고 쓰러진 것이다.

하지만 놈들은 끈질겼다.

살아남은 자들이 눈에 쌍심지를 켜고 덤벼들었다.

멸천대의 근성은 오래전부터 익히 알고 있었다.

그들은 어떠한 경우에도 포기를 모른다.

문제는 채홍만이었다.

그는 혼자서 자신을 향해 덤벼든 세 명과 악전을 치르고 있었다.

상대는 멸천대였다.

어지간한 고수라면 세 명이 아니라 다섯이라도 상대할 수 있는 채홍만이었지만 멸천대는 좀 달랐다.

그때 갑판 위로 한 개의 그림자가 날아들었다.

표자룡이었다.

쒜애애액. 깡깡!

쒜쒜애애애액. 깡깡!

표자룡은 갑판에 떨어지는 동시에 채홍만을 공격하는 멸천대를 무섭게 핍박했다.

갑작스런 쾌검의 등장에 멸천대는 당황했다.

표자룡은 일말의 생각할 틈을 주지 않고 무섭게 돌진했다.

멸천대의 검진 속으로 뛰어들어 종횡무진 휘저으며 맥을 끊어놓는 것이었다.

하지만 그들을 쓰러뜨리진 못했다.

표자룡의 무공이 약한 것이 아니라 멸천대 하나하나가 너무나 강했다.

다행히 어느 정도의 공간은 확보할 수가 있어 채홍만과 등을 맞대고 놈들과 교전했다.

용악산은 갑판의 한가운데 섰다.

그를 둘러싼 인원은 남은 멸천대 전부. 이미 쓰러진 자들과 채홍만을 상대하는 자들을 빼고도 무려 삼십은 될 것 같았다.

놈들은 무지막지했다.

연신 용악산의 격공장(隔空掌)에 픽픽 나가떨어지면서도 불나방처럼 덤벼들었다.

마치 그 수많은 공격들 중 하나가 성공하거나 용악산이 작은 실수라도 하는 날엔 그 틈을 비집고 벌 떼처럼 달려들어 물어뜯을 것처럼.

하지만 용악산은 실수를 하지 않았고, 그들의 공격이 성공할 가능성도 없어 보였다.

"환(環)!"

짧은 외침과 함께 용악산의 두 주먹 사이에 시뻘건 화염덩어리가 생겨났다.

소용돌이는 곧 두 마리의 적룡으로 화했다.

어느 순간 용악산의 두 눈으로부터도 화염이 줄기줄기 쏟아지는가 싶더니, 굉음과 함께 두 마리의 적룡이 한바탕 범선의 갑판을 휩쓸고 지나갔다.

쿠아아아아아아아앙!

앞쪽에 있던 멸천대 수십 명이 그 강맹한 기운을 견디지 못하고 부웅 날아올랐다.

그리고는 곧 선체의 곳곳에 부딪쳐 떨어졌다.

입으로 선혈을 토하는 자, 복부를 움켜쥐고 신음하는 자, 온몸의 옷자락이 갈기갈기 찢어진 자…….

모두가 제각각이었지만 눈빛은 하나같이 동일했다.

두 눈으로 보고도 믿을 수 없다는 눈빛.

그 순간 선미 쪽에서 갑판의 일부분이 뚜껑처럼 살짝 올라왔다.

그 아래로 잔뜩 호기심 어린 눈동자 하나가 툭 튀어나와 사방을 두리번거렸다.

눈동자는 그새 뚜껑을 확 열어젖히더니 모습을 드러냈다.

하풍달이었다.

그는 자신이 튀어 나온 구멍을 내려다보며 손짓했다.

"됐어. 모두들 나와. 대사형께서 공간을 확보했어!"

표자룡이 뱃전으로 뛰어드는 사이 하풍달은 선체에 붙어 뒤로 움직인 다음 혼전을 이용해 사람들을 찾으러 갔던 것이 다.

하풍달의 뒤를 이어 공춘보가 나타났다.

잠시 후에는 공화연, 홍시연, 서여옥을 비롯한 창룡전의 후 기지수들이 굴비처럼 줄줄이 모습을 드러냈다.

공화연을 비롯한 세 여자는 모습을 드러내는 순간 즉각 전 투에 뛰어들었다.

병장기를 빼앗겨 공권인 세 여자는 먼저 부상당한 멸천대의 무인들을 공격해 도검을 탈취했다.

그리고 곧장 싸움의 한복판으로 뛰어들어 무서운 신위를 보 였다.

세 마리의 봉황이 날개를 펼치고 춤을 추듯 아름다우면서도 극적인 동작.

금룡문의 제자들은 황당한 얼굴로 그 모습을 보았다.

여자들이라고 해서 얕잡아본 것은 아니었지만 그녀들의 검 식이 생각보다 저돌적인 것이다.

상대의 급소를 향해 주저없이 찌르는 결단력.

그 기세에 담긴 매운 경력.

특히나 홍시연의 공격이 가장 매서웠다.

그녀는 그동안 갇혀 있던 것에 대해 분풀이라도 하려는 듯 무모할 정도로 적의 검로 속으로 뛰어들었다.

그러다 실수를 했다.

아니, 정확하게 말하면 두 명으로부터 협공을 받은 것이다.

시퍼런 도광이 그녀의 옆구리를 짓쳐들어 가는 순간 표자룡이 뛰어들었다.

까앙!

불꽃 튀는 충돌음과 함께 표자룡의 중검이 적의 팔뚝을 꿰뚫었다.

동시에 또 다른 적이 표자룡의 가슴을 찔러왔다.

홍시연을 구하느라 자신을 돌보지 못하는 사이 기습을 받은 것이다.

하지만 이번엔 홍시연이 그런 적의 왼쪽 어깨에 검을 찔러넣었다.

두 사람이 서로의 목숨을 구하고 등을 붙였다.

"하아하아… 난 홍시연이에요. 당신은 누구죠?"

"표자룡이오."

"당신도 금룡문의 제자인가요?"

"그렇소."

"휴유, 오라는 추격대는 안 오고 죄다 금룡문의 제자들뿐이군요. 어쨌든 고마워요."

그리고 다시 싸움이 시작되었다.

장산벽은 상갑의 난간에 앉아 아래에서 벌어지는 모습을 지켜보고 있었다.

그의 시선은 시종일관 용악산에게 꽂혀 있었다.

"너도 보았겠지?"

그가 낮은 목소리로 읊조렸다.

옆에 시립한 단단한 체구의 사내가 말을 받았다.

"제 눈이 틀리지 않았다면……."

"맞아. 적룡장이야!"

멸천대 일조 조장 도귀는 적룡장이라는 말이 장산벽의 입에서 흘러나오는 순간 전율을 느꼈다.

세상의 모든 정염과 욕망을 불태워 버린다는 적룡의 불.

마도백가의 절학이자 대종사가 말년에 심혈을 기울인 공부였다.

'화룡토에 이어 적룡장까지… 마도백가와 대종사의 비맥(秘脈)을 모두 이은 이가 나타났어.'

생각만 해도 솜털이 곤두선다.

마도백가만으로도 몸서리가 쳐지는데 대종사의 진전까지 이었다면 어떻게 될 것인가.

도귀는 어깨를 한차례 가늘게 떨고는 말했다.

"그의 사제들은 놈의 신분을 모르는 듯합니다. 차라리 그의 신분을 밝혀 저들을 분열시키는 것이 어떻겠습니까?"

"아니, 바로 그런 이유 때문에 숨겨야 한다. 반드시."

"무슨……?"

"대종사의 진전을 이은 후예가 존재한다는 걸 천하의 교도들이 알면 어떻게 될까?"

"아!"

도귀는 망치로 뒤통수를 맞은 듯한 충격을 느꼈다.

저자의 정체를 밝힌다면 지금 당장 그를 곤란하게 만들 수는 있을 것이다.

하지만 중원 전역에 흩어져 있는 천마신교의 교도들이 장산벽이 아닌 그를 중심으로 뭉치게 될 것이 자명했다.

그렇게 되면 이번 거사는 물론 그동안 준비해 온 일이 모두 수포로 돌아간다.

십 년 동안 쑤어온 죽을 이제 와서 엉뚱한 놈에게 줄 수는 없지 않는가.

무슨 일이 있어도 그의 존재를 밝혀서는 안 되는 이유가 거기에 있었다.

"하면 반드시 살인멸구를 해야겠군요."

"안 하는 게 아니라 못하는 것이다."

"……?"

도귀는 의아했다.

저자가 비록 강하기는 하지만 장산벽을 당할 수는 없었다.

자신이 아는 한 장산벽이야 말로 십종가 칠백 년의 마학(魔學)이 길러낸 최강의 괴물이니까.

사람들은 천마신교의 적통이 마도백가라고 생각한다.

하지만 그건 십종가의 숨은 저력을 모르는 사람들의 얘기
다.

대저 무학이란 그것이 지닌 신비막측함도 뛰어나야 하지만
진인(眞人)을 만나야 한다.

이를 두고 무공에는 모두 임자가 있다고 하는 것이다.

십종가는 감히 마도백가가 따라오지 못할 수많은 절학들을
지녔음에도 그것을 꽃피울 수 있는 천고의 기재를 만나지 못
했다.

하지만 이제는 다르다.

장산벽이 나타났기 때문이다.

그는 근 백 년이래 십종가의 혈족들 중 가장 뛰어난 무재를
지녔다.

장산벽은 그런 도귀의 생각을 아는지 천천히 말했다.

"그를 죽이려면 나는 오늘 너희 모두를 잃을 것이다."

"하지만 대주라면 충분히……."

"언젠가는 부딪쳐야 할지도 모르지. 하지만 오늘은 아니
다."

장산벽은 몸을 일으켜 자신의 수하들과 대치하고 있는 용악
산을 향해 다가갔다.

갑판을 가운데 두고 사람들이 양쪽으로 물러난 가운데 장산
벽과 용악산이 마주 섰다.

장산벽이 말했다.

"배를 통째로 부술 생각은 아니겠지요?"

장산벽의 말에 사람들이 주위를 둘러보았다.

사실 배는 여기저기 파손되어 있었다.

다수와 소수가 격전을 벌이다 보니 용악산은 강력한 암경이 담긴 격공장을 여러 차례 떨쳤고, 그 여파로 위용을 자랑하던 범선이 지금은 거의 폐선이 되어버렸다.

아직까지 가라앉지 않는 것이 신기할 지경.

양쪽 모두 배가 필요한 상황에서 더 이상의 싸움은 양패구상이었다.

"계속 싸움을 하겠다면 당신의 사제들과 후기지수들 역시 안전하지 못할 것이라고 장담하지."

장산벽의 목소리는 싸늘하면서도 자신감에 차 있었다.

그의 말은 사실이었다.

격전이 이어지면 용악산은 장산벽과 사생결단을 해야 했다.

자신이 장산벽에게 질 거라고는 생각하지 않는다.

하지만 분명 어느 정도의 시간이 걸릴 것이고, 그사이 많은 사람들이 다칠 것이다.

채홍만과 표자룡을 제외하고는 여기 있는 사람들 중 누구도 멸천대를 일대일로 당할 수가 없었다.

공춘보와 하풍달은 둘이 합격을 한다면 한 사람쯤 상대할 수 있을지도 모른다.

여자들은?

확신할 수는 없지만 셋이 합격을 하면 두 명 정도는 상대할 수 있지 않을까?

그렇다고 채홍만과 표자룡이 멀쩡한 게 아니었다.

혼전 중에 멸천대가 휘두른 예리한 칼에 팔다리 하나씩을 이미 베인 상태였다.

옷섶이 축축하게 젖어드는 걸로 봐서 혈흔이 제법 깊어 보였다.

그에 반해 용악산의 적룡장에 맞고 부상을 입은 멸천대는 상처 곳곳에서 하얗게 서리가 끼고 있었다.

이른바 백화 현상이라고 불리는 빙백신공 특유의 증후다.

어떠한 외상도 단숨에 상처가 아물면서 서서히 치료가 되어가는 십종가의 마공.

장산벽은 그걸 자신의 수하들에게 아낌없이 전해준 것이다.

감복한 수하들이 더욱 충성을 바칠 것은 자명한 일.

어쨌든 저대로 수련이 깊어지면 멸천대는 머지않아 불사신이라 불리게 될 것이다.

"일단 서로 부상자들을 치료하기로 한다."

용악산이 제안을 했고 처음부터 그것을 원했던 장산벽이 흔쾌히 받아들였다.

용악산이 뒤를 향해 손을 들자 팔뚝에서 피를 뚝뚝 흘리면서도 날카로운 기세를 풀지 않고 있던 표자룡이 검을 회수했다.

채홍만은 자신의 대초자곤에 머리통을 맞아 피를 철철 흘리는 멸천대의 무인 하나를 거꾸로 쥐더니 갑판 위를 질질 끌고 갔다.

그러자 갑판을 절반으로 뚝 가르며 기다란 혈선이 생겨났다.

혈선을 그은 채홍만은 멸천대의 무인을 그의 동료들에게 휙 던져 주고는 혈선 위에 떡하니 버티고 섰다.

"지금부터 여길 넘어오는 놈은 머리통을 부숴주겠다!"

第八章

원로들의 방문

天山刀客

무림맹은 대낮인데도 쥐새끼 한 마리 찾아볼 수 없을 만큼 한적했다.

　하지만 암중에 흐르는 기류만큼은 전쟁을 방불케 할 만큼 다급하게 돌아가고 있었다.

　평생 사문을 나서지 않을 것 같던 전대의 원로 여섯 명이 찾아온 것은 오늘 새벽이었다.

　창룡전의 마지막 관문에 출전하기로 한 후기지수들 중 절반 정도가 실종되었다는 소식을 전서구를 통해 해당 후기지수들의 사문에 보낸 지 불과 하루 만이다.

　이 짧은 시간에 무림맹까지 올 수 있었던 불가사의한 무공은 제쳐 두고라도 왜 하필 전대의 거인들일까.

그들이 무림맹에 도착하자마자 가장 먼저 한 일은 맹에 파견되어 있던 사문의 제자들을 모두 소집하는 것이었다.

이로써 이원육전십이당(二園六殿十二堂)의 곳곳에 배속되어 맹의 무인 삼백여 명이 각자의 자리를 이탈해 장로부로 모여들었다.

그들은 지금 장로부를 둘러싼 채 여섯 원로를 철통 호위하고 있었다.

그들 중에는 전주 급 고수가 둘, 당주 급 고수도 네 명이나 되었다.

당주 아래에 대여섯 명씩의 각주가 있고, 또 그들 아래에 각기 십여 명씩의 수하들을 거느린 십인장들이 다수라는 걸 고려하면 사실상 현재 무림맹 내에서 동원할 수 있는 전력의 삼할 정도가 장로부로 모여든 것이다.

그건 맹규(盟規)에 정면으로 어긋나는 일이었다.

사문에서라면 모를까, 무림맹 내에서는 맹주의 허가없이 그 어떤 이탈도 있어서는 안 된다.

왜 그랬을까.

백여 년 전 초대 무림맹주이자 무적의 고수로 군림했던 태양성검(太陽聖劍) 동방옥이 무림문파들과 맺은 피의 맹약을 그 누구보다 잘 알고 있던 저들이 왜 깨뜨렸을까.

어쨌든 그 이유로 지금 무림맹은 일촉즉발의 긴장감이 감돌았다.

맹주 이장도는 잉어가 노니는 비원의 연못가에서 산책을 하고 있었다.

그의 한가로운 뒷모습을 보자면 지금 맹 내에서 벌어지고 있는 일련의 사태와는 전혀 관련이 없는 것처럼 보였다.

하지만 어찌 관련이 없겠는가.

맹주로서 그의 입지가 뿌리째 흔들리고 있는 것을.

그의 뒤로 공간이 잠시 일렁이는가 싶더니 흑의인영 하나가 나타났다.

그는 이장도의 뒷모습을 향해 보고했다.

"외원의 타격대 세 곳이 놈들을 추적하는 한편 산동의 각 지단에 두 번째 천라지망이 펼쳐지고 있습니다."

"지휘를 하는 사람이 누구인가?"

"정확한 지휘 경로가 파악되지 않고 있습니다."

"군사부주는?"

"부의 별원에서 두문불출하고 계십니다."

"기어이 첫 번째 천라지망이 뚫렸단 말이지……."

"약간의 계산 착오가 있었던 것 같습니다. 차출할 수 있는 배가 모조리 불타 버린 게 결정적으로 작용했습니다."

"두 번째 천라지망은 어떨 것 같더냐?"

"황하의 강변을 모두 봉쇄하는 동시에 산동의 조방에서 협조를 얻어 배를 동원하고 있습니다. 산동을 벗어나기 전에 어떤 식으로든 마무리가 될 것 같습니다."

잡힐 것이 아니라 어떤 식으로든 마무리가 될 것이다?

혹의인의 말은 듣기에 따라 묘한 구석이 있었다.

"음, 시간을 너무 끌었구나. 좋지 않아."

이장도는 더 이상 말문을 열지 않고 산책을 계속했다.

보고가 끝이 났는데도 혹의인은 어쩐지 자리를 떠나지 않았다.

"할 말이 남아 있는 것이냐?"

"지금 장로부의 움직임이……."

혹의인이 조심스럽게 말문을 열었다.

"비부의 수장이 어찌 장로부의 일에 관심을 가지는 것이냐?"

"맹주!"

"물러가라!"

혹의인은 잠시 분노를 억누르는가 싶더니 공손히 포권을 하고는 사라졌다.

분명 이장도를 향한 분노는 아니었다.

혹의인이 사라질 무렵, 이번에는 무장을 갖춘 장년인 하나가 앞쪽에서 다가왔다.

사십 세 정도 되었을까?

걸음걸음에서 천년 풍상을 견뎌낸 바위의 기상이 느껴졌다.

그는 맹주로부터 열 걸음 정도 앞에 멈춰 서더니 공손히 읍을 했다.

"육각의 각주들이 수하들과 함께 대기하고 있습니다."

"한 사람도 원래의 자리에서 이탈하지 말라고 일렀거늘!"

사내의 말에 나온 맹주의 대답은 지엄한 꾸중이었다.

"맹의 무인 삼백이 집단으로 맹규를 어겼습니다."

"형제들을 향해 칼을 겨눌 셈인가?"

"그것이 제가 할 일입니다."

"수하들이 모두 죽을 수도 있다."

"다시 말씀드리지만 그것이 제가 할 일입니다."

사내는 단호했다.

기필코 맹규를 위반한 삼백 명의 이탈자를 모두 잡아들이겠다는 것이다.

죽고 사는 것은 그다음 문제였다.

사내는 집법당주 구중악이었다.

어떠한 불의에도 타협하지 않는다는 골수 협골.

원래가 맹의 무인들에 대한 감찰과 규율을 담당하는 직책이다 보니 그가 이런 태도를 보이는 것은 어쩌면 당연한 건지도 모른다.

하지만 살얼음판 같은 작금의 상황을 살펴보면 절대 당연하다고 할 수 없었다.

맹내의 고수들 대부분이 이런 일련의 사태를 애써 모른 척하고 있었기 때문이다.

"돌아가라. 사내란 한 걸음 한 걸음이 태산같이 무거워야 한다."

"저는 정치는 잘 모릅니다. 하지만 원칙이 무너지면 조직은 더 이상 유지될 수가 없습니다."

이장도가 고개를 옆으로 돌려 구중악에게 물었다.

"맹규의 첫 번째 조항이 무엇이냐?"

"맹주의 명을 목숨으로 따른다··· 입니다."

"하면 너는 맹규를 어긴 자들을 처단하겠다면서 스스로 맹규를 어기려 하느냐? 너의 눈에도 내가 더 이상 맹주로 보이지 않는 것이냐?"

"······!"

구중악은 말을 잊지 못했다.

그가 어찌 그것을 모르겠는가.

맹주를 찾아와 이처럼 간청하는 것도 허락을 구하기 위함이 아니었던가.

하지만 맹주의 태도는 단호했다.

잠자코 죽은 듯이 지내라는 것이다.

눈앞에서 맹주를 하야(下野)시키려는 움직임이 이는데도 말이다.

구중악은 결국 입술을 깨물고 돌아설 수밖에 없었다.

그가 사라지고 나자 어디선가 거북한 목소리가 흘러나왔다.

"쿡쿡쿡, 정치를 모른다고? 내 보기에 네놈이야 말로 가장 정치를 잘 아는 놈이다. 원칙이 무너지면 조직이 유지될 수 없다는 네놈의 말이 진짜 정치야, 이놈아. 안 그렇소이까, 맹주?"

도둑고양이처럼 슬그머니 나타난 사람은 독행천괴였다.

독행천괴의 말에 이장도는 다른 말로 대답했다.

"그나저나 내기에 이기셨으니 독행 노형도 이제 자유의 몸이 되었습니다그려. 껄껄껄."

누가 신비검객을 먼저 찾아내느냐를 두고 내기를 했던 것을 말하는 것이다.

애초 비부의 자객들이 먼저 알아차렸지만 그들이 멸천대에게 붙잡혀 생고생을 하고 있을 때 독행천괴는 유유히 궁가촌을 빠져나가 맹주에게 보고를 했다.

그 난리가 벌어지는데도 서둘러 궁가촌을 빠져나온 이유가 거기에 있었다.

어쨌든 그 일로 인해 독행천괴는 일절 사고를 치지 않겠다는 무림맹주와의 약속에서 벗어날 수 있었다.

이제 다시 그 옛날의 자유로운 독행천괴로 돌아가는 것이다.

세상 그 누구의 눈치도 보지 않는 완벽한 자유인.

생각만 해도 날아갈 것 같았지만 독행천괴는 다른 말을 했다.

"참 속도 편하시오. 이 상황에 웃음이 나오시오?"

"하긴 후기지수들이 납치된 판국에 가장 책임이 큰 맹주라는 자가 이렇게 웃으면 안 되겠지요? 험험, 제가 이렇게 웃었다는 건 비밀로 해주시리라 믿습니다."

"그 말이 아니지 않습니까. 문주나 가주들이 가신들을 보내지 않고 툇방 늙은이들을 보낸 것이 무엇을 말하는지 모르시겠습니까?"

무림의 원로들을 툇방 늙은이라고 말할 수 있는 사람은 그리 많지 않다.

독행천괴 역시 그런 사람들 중 하나였다.

무림에서 차지하는 그의 입지가 대단하다기보다는 어느 누구의 눈치도 보지 않는 호방한 성격 때문이었다.

지금 장로부에 모여 원로들은 이십 년 전 각각의 문파를 대표하던 문주나 장로들이었다.

그들은 이십년 전 문주의 자리를 제자나 자식에게 물려주고 일선에서 물러나면서 설산검군과 함께 당대제일의 검객으로 꼽히던 북검성 이장도를 무림맹주의 자리에 올려놓은 장본인들이었다.

거기엔 많은 정치적인 계산이 깔려 있었다.

표면적으로는 맹의 정도를 지키는 인물로 하여금 맹의 기반을 탄탄히 다져 놓고 물러난다는 인상을 주었지만, 내부적으로는 자신들의 사람을 심어놓았다는 평도 만만치 않았다.

그러나 세월이 흐르면서 이장도에 대한 세간의 평가는 달라졌다.

그는 어느 한쪽에도 치우치지 않는 인사(人事)를 했고, 일을 처리함에 있어 공정함을 잃지 않았다.

지루한 정마대전을 정도의 승리로 이끌면서 그의 입지도 확고하게 다져 놓았다.

이는 다시 표면적으로 보자면 이십년 전 원로들의 선택이 옳았음을 입증하는 것이 되었고, 반대로 떠도는 소문에 비추어 보자면 원로와 그들의 사문이 이장도에게 배신을 당한 셈이 되었다.

만약 그들이 다시 그것을 바로잡고자 한다면, 혹은 정마대전 이후 명성이 하늘을 찌르는 이장도에게 모종의 경고를 주기 위한 것이라면 그가 실수를 한 지금이 가장 좋은 시기인 것이다.

"전쟁이 끝났으니 노장은 물러날 때도 되었지요."

맹주의 담담한 목소리였다.

"그런 걸 두고 나처럼 입이 풀린 늙은이들은 토사구팽(兎死狗烹)이라 한다지요."

"토사구팽이라… 껄껄껄, 뭐, 그것도 그리 틀린 말은 아니군요. 아참, 웃지 않기로 해놓고선."

맹주는 얼른 자신의 말을 주워담았다.

"내외원의 원주들이라도 한마디 거들어준다면 상황이 조금은 달라질 터인데, 저렇듯 침묵만 하고 있으니. 쯧쯧쯧."

내원과 외원의 원주는 전 무림인들로부터 존경을 받고 있는 강호의 원로들로, 무당과 소림의 인물들이었다.

그들이 나선다는 것은 곧 무당과 소림이 나선다는 걸 의미했고, 그건 더 큰 소용돌이를 불러올 가능성도 배제할 수 없었다.

"그분들이 침묵을 하는 데는 범인들이 짐작 못하는 깊은 뜻이 있는 게지요."

"그럼 나는 무식하다는 말씀이오?"

"험험."

이장도는 괜한 헛기침 한 번으로 무안함을 얼버무렸다.

사실 독행천괴가 이런 우려를 할 만큼 사태는 심각하게 돌아갔다.

원래의 자리를 이탈해 장로부에 모인 맹 내의 무인들은 삼백에 불과했지만 거의 대부분이 이렇다 저렇다 할 의사를 표시하지 않은 채 침묵하고 있었다.

이는 사실상 동조나 다름없었다.

상황이 이렇게 된 데는 더욱 복잡한 사정이 있었다.

마도의 패망으로 공공의 적이 사라진 후 무림문파들은 안으로 눈을 돌렸다.

이제는 정마대전으로 인한 손실을 만회하고 힘을 길러야 할 때인 것이다.

상권을 장악하고, 농장을 확장하고, 무력을 키우고…….

그 과정에서 기존의 이권들을 차지하고 있던 군소 방파들과 이런저런 충돌이 생기는 것은 당연했다.

그런 그들에게 무림맹은 성가신 존재였다.

정확히 말하면, 무림맹주 이장도가 그랬다.

골수 협골인 그는 이런 꼴을 두고 보지 못했다.

흑백을 막론하고 배부른 사람이 더 배부르겠다고 설치는 꼴을 참지 않은 것이다.

결국 이장도의 이런 행동을 못마땅하게 여기는 곳이 하나둘 생겨났다.

정마대전에 제자들의 목숨을 수백 명씩 바쳤는데 그 대가는 받아내야 할 것이 아닌가.

지금 그 여파가 벌어지고 있는 것이다.

"에잇, 재미없군. 난 이제 그만 가려오."

독행천괴가 말을 하고 저만치 걸어가려는데 이장도가 물었다.

"저에게 무슨 말을 하러 오신 게 아니었던가요?"

"이크, 내 정신 좀 보게."

독행천괴가 황급히 돌아서면서 얼굴을 싹 바꿨다.

"클클클, 나와 다시 한 번 내기를 하지 않으시렵니까?"

응큼하게 웃는 그의 얼굴에선 복수를 하겠다는 속셈이 훤히 보였다.

"어떤 내기인지요?"

"신비검객의 정체야 이미 비부의 보고를 통해 짐작하셨을 테고……."

말을 하면서 독행천괴는 이장도를 슬쩍 보았다.

그가 어디까지 알고 있는지 넌지시 떠보기 위해서였다.

가벼운 미소만 짓고 있는 것이, 확실히 그는 알고 있었다.

"그러니까 외원의 타격대가 천라지망에 구멍이 뚫린 줄도 모르고 헛짓거리를 하는 동안 오늘 새벽을 기해 범선에 침투한 놈들이 있다는 걸 아시는지……?"

그쯤에서 이장도의 눈빛이 흔들리는 걸 독행천괴는 똑똑히 보았다.

'옳거니. 걸렸다.'

"바로 그놈들의 정체를 누가 먼저 알아내느냐는 것을 두고 내기를 하자는 거지요."

"음……."

이장도는 잠시 생각을 하더니 물었다.

"제가 이기면 어떻게 되는지요?"

"그럴 리야 없겠지만, 만약 맹주께서 이번에도 이기시면 제게 다시 근신령(謹愼令)을 내리시구려."

"독행 노형이 이기면요?"

"글쎄올시다……."

독행천괴는 고민을 하는 척 턱밑을 몇 차례 긁으면서 이장도를 곁눈질했다.

강태공들이 물고기를 잡는 것보다 그 과정을 즐기는 것처럼 내기의 귀신인 그 역시 이 과정을 만끽하는 것이다.

"한 가지 질문에 답해주시오."

"질문이라 하심은……."

"십여 년 전 빙곡에서 맹주와 마도대종사가 격돌했다는 소문이 있던데……."

독행천괴가 마른 침을 삼키면서 이장도를 힐끗 보았다.

이른바 빙곡논검(氷谷論劍).

마도와 정도가 사활이 걸린 대치 상태에서 두 사람이 빙곡의 어느 산봉우리에서 무공을 겨룬 일을 두고 말하는 것이었다.

그들이 실제로 무공을 겨루었는지는 알 수 없다.

심지어 만난 일이 있었는지조차 확인하지 못했다.

다만 언제부턴가 강호인들의 입을 통해 그런 소문이 떠돌았다.

독행천괴는 그게 궁금해 죽을 지경이었다.

"그 전말을 말씀해 주시겠소? 논검을 했다면 누가 이겼는지도 자세하게."

이장도는 잠시 고민을 하더니 이윽고 고개를 끄덕였다.

"그렇게 하지요. 약속은 반드시 지키시겠지요?"

독행천괴는 돌연 눈살을 찌푸렸다.

저 늙은 맹주는 무공만 강한 게 아니라 지혜 또한 측량할 수 없었다.

그가 뜻밖에도 순순히 승낙을 하는 것이 영 찜찜했던 것이다.

자신보다 먼저 알아낼 무슨 묘책이라도 있는 걸까?

하지만 독행천괴의 갈등은 오래가지 않았다.

이번 내기만큼은 확실히 이길 자신이 있었다.

"험험, 좋습니다. 저도 지면 확실히 약속을 지키지요."

"하면 내기가 성립된 것인가요?"

"물론이외다. 흐흐흐흐."

독행천괴의 경박한 웃음소리가 설사처럼 줄줄 샜다.

"왜 그렇게 웃으시는지요?"

"이미 내기의 결과가 나왔는데 내 어찌 웃지 않을 수 있겠소이까? 흐흐흐흐."

"결과가 나왔다고 하심은……?"

"내가 이긴 것 같소이다. 왜냐면 난 그들이 누구인지를 이미 알고 있으니까요. 으하하하하! 으하하하하!"

독행천괴는 고개까지 뒤로 젖히고는 광소를 터뜨렸다.

이로써 구음멸관에서 붙잡힌 이후로 절치부심해 왔던 통쾌한 복수를 하게 되는 것이다.

이 얼마나 간절히 바라왔던 일인가.

그런 독행천괴의 기분에 이장도가 찬물을 확 끼얹었다.

"그나저나 금룡문의 제자들이 잘해주면 좋을 텐데 말입니다."

"딸꾹!"

광소를 뚝 멈춘 독행천괴가 딸꾹질을 했다.

그 소리가 천둥소리처럼 컸다.

그는 낯빛이 검게 변해서 물었다.

"아, 알고 계셨소이까?"

"후후후, 약속은 꼭 지키시리라고 봅니다."

이장도는 날벼락 같은 한마디를 남기고는 종종걸음을 치며 홀연히 사라졌다.

"으아아아악, 젠장!"

남은 자의 절규만이 한낮의 한적한 정원을 울렸다.

*   *   *

묘한 상황이 되어버렸다.

하나의 배 안에 두 개의 세력이 서로 대치하게 된 것이다.

범선이 비록 백 명이 넘게 탈 수 있을 정도로 크기는 하지만 그래도 공간이 한정된 곳이다.

작은 빈틈이라도 보였다간 어떻게 될지 모르는 상황에서 여간 난감한 일이 아니었다.

애초 용악산은 공춘보와 창룡전의 후기지수들을 구출해 낸 후 배를 탈취할 생각이었다.

바다를 방불케 하는 황하에서 부상자들을 데리고 아무런 대책도 없이 강물 속으로 뛰어드는 건 미친 짓이었다.

하지만 지금의 배를 탈취하지도, 그렇다고 빼앗기지도 않은 애매한 상황이 되어버렸다.

일이 이렇게 된 건 예상하지 못한 변수 때문이었다.

예상보다 많은 멸천대의 숫자와 드러나지 않은 장산벽의 무공, 그리고 아직 아무도 눈치채지 못하고 있는 또 한 가지 이유가 있었다.

생각에 잠겨 있는 사이 공화연이 다가와 물었다.

"어쩌실 작정인가요?"

"일단 상황을 지켜볼 겁니다."

"갑자기 그의 제안을 받아들이신 이유라도 있는 건가요?"

"……?"

"제 말은 공자님이라면 어쩐지 정면 승부를 벌일 거라고 생각했거든요."

"생각지 못한 변수가 있습니다."

"무슨 말씀인가요?"

"배 안에 우리와 저들 말고 또 다른 사람들이 타고 있습니다."

"……!"

공화연의 얼굴이 딱딱하게 굳었다.

"선저(船底) 깊숙한 곳에 비처가 있고, 그곳에 열 명 정도가 모여 있는 것 같습니다. 처음부터 배에 타고 있었던 것 같은데, 현재로선 그들의 무공을 측량할 수가 없어요."

"측량할 수 없다 하심은?"

"기식이 느껴지지 않습니다."

"죽은 자들이란 말인가요?"

공화연이 놀란 눈을 치켜떴다.

"살아 있습니다. 하지만 기식은 일절 없습니다."

"어떻게 그런 일이……."

"한 가지는 확실하죠. 그들이 나타나는 순간 어떤 형태로든 상황이 반전될 거라는 거."

공화연의 얼굴이 굳어졌다.

아무도 알아차리지 못한 미세한 기척을 잡아낸 용악산의 경이적인 기감은 둘째 치더라도 도대체 어떤 자들이 숨어 있는 것일까.

필시 장산벽이 모종의 이유로 숨겨둔 비장의 한 수인 것 같기는 한데, 아무리 생각해 봐도 그 의도를 모르겠는 것이다.

범선 위에는 여전히 팽팽한 긴장감이 흘렀다.

갑판 위 혈선이 그어진 곳에는 채홍만이 커다란 대초자곤을 바닥에 선장처럼 찍은 채 아직도 앉아 있었다.

눈은 반대쪽에 있는 멸천대를 무섭게 노려보는 중이었다.

그 모습이 조조의 십만대군을 혼자 막아냈다는 장판교 위의 장비를 연상시켰다.

사실 이것은 오래된 채홍만의 습성이었다.

그에게 용악산은 목숨을 걸고서라도 지켜야 하는 주군. 금룡관의 제자가 된 이후에도 그 습관은 사라지지 않았다.

채홍만의 뒤에는 용악산을 비롯한 금룡관의 제자들과 창룡전의 후기지수들, 그리고 공화연을 포함한 세 명의 여자가 각자 편안한 곳에서 이런저런 모습으로 앉아 있었다.

"저 사람이 바로 그 사람이야?"

조금 전 용악산과 대화를 나누고 돌아온 공화연에게 홍시연이 물었다.

"네, 그가 금룡문의 장제자예요."

"금룡문은 어떤 곳이야?"

"항주의 서동이란 곳에서 두어 달 전에 개파를 한 신생 문파죠."

"그전에는?"

"무관이었어요."

"뭐?"

"훗, 놀라실 줄 알았어요."

"난 이해가 안 가. 불과 두어 달 전까지만 해도 일개 무관이 었던 곳의 제자가 어떻게 저리 강할 수가 있지?"

홍시연은 정말 놀랐다.

자신들을 납치한 저들이 마도의 악명 높은 멸천대라는 걸 이제는 모두가 알고 있었다.

멸천대는 전투의 귀신이라는 말이 붙을 만큼 하나하나가 절 정의 고수라고 했다.

그런 그들을 향해 이렇게 대치 상태를 이끌어 낸 것만으로 도 기절초풍할 일이었다.

멸천대가 설마하니 세 명의 여자와 부상당한 창룡전의 후기 지수들이 무서워 배의 절반을 포기했겠는가.

이것은 오로지 금룡문의 장제자라는 저 사내를 포함한 그의 사제들이 만들어낸 결과였다.

그로 인해 적들에게 목숨을 내맡겨야 하는 최악의 상황만큼 은 면한 것이다.

"이제야 내 말을 믿으시겠어요?"

공화연이 말했다.

홍시연은 무슨 일이 있더라도 그가 공춘보를 구하러 올 거 라고 했던 공화연의 말이 생각났다.

과연 사실대로 되지 않았는가.

그리고 무림맹이나 사문의 고수들보다도 빨리 찾아오지 않 았는가.

"휴우, 그래도 그가 어떻게 저런 사람과 사형제간이라는 건지 아직도 이해가 안 가."

저런 사람, 공춘보는 슬그머니 용악산에게 다가가 말을 걸
고 있었다.

"이거, 상황이 아주 재밌게 되었는데요."

용악산이 고개를 돌려 공춘보를 바라보았다.

"그렇잖아요. 우리가 오히려 저놈들의 생사여탈권을 쥐고
있으니 말입니다."

"무슨 말이냐?"

"쿡쿡쿡, 마실 물과 음식들이 모두 우리 쪽 진영에 있거들랑
요."

공춘보가 말을 하면서 갑판 아래를 손가락으로 가리켰다.

말인즉슨, 식량 창고를 장악하고 있으니 이대로 시간만 끌
면 유리하다는 것이다.

하지만 그렇게 오랜 시간이 걸릴까?

"이거, 누가 누굴 납치 했는지 모르겠네. 안 그렇습니까, 대
사형? 쿡쿡쿡."

"그것보다… 너희들!"

용악산의 목소리가 변하자 공춘보는 아차 싶었다.

지금 자신이 그런 걸 좋아할 때가 아닌 것이다.

"내가 분명 근신하라고 했을 텐데."

"저, 그게 말이죠, 대사형."

"아무래도 항주로 돌아가면 사부님과 의논을 해서……."

용악산의 말이 거기까지 이어졌을 때 공춘보가 갑자기 바짓
가랑이를 붙잡고 늘어졌다.

"잘못했습니다, 대사형. 제발 면벽수련만은……."

"면벽수련이라니?"

"예? 그럼 면벽수련을 시킬 생각이 아니십니까?"

"금룡문에 암동이 어디 있느냐?"

"그럼 무슨 벌을……."

"지금 생각해 보니 그것도 괜찮겠군. 홍만이에게 일러 깊숙
한 암동을 하나 파라고 해야겠구나."

혈선 앞에서 대초자곤을 짚고 있던 채홍만의 어깨가 한순간
들썩했다.

눈은 앞을 보고 있지만 귀는 용악산과 공춘보를 향해 잔뜩
열려 있었다.

이건 비단 공춘보뿐만이 아니라 그에게 당면한 문제이기도
했으니까.

"왜 왔다 갔다 하십니까. 처음 생각한 걸 그냥 쭉 밀고 나가
십시오."

"정말 그래도 되겠느냐?"

분위기가 심상치 않자 공춘보도 흔쾌히 대답을 못했다.

도시 무슨 벌을 내리려고 했는지 짐작할 수가 없기 때문이
었다.

공춘보는 쪽 째진 눈으로 한동안 용악산을 바라보더니 '끄
웅' 하는 볼멘소리를 한 번 낸 후 저만치 걸어갔다.

대초자곤을 잡은 채홍만의 손이 부르르 떨렸다.

"왜 구출대가 오지 않는 거죠?"

황보충이 모용광에게 물었다.

"천라지망에 구멍이 생긴 것 같습니다."

"그게 말이 됩니까? 사방으로 뚫린 육지를 달리는 것도 아니고, 줄곧 황하의 강물 위에 있었는데 어떻게 우리를 놓친다는 겁니까?"

황보충은 모용광의 말을 이해할 수 없었다.

"배는 이미 해가 뜰 무렵에 하남을 벗어나 산동으로 접어들고 있었습니다."

"그, 그게 가능합니까?"

"모두가 그런 생각을 했기에 천라지망의 어느 부분에서 구멍이 생긴 것 같습니다."

"하면 우리는 이제 어떻게 되는 겁니까?"

"……"

모용광은 더 이상 말을 하지 않았다.

그가 해줄 수 있는 말이 없었기 때문이다.

그때 당진악이 말했다.

"문제의 실마리는 그가 우리를 왜 납치했는가에 달려 있는 것 같습니다."

"당 제는 뭔가 짚이는 거라도 있는 거야?"

모용광이 물었다.

"일단은 우리를 죽일 생각은 아닙니다."

"이제는 죽이고 싶어도 죽일 수 없게 된걸요."

갑자기 끼어든 사람은 홍시연이었다.

그녀는 눈짓으로 저만치 앉아 있는 용악산을 힐끗 가리켰다.

그가 있는 한 제아무리 멸천대주라고 하더라도 자신들을 해칠 수 없을 거라는 말이었다.

창룡전의 후기지수들 얼굴이 더욱 굳어졌다.

듣도 보도 못한 작은 문파의 제자들에게 자신들의 목숨이 달려 있다고 생각하니 수치스럽기 짝이 없었기 때문이다.

第九章
한낮의 방문자

天山刀客

팽팽한 긴장감이 감도는 가운데 시간은 계속해서 흘렀다.

공춘보는 갑판 아래의 창고로 들어가 술과 음식을 잔뜩 내오더니 사람들을 불러놓고 배가 터지게 먹고 마셨다.

하루를 꼬박 굶은 터라 체면이고 뭐고 없었다.

싸울 땐 싸우더라도 일단 배는 채워야 할 것이 아닌가.

처음엔 눈치를 보던 창룡전의 후기지수들이 너도나도 공춘보가 나눠 준 음식들을 받아먹었다.

멸천대는 자신들의 음식을 엉뚱한 놈들이 먹어치우자 약이 바짝 올랐다.

하지만 감히 혈선을 넘어올 생각은 못했다.

신장처럼 버티고 있는 채홍만도 껄끄러웠지만 전면전으로

확대시키지 말라는 장산벽의 엄명이 있었기 때문이다.

홍시연은 호리병 하나를 들고 저만치 구석진 곳으로 걸어갔다.

그곳에는 표자룡이 난간에 걸터앉아 강을 바라보고 있었다.

"한 모금 하실래요?"

"사양하겠소."

"핏, 재미없어."

그녀는 표자룡의 허락도 구하지 않고 곁에 앉더니 호리병에 든 술을 마셨다.

걷어붙인 소매 사이로 하얀 팔목이 드러났다.

아름답고 가녀린 외모에 어울리지 않게 행동은 거침없었다.

"당신은 몇째인가요?"

"넷째입니다."

"당신들 말고 금룡문의 사형제들이 또 있나요?"

"……?"

표자룡은 홍시연의 말을 얼른 알아듣지 못했다.

"설마… 저 들창코와 뱁새눈이 당신의 사형들이란 말씀은 아니시겠죠?"

"내 사형들을 함부로 말하지 마시오."

"말도 안 돼. 당신이 훨씬 강해 보이는데 어떻게……."

표자룡의 싫은 기색에도 불구하고 홍시연은 그런 건 신경도 쓰지 않았다.

오로지 자기가 할 말만 한 것이다.

하지만 말문을 닫았다.

'뭐, 이런 사내가 다 있지?'

홍시연은 답답했다.

지금까지 자신이 만나본 사내들은 어떻게 하면 자신에게 한 마디라도 더 붙여볼까 전전긍긍했다.

배움이 깊은 사람도, 무공이 높은 사람도 모두 마찬가지였다.

하지만 이 사내는 자신에게 잘 보이고 싶은 마음은 눈곱만큼도 없는 것 같았다.

관심을 갖기는커녕 오히려 귀찮아하는 기색이 역력했다.

여자를 눈앞에 두고 이렇듯 소 닭 보듯 하는 것도 예의가 아니다.

지나쳐서 문제지, 적당한 관심과 호의라면 얼마든지 친해질 수 있는 것이다.

홍시연은 사내라면 무조건 짐승으로 보는 그런 재수없는 여자애들이 아니었다.

'예의는 없지만… 나름 괜찮은걸.'

한편, 멀리서 두 사람을 힐끔힐끔 쳐다보는 사람들이 있었다.

공춘보와 하풍달이었다.

"봤냐?"

"봤소."

"분위기가 묘하지?"

"그런데 저 여자 누구요?"

"나도 몰라."

"계속 같이 있었으면서 누군지도 모른다는 거요?"

"산동 작은 무가의 여식이래. 공화연이 언니라고 부르면서 잘 따르더라고."

"그렇군요."

"잘하면 항주칠대 불가사의 중 하나가 밝혀질 것도 같은데……."

"너무 성급한 판단 아니오?"

"저 여자가 좀 직설적이더라고. 혹시 알아? 술을 멕인 다음 자룡이를 확 자빠뜨려서는……."

"에잇, 별 희한한 소리를 다 들어보겠네."

하풍달은 못 볼 걸 본 사람처럼 벌떡 일어나서는 저만치 가 버렸다.

공춘보와 하풍달 외에도 홍시연과 공화연을 지켜보는 사람들이 있었다.

남궁휘와 모용광이었다.

금룡문의 제자들이 나타난 후 여자들은 줄곧 그들에게 호의를 보이고 있었다.

앞서 공화연이 용악산에게 말을 거는 동안 남궁휘의 얼굴은 말할 수 없이 일그러졌다.

자신은 당해내지 못한 장산벽 앞에서 용악산은 당당했다.

분명 장산벽이 자신들을 납치한 상황이지만 어떻게 보면 장산벽이 용악산의 눈치를 보고 있는 것처럼도 느껴졌다.

그런 차에 공화연까지 용악산에게 호의를 보이자 그가 느끼는 박탈감은 상상을 초월했다.

이렇게 내상을 입고 골골거리는 자신이 한없이 싫은 것이다.

홍시연은 또 어떤가?

자신들에게 주제도 모르고 나서는 철부지들이라고 독설을 퍼부었다.

그런 그녀가 듣도 보도 못한 금룡문의 넷째 제자에게는 직접 다가가 술까지 권한다.

평소 도도하기로 유명한 그녀가 말이다.

모용광의 눈동자가 심하게 흔들리는 것도 그 때문이었다.

사람들이 각자 저마다의 입장에 따라 많은 생각들이 오고 가는 가운데 배는 점점 하류를 향해 달려갔다.

무림맹은 즉각적인 추격을 가해 구출 작전을 펼칠 거라는 예상을 깨고 일체 모습을 보이지 않았다.

그러다 밤이 찾아왔고 다시 아침이 밝았다.

범선이 궁가촌을 떠난 지 이틀째로 접어든 것이다.

그 무렵, 배는 평음을 지나 제남으로 향하고 있었다.

제남마저 벗어나면 드넓은 바다인 발해가 얼마 남지 않았다.

바다에 이르면 상황은 지금과는 많이 다르게 된다.

돛은 더욱 크게 부풀어오를 테고 바람은 순식간에 범선을 바다 한가운데로 끌고 갈 것이다.

그때부턴 천라지망이 소용없게 되는 것이다.

눈에 띄는 변화도 있었다.

산동에 접어들면서부터 강변에는 군중들이 하나둘씩 모여들고 있었다.

하류에 이르러 강폭이 넓어진 탓도 있지만 그동안에는 짙은 안개에 가려 강변이 잘 보이지 않았다.

하지만 지금은 안개가 걷히고 끼기를 반복할 때마다 군중들의 숫자가 개미 떼처럼 뭉텅뭉텅 늘어나고 있었다.

그사이 창룡전의 후기지수들이 납치되었다는 소문이 하남과 산동 전역에 들불처럼 번진 것이다.

그 결과, 군중들은 자연스럽게 범선을 감시하면서 천라지망의 한 축을 담당하게 되었다.

무림맹은 가만히 지켜만 보지 않았다.

납치된 사람들의 신분이 얼마나 귀한데 그들이 팔짱만 끼고 있을 리가 있나.

그들은 황하의 강변을 따라 천라지망을 엮고 있었다.

어차피 배가 황하 위에 있는 한 바다로 들어가기 전까진 독안에 든 생쥐였다.

용악산과 장산벽은 무슨 꿍꿍이인지 각자의 수하들, 혹은 일행들에게 시종일관 대치 상태를 유지하라고만 일러두었다.

사람들은 둘 사이에 어떤 교감이 오고 갔다는 것만 어렴풋이 짐작할 뿐이었다.

그 무렵, 한 척의 배가 범선을 향해 다가왔다.

하얀 깃발을 단 채 호위무사도 없이 혼자 나룻배를 타고 온 사람은 마흔 살가량의 청건을 쓴 장년인이었다.

사내는 범선에 작은 나룻배를 붙이더니 말했다.

"밧줄을 좀 내려주시겠소?"

멸천대의 무인 하나가 밧줄을 내려주자 사내는 밧줄을 자신의 허리에 꽁꽁 묶더니 말했다.

"이제 당겨주시오."

밧줄을 내려준 멸천대 무인은 황당하다는 표정을 지었다.

밧줄을 타고 오르는 것은 무인이 아니어도 어지간한 체력이면 가능한 일인데 사내는 그 정도도 되지 않는단 말인가.

잠시 후, 밧줄을 허리에 묶은 사내가 난간 위로 모습을 드러냈다.

멀리서 그 모습을 지켜보던 공춘보가 하풍달에게 말했다.

"뭔가 좀 엉성한 인간인데?"

"무공을 모르는 것 같긴 하군요."

"누가 저런 인간을 보냈지?"

"지금 이 상황에 사람을 보낼 곳이 무림맹밖에 더 있소?"

하풍달의 그 말에 공춘보가 슬쩍 뒤를 돌아보았다.

창룡전의 후기지수들 중 일부, 정확히는 십청룡이라 불리는 남궁휘와 모용광은 무림맹에서 요직을 맡아 일을 했던 적이 있었다.

정체불명의 사내가 나타나는 순간 두 사람의 표정이 변하는 것으로 보아 확실히 무림맹에서 온 사람이 분명했다.

공춘보가 다시 고개를 돌려 하풍달에게 속삭였다.

"무림맹이 왜 하필 저런 사람을 보냈지?"

"낸들 알겠소?"

"도대체 뭐 하자는 걸까?"

"조용히들 해라."

용악산의 한마디에 좌우 양쪽에 있던 두 사람이 즉각 입을 다물었다.

그사이 밧줄을 푼 사내는 옷자락을 두어 번 탁탁, 털더니 사방을 둘러보았다.

하관이 뾰족하고 눈매가 날카로워 상대하기가 무척 까다로워 보였다.

특히 뒤통수가 기이할 정도로 튀어나와 반골(反骨)임을 짐작케 했다.

잠시 선미의 인질들을 둘러본 사내는 갑판의 한가운데 놓인 탁자에 앉아 있는 장산벽을 향해 당당하게 걸어갔다.

번뜩이는 도검을 든 멸천대가 늘어섰는데도 전혀 주눅이 들지 않았다.

사람들이 뭐 저런 인간이 있나 하는 표정을 짓는 사이 그는 장산벽의 앞에 섰다.

그리고는 허락도 없이 장산벽의 맞은편에 자리를 잡고 앉더니 역시 허락도 없이 빈 술잔을 집어 장산벽에게 내밀었다.

"한잔 얻어먹을 수 있을까?"

사내의 거침없는 행동에 장산벽을 제외하고는 가장 맏형 격인 도귀가 발끈하고 나섰다.

"예를 갖춰라!"

"남의 집 귀한 자식들을 납치하는 건 예를 갖춘 행동인가?"

"이 작자가!"

스릉!

도귀가 칼을 빼 들고 나서자 장산벽이 손을 저었다.

도귀는 사내를 무섭게 한 번 노려보고는 다시 칼을 도갑에 꽂았다.

장산벽이 따라 주는 술잔을 입안에 탁 털어 넣으며 사내가 말했다.

"사내대장부가 칼을 너무 쉽게 뽑는군. 저 친구 이름이 도귀였지, 아마?"

사내가 자신의 정체를 알고 있자 도귀의 얼굴이 흠칫 굳었다.

곁에서 지켜보던 멸천대의 다른 무인들도 상당히 놀라는 기색이었다.

"소문대로 거침이 없군요. 청벽자(靑霹者) 제갈청!"

장산벽의 입에서 청벽자라는 말이 흘러나오자 용악산은 한 사람이 생각났다.

그를 본 적은 없다.

다만 정마대전의 막바지에 이르렀을 때 그의 명성이 천산을 진동했다는 건 안다.

그는 소위 신기제갈(神機諸葛)이라 불리는 제갈세가의 방계로, 무음절맥(無音絶脈)을 타고났다고 한다.

무음절맥은 무공을 익힐 수 없는 신체로, 무가의 후예들에게는 저주나 다름없었다.

제갈세가 역시 무가였으니 그는 냉대 속에서 어린 시절을 보내야 했다.

하지만 신은 공평한 법인지, 그에게도 한 가지를 재주를 주었으니 바로 천안통(天眼通)의 능력이었다.

불가에서 말하는 것처럼 신안(神眼)의 능력까지는 아니었지만 그는 확실히 어려서부터 안법, 혹은 관법이라는 것에 뛰어난 재능을 보였다.

어떤 상황이든 일견하는 것만으로도 그 이면의 복잡한 힘의 흐름과 대립의 양상을 단번에 알아차리는 것이다.

제갈세가가 무공보다는 지략으로 유명한 것을 보면 그의 이런 재주는 가장 제갈세가답다고 할 수도 있었다.

어쨌든 그는 서른 중반에 제갈세가의 무인들과 함께 정마대전에 서북쪽 전선에 참가했고, 놀라운 전술을 선보였다.

정마대전에 제갈세가의 공이 있다면 구 할은 제갈청 덕분이라는 말이 그래서 나왔다.

젊은 황벽나무라는 뜻의 청벽자라는 별호도 그 무렵 생겼다.

황벽나무 열매는 쓰기로 유명했는데 그의 머리에서 나온 지혜가 마도들에게 쓴맛을 제대로 보여주었다고 해서 붙은 별호였다.

"군사부주께서 직접 올 줄 알았소만……."

장산벽이 말했다.

상대의 나이가 자신보다 열대여섯 살은 윗줄이라 공대를 했다.

하지만 그의 말투 속에 존경의 빛은 없었다.

"마도의 애송이들 몇 명 상대하는 데 무슨 군사부주씩이나."

도귀를 비롯한 멸천대의 얼굴이 썩어 문드러졌지만 장산벽은 가볍게 미소를 지을 뿐이었다.

그 미소에 또 다른 의미가 담겨 있다는 걸 용악산은 직감했다.

장산벽과 멸천대는 결코 마도의 애송이가 아니고, 명가의 후기지수들 여덟 명이 납치된 것 또한 결코 작은 일이 아니다.

당장 군중들이 강변을 새까맣게 뒤덮고 있는 것만 봐도 알 수 있다.

이 정도 되면 군사부주가 직접 나서야 한다.

그가 아니라면 최소한 군사부주 직속의 인물이 왔어야 했다.

무림맹 군사부에는 둘째가라면 서러워할 지자들이 수두룩했다.

하지만 청벽자 제갈청은 군사부의 인물이 아니었다.

군사부에는 소위 말하는 명문대파의 인물들이 한 명도 없었다.

이는 일급의 정보를 취급하는 군사부의 특성상 자칫 그 정보력이 악용될 것을 염려한 군사부주가 의도적으로 명문대파의 후기지수들을 뽑지 않았기 때문이다.

그 이면에는 명문대파의 어느 한 곳이 지나치게 두드러지는 것을 경계해야 하는 군사부주의 고민도 있었다.

이러한 방침은 고급 정보들을 필요로 하는 명문대파, 특히 무림세가를 비롯한 속가 문파들의 반발을 샀다.

하지만 무림맹주 이장도의 강력한 지원으로 군사부주 허가량은 자신의 소신을 펼칠 수 있었다.

한데 지금 명문대파의 한 곳인 제갈세가의 후기지수가 무림맹을 대표해 장산벽을 찾아온 것이다.

'무림맹에 내분이 있다.'

장산벽의 미소에서 읽은 용악산의 생각이었다.

놀랍게도 장산벽은 제갈청이 찾아온 것만으로도 그것을 간파한 것이다.

문득 용악산은 고생은 함께해도 호강은 함께하지 못할 거라던 장산벽의 말이 생각났다.

그는 처음부터 이렇게 될 것을 알고 있었던 것이다.

그렇다면 무림맹의 내분까지 염두에 두었다는 말일까?

그사이 장산벽은 계속해서 청벽자에게 술을 권했다.

용악산은 저 화주가 얼마나 독한지 잘 안다.

무공을 익힌 사람이 아니라면 좀처럼 그 화기를 다스릴 수 없다.

과연 청벽자의 얼굴은 술 두 잔에 발갛게 달아오르고 있었다.

그런데도 장산벽은 계속해서 술을 따라 주었고 청벽자는 한 번도 사양하지 않았다.

마치 어떤 대결에서도 지지 않겠다는 듯이.

청벽자가 다시 입을 연 것은 일곱 번째 잔을 비웠을 때였다.

그리고 그의 입에서 나온 말은 놀라웠다.

"이제 그만 일어서야겠군. 더 마셨다간 돌아가는 길에 물귀신이 될까 두려워서 말이지. 껄껄껄."

그리고는 정말로 몸을 일으켜 배를 대어놓은 쪽 갑판으로 향하는 것이 아닌가.

아무도 예상 못한 청벽자의 행동에 사람들은 어안이 벙벙했다.

장산벽조차도 그가 이렇게 나올 거라는 것까지는 몰랐던 모양이다.

상황이 이상하게 돌아가자 이대로 두어선 안 되겠다고 판단한 도귀가 수하들을 향해 눈짓을 했다.

멸천대 몇 명이 청벽자의 앞을 막아섰다.

청벽자가 뒤를 돌아보며 장산벽에게 말했다.

"사신으로 온 사람을 억류할 참인가?"

"아무 말도 하지 않고 돌아가는 사신도 있소?"

"피차 말은 해서 무엇 하겠는가. 그대는 저들을 풀어줄 용의

가 없고. 무림맹은 그대의 요구를 들어줄 의향이 없으니 말일세."

"내가 무엇을 원하는지 알고 있다는 말로 들리는구려."

장산벽은 등을 의자의 등받이에 한껏 붙이더니 여유롭게 말했다.

"아니. 그대가 원하는 게 무엇인지 모른다네."

"내가 원하는 것이 무엇인지도 모르면서 들어줄 수 없다는 것은 무슨 뜻이오?"

"말 그대로. 그대가 어떤 요구를 하든 무림맹은 들어줄 수가 없다는 뜻일세."

"후후, 알겠소이다. 대충 알아들었으니 다시 앉는 게 어떻겠소? 남은 술은 마저 비워야 하지 않겠소?"

청벽자는 입가에 가벼운 미소를 만들더니 별 저항 없이 다시 탁자에 가서 앉았다.

중인들은 뭐가 어떻게 돌아가는 건지 알 수가 없었다.

두 사람 사이에 무언가 고차원적인 수 싸움이 오고 갈 거라고 잔뜩 기대하고 있었는데 싱겁게 돌아가고 있었던 것이다.

"내가 그랬잖아. 확실히 이상한 놈이라고."

멀리서 그 모습을 보고 있던 공춘보가 또 입을 나불거렸다.

"거, 가만 좀 계시오. 뭐라고 하는지 들어나 봅시다."

하풍달이 면박을 주자 공춘보는 다시 잠잠해졌다.

청벽자와 장산벽의 대화가 계속되었다.

"광오한 짓을 저질렀더군."

"궁지에 몰린 쥐는 고양이도 무는 법이지요."

"각오는 되어 있겠지?"

"무림맹이 무서웠다면 처음부터 이런 거사를 일으키지도 않았겠지요."

"좋아, 일단 이유나 들어보지."

용악산과 창룡전 후기지수들이 신경을 바짝 곤두세웠다.

장산벽이 이런 일을 벌인 이유가 이제부터 밝혀지려 하기 때문이었다.

장산벽은 잠시 사이를 두었다가 말을 했다.

"마도고수 백인살생부를 거두어주시오. 또한 향후 천마신교의 교도들에 대해 어떠한 응징도 가하지 않겠다고 무림맹주의 이름으로 약조해 주시오."

"그리고?"

"그것뿐이오."

"나를 희롱하는 건가?"

"진정으로 그것뿐이오."

"십종가의 후예답게 정치 수업을 잘 받았군."

"다시 말하지만, 그것만 약조해 주면 정파무림의 귀한 혈족들은 오늘 밤 아늑한 곳에서 피로를 풀 수 있을 것이오."

풀어주겠다는 소리였다, 약조만 해준다면.

하지만 전혀 들어줄 수 없는 얘기였다.

무림맹은 애초 무림의 평화와 안녕을 위협하는 사마외도들에 대한 척결을 기치로 탄생했다.

그건 무림맹이라는 단체가 지닌 태생적 가치였고, 존립의 근거였다.

그런 와중에 사마외도들 중 가장 중원무림을 위협했던 천마신교의 교도들이 무림을 종횡하도록 내버려 달라는 것은 무림맹의 정체성을 통째로 뒤흔드는 것이다.

이미 정마대전을 통해 수천 명의 목숨을 바치면서까지 지켜온 가치다.

그런데 장산벽은 그걸 겨우 창룡전의 후기지수들 몇 명의 목숨과 맞바꾸자고 한다.

장산벽이라고 그게 불가능하다는 것을 모를까.

당연히 알고 있다.

그건 십만마도를 의식한 발언일 뿐이다.

청벽자가 장산벽의 말을 두고 정치적인 발언이라고 하는 것도 그런 이유에서였다.

하지만 무공이라면 모를까, 지략의 싸움에서 장산벽은 아직 어린아이일 뿐이었다.

적어도 청벽자는 그렇게 생각했다.

"아무래도 내가 확답을 해주어야 본심을 드러내겠군. 그대의 요구는 불가하다."

장산벽은 정말로 안타깝다는 표정을 지은 후 한동안 생각에 잠겼다.

청벽자는 일체의 감정 변화를 얼굴에 드러내지 않았다.

지자의 첫 번째 덕목은 감정을 드러내지 않는 것이다.

하지만 장산벽은 시종일관 감정의 변화가 얼굴에 확연히 드러났다.

물론 그게 진짜가 아니라는 것은 배에 타고 있는 사람들 모두가 알고 있었다.

그렇다면 누가 더 여우인가.

장산벽이 마침내 입을 열었다.

"그렇다면 무림맹 천의각(天意閣)에 보관 중인 물건을 주시면 어떻겠습니까?"

장산벽의 입에서 그 말이 흘러나오는 순간 청벽자의 낯빛이 흙빛으로 굳어졌다.

용악산을 비롯한 사람들은 궁금했다.

무림맹 천의각에 있는 물건이 도대체 무엇이기에 청벽자가 저렇게 당황하는 것일까.

"처음부터 원하는 게 그것이었군."

"그 정도면 이 소동을 잠재우는 대가로 충분하지 않을까 싶습니다만……."

"줄 수 없다면?"

"허세 부리지 마시오. 당신에게 창룡전 후기지수들의 목숨을 좌지우지할 권한이 없다는 걸 알고 있소. 당신의 역할은 돌아가서 내 말을 전하면 그뿐."

다소 저자세처럼도 보였던 장산벽의 목소리가 이 순간만큼은 위협적으로 들렸다.

마치 일개 심부름꾼 따위가 왈가왈부할 게 아니라는 듯.

그리고 그의 말속엔 무림맹이 처한 곤란한 입장을 암시하는 뼈가 들어 있었다.

엄격히 말해 무림맹 역시 납치된 후기지수들의 목숨을 좌지우지할 권한이 없었다.

그들의 목숨은 오직 후기지수들의 사문과 세가가 지닌 것이다.

그러니 무림맹으로서는 그들의 눈치를 보지 않을 수가 없었다.

오늘 이 자리에 군사부의 사람이 아니라 제삼자인 제갈세가의 사람이 찾아온 것만 봐도 알 수 있지 않은가.

더구나 인질들 중에는 직계의 유일한 혈족도 있다.

그가 죽는다면 순혈의 대가 끊어지는 것이다.

하지만 청벽자는 표정 하나 변하지 않았다.

그는 조용히 자리에서 일어났다.

그리고 착 가라앉은 목소리로 말했다.

"강북의 무림대회를 시작으로 창룡전에 모든 시선을 집중시킨 후 묘왕전에서 후기지수들을 납치한 것은 아주 훌륭한 계책이었다. 하지만 그대가 한 가지 고려하지 않은 게 있는데, 그게 무엇인지 아는가?"

"가르침을 주겠소?"

"사자는 새끼를 한 마리만 낳아도 반드시 사자를 낳는다는 것."

"……?"

"난 오늘 그대와 협상을 하러 온 것이 아니라 경고를 해주러 왔다. 무림맹은 어떤 경우에도 마도의 잔당들과 협상을 하는 일이 없을 것이며, 어떤 도발도 용납하지 않을 것이다."

"저들을 순교자로 만들 생각이시오?"

"보아하니 완벽하게 제압하지도 않은 것 같군."

용악산이 대치 상태를 만들어낸 것을 청벽자는 한눈에 파악하고 있었다.

"죽은 인질은 가치가 없기 때문이지."

곧, 인질들의 목숨을 살려두기 위해 충돌을 일부러 피했다는 말이었다.

청벽자는 장산벽과 더 나눌 대화가 없다고 생각했는지 자리에서 벌떡 일어났다.

그리고 창룡전의 후기지수들을 향해 큰 소리로 말했다.

"이제부터 자네들 사문의 문주께서 직접 서명한 연명장(連名章)을 읽어주겠다."

청벽자는 품속에서 노란 두루마리 하나를 꺼내더니 소리 내어 읽기 시작했다.

"후기지수들은 들어라! 아비와 사부는 너희들을 지켜주지 못할 것 같구나. 하지만 이 복수는 반드시 해주겠다. 정마대전에서 죽은 수천 형제들의 뜻을 기려 무인답게 전사하거라!"

연명장을 모두 읽은 청벽자는 사람들을 향해 두루마리를 내려 보였다.

여덟 개의 붉은 인장이 선명하게 눈에 들어왔다.

틀림없는 문주들의 인장이었다.

한순간 싸늘한 공기가 범선을 할퀴고 지나갔다.

공춘보와 하풍달은 어리둥절한 표정으로 청벽자와 창룡전의 후기지수들을 번갈아 보았다.

창룡전의 후기지수들의 표정은 참담하기 이를 데 없었다.

설마 무림맹이, 아니, 자신들의 사문이 이리도 쉽게 포기할 줄은 몰랐기 때문이다.

청벽자는 어느새 밧줄을 타고 갑판을 내려가더니 나룻배에 몸을 싣고 황하를 가로질러 사라졌다.

저만치 멀어지는 청벽자를 보며 공춘보가 하풍달의 옆구리를 쿡쿡 찔렀다.

"뭐가 어떻게 돌아가는 거야?"

"한번 해보자는 것 같은데?"

"으에? 그럼, 저, 정말로 저들을 버리겠다는 거야?"

"휴우, 일단 표면적인 내용은 그런 것 같소만… 실제로 그러기야 하겠소. 우리도 있고 하니 구출 작전을 펼치면 절반은 건지겠다고 생각하는지도 모르지."

第十章

청벽자의 계획

天山刀客

청벽자는 호법들이 끌고 온 말을 타고 고위 인사들이 모여 있는 인근의 지단으로 달렸다.

송 시대의 어느 선비는 삼상지학(三上之學)이라 하여 난제를 해결할 생각이 잘 떠오르는 장소 세 곳을 뽑았다.

마상(馬上), 침상(枕上), 측상(厠上)이 그것이다.

즉, 말을 타고 갈 때, 잠을 자려고 누웠을 때, 볼일을 보려고 뒷간을 갔을 때가 가장 머리가 팽팽 돌아간다는 말이다.

청벽자는 달리는 말의 규칙적인 흔들림 속에서 난제를 붙들고 있었지만 좀처럼 해답을 찾을 수가 없었다.

첫째, 강변의 군중들을 최대한 빨리 해산시킬 것.

둘째, 그것이 불가능하다면 다시는 범선으로 찾아오지 말고 무작정 공격할 것.

셋째, 그것마저 불가능한 상황이 오면 장산벽이 어떠한 요구를 해도 들어주지 말 것.

그가 범선을 빠져나오기 직전, 금룡문의 장제자라는 놈이 자신에게 날린 전음의 내용이었다.

도대체 무슨 뜻일까.

이런 일은 서두를수록 복잡하게 얽혀든다.

청벽자는 하나하나 되짚어보았다.

군중들을 최대한 빨리 해산시키라는 건 그들의 안전을 염려한 것 같지는 않았다.

다시는 범선으로 찾아오지 말라고 한 것은 아마 또 다른 협상이 있을 거라고 생각하는 모양이었다.

그건 장산벽이 어떻게 나오느냐에 따라 성사될 수도 있고 아닐 수도 있었다.

가장 이해할 수 없는 것은 그가 말한 세 번째 내용이었다.

'어떠한 요구도 들어주지 말라니. 천의각의 물건을 달라는 것 외에 또 다른 요구가 있을 거라는 말인가?'

아무리 생각해도 놈의 의중을 알 수 없었다.

이는 자신의 계획과는 모두 반대로 하라는 소리였다.

우선 이번 일은 최대한 많은 군중들이 목격해야 했다.

그리하여 무림맹주 이장도와 군사부주 허가량이 실패한 일

을 멋지게 해결해 맹의 주인이 바뀌는 것을 정당화하고 자신
역시 군사부주가 되어야 한다.

그 과정에서 창룡전의 후기지수들을 구할 수 있다면 가장
좋겠지만, 만약의 경우 그들의 희생도 감수해야 한다.

이것은 후기지수들의 사문에서 온 원로들이 동의한 일이었
다.

그들은 가문의 명예를 무엇보다 중요하게 생각하는 사람들.

자신들의 제자와 혈족이 만인이 보는 앞에서 용맹하게 싸워
주기를 바랐다.

그로 인해 죽는다는, 생살을 도려내는 아픔이 있겠지만 이
를 악물고 감수하려는 것이다.

그들을 보고 있노라면 과연 명문대파의 문주들이라는 생각
이 든다.

그런 독심이 없다면 어떻게 오늘날의 대문파를 만들 수 있
었겠는가.

금룡문의 제자들이 범선으로 침투한 것이 뜻밖이긴 했다.

그 소식을 들었을 때 그들에게 일말의 기대를 걸고 좀 더 기
다려 보자는 사람들도 있었다.

하지만 작은 의견은 곧 무시되었다.

청벽자는 자신의 입장에서 조금만 더 욕심을 내자면 차라리
후기지수들이 죽어주기를 바랐다.

그래야 맹주와 군사부주에 대한 문책론에 더욱 힘이 실릴
테니까.

이런 속내를 숨기고 오로지 명분으로만 이 모든 일을 자신이 원하는 방향으로 몰고 갈 수 있는 힘.

그게 바로 지략이고, 정치의 힘이다.

"후후, 건방진 놈."

*   *   *

황하 위로 길게 늘어진 돛대의 그림자가 가장 짧아졌을 무렵, 범선은 제남을 지나고 있었다.

산동성에서 황하를 접하고 발달한 도시들 중 가장 큰 곳.

황하의 폭은 이제 가장 넓어져 물경 오십 리에 달했다.

그야말로 바다라는 말이 피부로 와 닿는 순간이었으며, 실제 바다와도 그리 멀지 않았다.

지금의 속도라면 내일 동이 틀 무렵에는 바다로 빠져나갈 수 있는 것이다.

강물 위에는 여전히 배가 한 척도 없었다.

이제부터는 배가 없어서가 아니라 전운이 감도는 강물 위에 배를 띄울 정도의 배짱이 있는 사람이 없었기 때문이다.

하지만 강가에 운집해 있는 군중들은 이제 일만에 육박할 정도로 늘어났다.

남녀노소 할 것 없이 마도 패잔병들의 마지막 모습을 지켜보기 위해 모여든 것이다.

"세상에 가장 재밌는 것이 불구경과 싸움 구경이라더니.

젠장."

공춘보가 저 멀리 점으로 보이는 군중들을 보며 푸념을 했다.

그로서는 사람들의 구경거리가 되어 산화하는 것이 달갑지 않았다.

어디 공춘보뿐이겠는가.

군중들이 지켜보는 앞에서 인질이 되어 끌려가고 있는 창룡전의 후기지수들이야말로 지금 이 순간 가장 참담한 사람들이었다.

비록 범선 위에서는 대치를 하고 있다지만 저 멀리 개미처럼 작게 보이는 군중들이 그런 속사정을 알 리가 없었다.

범선을 벗어나지 못했으니 인질이라고 해도 항변할 수 없었다.

그들 앞에 한 척의 배가 나타난 것도 그 무렵이었다.

처음 나타난 배는 범선이 향하는 물길을 막아섰다.

평범한 배가 아니었다.

족히 백 명은 넘게 탈 수 있는 대형 판옥선이었는데, 북방의 추운 지대에서 나는 단단한 목재로 용골과 늑판을 보강한 일종의 전선(戰船)이었다.

저 정도의 배라면 포만 장착하지 않았다뿐이지, 사실상 군문에서 쓰는 군선과 다를 바가 없었다.

그다음엔 강의 양쪽에서 동일한 형태의 배 네 척이 좌우로 다가왔고, 마지막으로 어제부터 뒤에서 따르던 한 척이 후미를 막아섰다.

전후좌우를 모두 둘러싼 것이다.

여섯 척의 배는 범선과 오십 장 정도의 거리를 두고 대치했다.

배에 타고 있는 무인들의 숫자는 척당 오십 명.

여섯 척이 모여들었으니 도합 삼백 명 정도의 무인들이 범선을 둘러싼 것이다.

범선에 타고 있는 멸천대의 숫자가 겨우 오십이라는 걸 감안하면 무려 여섯 배가 넘는 숫자다.

하지만 강가에는 그보다 훨씬 많은 숫자의 무림맹 타격대가 대기하고 있다는 걸 알 수 있었다.

전투가 본격적으로 시작되면 언제든 날렵한 비조선을 타고 황하를 새까맣게 뒤덮을 게 분명했다.

용악산은 고개를 돌려 장산벽을 보았다.

그가 어떻게 나올지 궁금했다.

장산벽이 수하들에게 명령을 내렸다.

"배를 강가로 붙인다."

도귀는 잠시 자신의 귀를 의심했다.

강가에는 분노한 군중들과 무림맹의 타격대들이 벌 떼처럼 모여 있었다.

전속력으로 돌파를 해도 모자랄 판에 오히려 적들에게 다가가라니.

이번 거사를 준비하면서도 도귀는 장산벽의 의중을 모두 알지 못했다.

작전의 처음과 끝을 모두 알지 못한다는 소리다.

하지만 한 번도 장산벽에 대한 의심을 가진 적은 없었다.

그가 아는 한 장산벽은 지략과 무공을 동시에 겸비한 완벽, 그 자체다.

하지만 지금 이 순간만큼은 다시 한 번 확인하지 않을 수 없었다.

"재명(再命)을 해주십시오."

"뭍으로부터 백 장 거리까지 접근하라!"

잘못된 명령이 아니었다.

장산벽은 분명 배를 강가로 붙이라고 했다.

도귀는 의아한 표정을 감추지 못하면서도 따를 수밖에 없었다.

그의 역할은 조언을 하는 것이 아니라 충실히 따르는 것이므로.

거대한 범선은 방향을 트는 데만도 한참이 걸렸다.

힘찬 물살을 받으며 방향을 바꾼 범선은 군중들이 늘어선 강가를 향해 나아갔다.

범선을 막아섰던 무림맹의 배들이 그만큼의 거리를 유지하며 이동했다.

공화연은 장산벽의 의도를 이해할 수 없었다.

사방이 적들로 포위된 상황에서 배를 강가로 붙이는 것은 멍청하기 짝이 없는 짓이다.

적의 지원군들이 한층 좁아진 강폭을 건너와 승선을 할 수도 있고, 강변에서 불화살을 쏘아댈 수도 있는 것이다.

아무리 생각해도 백가지 해(害)는 있을지언정, 한 가지의 득(得)도 찾아볼 수 없었다.

그런데 장산벽은 왜 이런 무모한 짓을 벌이는 걸까?

"무슨 속셈이죠?"

공화연이 용악산에게 다가가 물었다.

언제부턴가 위험에 처했을 때는 자신도 모르게 그에게 의지하고 있었다.

그라면 어떤 경우에도 난관을 풀어나갈 수 있을 것 같은 듬직함.

"반격을 하려는 겁니다."

"반격이라면……?"

"어쩌면 무림맹은 이 범선을 침몰시킬 수 없을지도 모릅니다."

"분명 우리를 포기한다고 그랬잖아요. 무림맹에는 허언이 없어요."

"물론 무림맹은 그럴 생각이오. 하지만 그러지 못할 상황이 올 수도 있다는 겁니다. 장산벽은 지금 그렇게 만들려는 중이고요. 그의 의도대로 된다면 무림맹은 가장 어려운 함정에 빠지게 될 겁니다."

"무슨 말씀인지 도통 이해할 수가 없군요. 공자님 생각엔 어떻게 될 것 같아요?"

"무림맹이 하기에 달렸지요."

'그가 내 말을 제대로 이해를 했다면…….'

"……?"

공화연은 정말로 이해할 수가 없었다.

지금은 무림맹이 압도적인 무력으로 자신들이 탄 범선을 에워싸고 있는 형국이었다.

멸천대의 무인들은 하나같이 절정의 고수들이니 조금 과장을 하면 백중지세라고 할 수도 있지만, 실상은 전혀 그렇지가 않았다.

무림맹이 동원한 배에 타고 있는 무인들의 무공 또한 결코 멸천대에 밀리지 않기 때문이었다.

갑판의 한복판에서 바람에 펄럭이고 있는 괴물 문양의 깃발들을 보면 알 수 있었다.

목이 없는 몸뚱이에 커다란 도끼와 방패를 들고 있는 형천(形天).

목을 잘리고도 죽지 않아 밤마다 도끼와 방패를 들고 나와 자신의 목을 자른 이를 잡으러 다닌다는 전설 속의 괴물.

무림맹 최강의 타격대라는 평가를 받고 있는 황룡대(黃龍隊)와 쌍벽을 이루는 형천대(形天隊)의 문장이었다.

형천대가 생각하고 있는 싸움 방식은 아주 간단하면서도 효율적이었다.

우선 뱃전의 갑판마저도 뚫을 정도의 강궁을 쏘아대며 다가

온다.

궁수들이 배를 온통 벌집으로 만들어놓는 동안 배를 날쌔게 몰아와 측면에 붙인다.

그리고 쇠갈고리를 던져 적의 배와 자신들의 배를 하나로 묶어놓은 다음 물밀듯이 도선을 하는 것이다.

다음엔 선상 백병전이다.

여기까지만 보면 일반 수전과 다를 바가 없었다.

하지만 형천대의 진가는 갑판 위의 백병전에서 드러난다.

거대한 도끼로 눈앞에 보이는 것들을 닥치는 대로 부숴 버리는 것이다.

원래 형천대는 무림에서는 그 유례가 극히 드문 공성전을 염두에 두고 만들어졌다.

공성전이 벌어지면 형천대는 가장 선두에서 성문을 부숴 버리는 것이 임무였다.

어쨌든 형천대의 배 위에는 강궁을 든 궁수들과 도끼를 든 도부수들이 당장에라도 달려들 것처럼 대기하고 있었다.

몰살의 신화를 가진 멸천대와 불패의 신화를 가진 형천대가 혈전을 벌이게 된 상황.

그때 전면을 막아선 배에서 한 사람이 갑판 위로 올라섰다.

초로의 나이에도 불구하고 단단한 체구를 지닌 무인이었다.

한 손에는 개산대부(開山大斧)를 움켜쥐고 있었는데, 정말 그 이름대로 산이라도 쪼갤 기세였다.

그가 말했다.

"노부는 형천대주 강금평이다. 무림의 질서를 어지럽히고 몽매한 양민들을 현옥시키는 마도의 패잔병들을 무림맹의 이름으로 벌하고자 한다!"

우렁우렁한 강금평의 사자후에 강변에 모여 있던 사람들이 환호했다.

사람들이 잠잠해지기를 기다려 강금평이 다시 말했다.

"지금이라도 늦지 않았다. 인질들을 풀어주고 순순히 투항한다면 수하들의 목숨만은 보장하겠다."

어떠한 경우에도 장산벽의 목숨만큼은 취하겠다는 뜻이다.

물론 저항하면 모두를 죽이겠지만.

장산벽이 의자에서 몸을 일으켰다.

그리고 역시 강변에 있는 군중들이 모두 들을 수 있도록 큰 소리로 말했다.

"투항은 모르겠지만 인질들은 돌려보내 주겠소이다!"

"……!"

강금평은 당황한 기색이 역력했다.

이건 전혀 예상치 못한 반응이었다.

투항은 하지 않겠지만 납치한 후기지수들은 돌려보내 주겠다니.

무슨 수작이 있는 게 분명했지만 그로서는 속내를 알 수 없었다.

강변에서 군중들이 수군거렸다.

딱히 크게 큰 소리로 떠드는 게 아닌데도 수천 명의 목소리가 모이자 그 소리는 산사태라도 나는 것처럼 진동했다.

"무슨 헛소리냐!"

"말 그대로입니다. 저들을 돌려보내 주겠소."

인질들을 돌려보내 주겠다는데 무작정 필요없다고 할 수는 없었다.

어떤 음모가 있는지 모르지만 그걸 무시하고 공격 명령을 내렸다가는 속사정을 알 리 없는 강호인들에게 비난을 면치 못한다.

강금평은 잠시 생각에 잠겼다.

일단은 들어보기로 했다.

그리고 그 대화 내용은 군중들이 몰라야 한다는 생각이 본능적으로 들었다.

만에 하나 저 능구렁이가 강호의 이목을 이용해 무림맹으로서 거절할 수 없는 어떤 제안을 할지도 모르기 때문이었다.

만나본 후의 일은 무림맹의 지자들에게 맡기면 될 터.

"노부가 직접 갈 것이다."

'이런, 내 말이 제대로 전해지지 않았어!'

강금평이 배를 부려 범선을 향해 다가오는 모습을 보며 용악산을 눈살을 찌푸렸다.

용악산은 군사부주를 잘 모른다.

그에 대해 아는 것이라곤 정마대전 동안 무림맹이 보여준 신기묘산(神機妙算)한 계책들 대부분이 허가량의 머리를 통해서 나왔다는 것이다.

그것만으로 미루어 볼 때도 군사부주라면 이런 실수를 할 리가 없다.

이는 곧 자신의 말이 군사부주에게까지 전해지지 않았다는 말이 된다.

청벽자가 자신의 선에서 차단했을 수도 있고, 군사부주가 하야되었을 수도 있다.

용악산은 후자일 거라고 생각했다.

용악산이 그런 생각을 하는 사이 강금평은 범선으로 훌쩍 날아오르고 있었다.

육 척에 이르는 거한이 도약을 하는데도 비조선은 조금도 흔들리지 않았다.

그의 표표한 신법에 강변에서는 우레와 같은 박수소리가 터져 나왔다.

그는 용악산과 후기지수들을 한차례 휘둘러 보더니 휘적휘적 걸어 장산벽에게 다가갔다.

"네놈이 마귀들의 수괴렷다?"

첫마디부터 거침이 없었다.

"멸천대주 장산벽을 말하는 것이라면 제가 맞습니다."

"네놈이 이런 짓을 저지르고도 살아남기를 바라느냐?"

"우선 목부터 축이시지요. 여기 오신 보람이 있을 터이니."

강금평은 여전히 부리부리한 눈을 거두지 않은 채 장산벽이 권하는 의자에 앉았다.

장산벽은 시종일관 서두르지 않은 침착한 태도로 술을 따랐다.

반면 강금평은 늙은 나이에도 성격이 급하고 괄괄한 편이었다.

그는 술잔을 비우지도 않고 물었다.

"나를 보자고 한 용건이 무엇이냐?"

"강호인들이 말하기를, 무림맹의 외원에 영웅이 하나 있다더군요. 불과 오 년 만에 수하들을 일당백의 괴물로 키운 황룡대주가 그러하다고."

강금평의 눈꼬리가 살짝 올라갔다.

장산벽이 말하고자 하는 바를 정확히 알 수가 없기 때문이었다.

"하지만 무림맹의 속사정을 조금 아는 이들은 형천대주 강금평이야말로 진짜 영웅이라 하더군요. 흑백이 뚜렷하고 스스로 옳은 길을 행함에 좌우를 돌아보지 않는다고 말입니다."

쾅!

"이런 돼먹지 못한 놈 같으니라고. 네놈이 감히 나와 황룡대주를 비교하며 내분을 부추기려는 게냐!"

강금평이 버럭 화를 내며 탁자를 내려쳤다.

탁자가 산산조각이 나며 술병과 술잔이 어지럽게 흩어졌다.

귀도를 비롯한 멸천대가 즉각 도파를 잡았지만 장산벽이 손을 저었다.

"아무래도 본론부터 말씀드려야겠군요."

"네놈이 무슨 요구를 하든 무림맹은 받아줄 수가……."

"삼만 냥!"

"……!"

"황금 삼만 냥을 주시면 후기지수들을 풀어드리겠습니다."

멸천대가 술렁거렸다.

후기지수들도 술렁거렸다.

가장 놀란 사람은 강금평이었다.

처음엔 무림맹이 비처에 보관 중인 모종의 물건을 달라고 하더니, 이제는 황금 삼만 냥을 내놓으라고 한다.

이게 무슨 개 풀 뜯어 먹는 소리란 말인가.

물론 삼만 냥이면 어지간한 장원을 몇 개나 지을 만큼 엄청난 재물이기는 하다.

하지만 후기지수들의 목숨과 비교하면 절대 크다고 할 수 없다.

막말로 그 정도의 액수라면 후기지수들의 사문 중 한 곳에서만도 만들 수 있을 테니까.

오히려 그들은 후기지수들의 목숨을 구할 방도가 있다면 그 두 배라 해도 내놓을 것이다.

세상에 자식의 목숨을 재물로 환산할 아비는 없을 테니까.

하지만 그럴 수가 없는 것이, 한번 잃어버린 명예는 찾을 수가 없기 때문이었다.

거절은 둘째 치더라도 분명 장산벽의 처음 의도는 이것이 아니었다.

무림맹이 협상 불가를 천명하자 현실적인 선에서 양보를 한 것일까?

그렇다고 보기엔 석연치 않은 구석이 한두 군데가 아니었다.

강금평은 머리를 쓰는 사람이 아니다.

그는 뼛속까지 무인이고, 오직 무공으로써만 평가를 받고 싶은 인물이었다.

그는 이 순간 장산벽의 제안을 스스로 판단해선 안 된다고 생각했다.

그가 할 수 있는 것이라곤 최대한의 정보를 얻어내는 것.

일단 말을 좀 더 걸어보는 것이 좋았다.

"무림맹은 어떠한 경우에도 마인들과 협상을 하지 않는다."

"제 말을 모두 이해하지 못했군요. 전 다만 황금 삼만 냥과 후기지수들을 교환하자는 것입니다. 차후의 일은 무림맹의 뜻대로 하십시오."

"……?"

"무림맹으로서는 손해 보는 일이 아닐 텐데요. 황금 삼만 냥에 후기지수들의 목숨을 보장받은 상태에서 교전을 할 수도 있을 테니 말입니다."

강금평은 또 한 번 놀랐다.

장산벽은 황금 삼만 냥에 후기지수들의 목숨과 자신들의 안전을 동시에 맞바꾸자는 것이 아니라, 단지 후기지수들만 내어주겠다고 한다.

이렇게 되면 협상이 아니라 일방적으로 항복을 하는 것이나 진배없었다.

인질이 되어 잃어버린 명예는 복수를 통해 회복할 수 있다.

군중들의 심리란 복잡하면서도 단순한 것이어서 당한 것보다 열배, 백배로 돌려주어 위용을 보이면 금방 잊는다.

응대하기에 따라 오히려 전화위복이 될 수도 있다.

도대체 무슨 속셈인지 알 수가 없었다.

강금평은 에둘러 말하는 법을 알지 못했다.

"무슨 수작이냐?"

"휴우, 이렇게 의심이 많아서야 원."

"황금 삼만 냥을 지니고 네놈들이 무사히 이곳을 벗어 날 수 있을 거라고 생각하는 거냐?"

"후후, 겨우 형천대 따위로 멸천대를 막아설 수 있다고 생각하십니까?"

어찌 형천대뿐이겠는가.

그런 일은 없겠지만 형천대의 저지선이 뚫리면 황룡대가 나설 것이고, 황룡대가 뚫리면 무림맹의 또 다른 타격대가 나설 것이다.

그때쯤 되면 전면전이 벌어질 테고 수많은 고수들이 벌 떼처럼 달려들 것이다.

정말 무서운 건 그들이다.

지금 강변엔 분기탱천해 달려온 문파의 고수들이 즐비했다.

장산벽이 제 아무리 십종가의 무맥을 이었다고 해도 그들까지 나선다면 걸레처럼 갈가리 찢어질 것이다.

멸천대는 하늘이 무너져도 이곳을 벗어날 수가 없다.

절대로.

강금평은 형천대를 무시하는 발언에 속으로 발끈했지만 겉으로 드러내지는 않았다.

어쩐지 장산벽의 계략에 말려드는 느낌이었기 때문이다.

"왜 하필 삼만 냥이지?"

"제가 너무 적게 불렀나요?"

강금평은 일순간 할 말을 잃었다.

삼만 냥이 적을 리가 있나.

문제는 왜 저놈이 사만 냥도 아니고 이만 냥도 아닌, 딱 삼만 냥을 불렀느냐는 것이다.

무림맹이 당장 동원할 수 있는 황금에 대한 사전 조사라도 했던 걸까?

창룡전의 후기지수들을 묘왕전을 유인해 납치를 할 정도의 치밀한 놈이라면 그 정도는 예상했을 수도 있다.

강금평은 정확하게 무림맹이 얼마나 재물을 보유하고 있는지 모른다.

그의 소관도 아닐뿐더러 재물 따위에는 일체 관심도 없었다.

다만 삼만 냥이라는 액수에는 무림맹이 동원할 수 있는 재물과 저놈들이 그것을 들고 도주할 수 있는 역량에 대한 역학적인 조사가 있지 않았을까 하는 막연한 추측만 할 뿐이었다.

"네놈들이 약속을 지킬 거라고 어떻게 보장을 하지?"

"지금 당장 세 명을 함께 보내드리지요."

"……!"

이거야말로 기절초풍할 일이었다.

세 명이나 되는 인원을 약속의 증표로 아무 조건 없이 풀어주겠단다.

"나에겐 결정권이 없다."

지금 이 자리에서 후기지수들을 데려간다면 무림맹은 반드시 황금 삼만 냥을 주어야 한다.

그건 약조가 성사되었다는 의미니까.

"단지 약속을 지키겠다는 제 의지의 표시입니다. 혹, 맹주께서 거절하시겠다면… 다시 돌려주겠습니까?"

마지막 장산벽의 말은 거의 익살에 가까웠다.

강금평의 수염을 바르르 떨었다.

새파랗게 젊은 놈에게 계속 희롱당하는 기분이었던 것이다.

"하하하, 그것까진 무리겠지요. 좋습니다, 그냥 풀어드리지요. 다만 제 진심이 잘 전달되기를 바랍니다."

설사 장산벽이 황금 삼만 냥을 받은 후 안면을 바꾸어도 무림맹으로선 손해 볼 것이 없었다.

강금평은 얼굴이 한없이 일그러졌다.

평생 칼밥을 먹으면서 산전수전을 다 겪었다고 자부했는데 지금 눈앞에 있는 이 젊은 놈의 속셈은 도저히 모르겠다는 것이다.

분명 무슨 음모가 있는 것 같은데 말이다.

하지만 한 가지는 확실했다.

지금 이 자리에 군사부주 허가량이 왔다고 해도 후기지수들세 명의 목숨을 아무런 조건 없이 구할 수 있는 기회를 놓치지는 않았을 거라는 것.

'저놈이 무슨 흉계를 꾸미는지는 그들이 밝혀내겠지.'

"좋다, 그렇게 하지."

강금평이 자리에서 일어나더니 갑판의 후미 쪽으로 왔다.

그곳엔 아직도 채홍만이 혈선 앞에서 대초자곤을 든 채 무시무시한 안광으로 멸천대를 노려보는 중이었다.

강금평은 채홍만의 뒤편에 앉아 있는 용악산을 힐끔 보더니다시 후기지수들을 둘러보았다.

누구를 데려갈지 고민을 하는 것이었다.

공춘보가 슬그머니 손을 들다가 하풍달이 째려보자 얼른 뒤통수를 긁는 척했다.

강금산은 오래도록 결정을 하지 못했다.

어쩌면 마지막 기회일 수도 있는 이 순간에 누구를 선택할지 난감했다.

하나하나 따져 보자면 모두가 중요한 인물이 아니던가.

그런 그의 고민에 남궁휘가 도움을 주었다.

"여자들을 데려가지시오."

"좋아. 여자들은 나와 함께 간다."

"저는 가지 않겠어요."

갑자기 공화연이 말했다.

"너는 누구냐?"

"항주 구룡장의 공화연입니다."

"구룡장? 아, 남궁세가의 외장이라는 그곳."

항주에서는 내로라하는 구룡장도 천하를 놓고 볼 때는 남궁세가의 외장이라는 딱지를 벗지 못했다.

남궁세가의 위세가 그만큼 대단하기 때문이었다.

공화연의 얼굴이 약간 어두워졌지만 무뚝뚝한 강금평은 미처 눈치채지 못했다.

"한데 어찌하여 거절하는 것이냐? 너는 죽는 것이 두렵지 않느냐?"

"비록 여인의 몸이지만 전 아무런 부상을 입지 않았고 또……."

공화연은 용악산을 한 번 바라보더니 담담하게 말을 이어갔다.

"보시다시피 이곳에서도 저희는 계속 안전을 보장받았습니다. 앞으로도 그럴 거고요."

강금평은 용악산을 묘한 눈길로 보고는 다시 말했다.

"네 뜻이 정 그렇다면 어쩔 수 없지."

"저도 남겠어요."

이번엔 홍시연이 거절하고 나섰다.

하지만 강금원의 태도는 앞서 공화연을 대할 때와는 조금 달랐다.

"노가주의 우려가 태산 같다. 치기 어린 영웅심일랑 거두고 준비를 하거라!"

"할아버님께서… 오셨나요?"

"오늘 새벽 개봉에 도착하셨다."

강금평은 자신의 뒤쪽을 향해 눈알을 한 번 슬쩍 굴리고는 한층 낮은 목소리로 말을 이었다.

"이번이 마지막 기회일 수도 있다."

"죄송하지만 그래도 전 남겠어요."

"무엇 때문이냐?"

"저도 화연 동생과 같은 생각이에요. 저보다 부상자들이 먼저고 여기서도 충분히 안전하니까요."

그녀의 눈동자가 잠시 표자룡을 향했지만 그는 줄곧 강변을 보고 있을 뿐이었다.

"화연과 시연의 말이 맞아요. 저희들도 무인이랍니다. 어르신께서는 걱정 마시고 부상자들부터 옮겨주세요."

이번에 말을 한 사람은 가장 맏언니인 서여옥이었다.

여자들의 태도에 운룡과 황보충, 당진악이 즉각 반발했다.

비록 부상을 당했다고는 하나 여자들에게까지 양보를 받는 것이 못마땅한 것이었다.

한편, 그들의 대화 어디에도 금룡문의 제자들에 대한 언급은 없었다.

공춘보가 몇 번이나 그들의 대화에 끼어들려고 했지만 소용이 없었다.

마치 이 범선 안에 창룡전의 후기지수들과 명가의 여식들 외에는 없는 것처럼.

강금평은 결국 여자들의 손을 들어줬다.

남자와 여자를 떠나 세 사람의 부상이 만만치 않아 보였기 때문이다.

결국 운룡과 황보충, 당진악이 몸을 일으켰다.

그들은 차마 발걸음이 떨어지지 않는 듯 남은 사람들을 둘러보더니 강금평과 함께 비조선에 올라 사라졌다.

공춘보는 입맛을 다시며 멀어져 가는 배를 보았다.

얼굴은 연인과 생이별을 하는 사람처럼 참혹했다.

이제 배에 남은 사람은 남궁휘, 모용광, 공화연, 홍시연, 서여옥, 그리고 용악산 일행뿐이었다.

공화연이 용악산에게 다가와 말했다.

"대비책은 있으신 거죠?"

용악산은 대답 대신 질문을 했다.

"왜 함께 가지 않은 겁니까?"

"그분은 처음부터 저를 데려갈 생각이 없었어요. 눈치채셨을 텐데요?"

"편협한 위인처럼은 안 보였소만……?"

"그것도 누구와 함께 있느냐에 따라 다르죠."

용악산은 물끄러미 공화연을 보았다.

어쩐지 그녀에게서 동질감이 느껴졌다.

"동향끼리 잘해봐요. 아, 항주가 고향이 아니었던가요?"

동향 얘기에 용악산은 항주에 있을 사부 은도천과 은서령이 떠올랐다.

생각해 보면 참 재밌는 여행이지 않은가.

창룡전에 참가하고 가는 길에 멸천대의 행방에 대해서도 알아본다는 가벼운 마음으로 시작했던 여정이 중원을 뒤흔드는 폭풍 한가운데 있게 됐다.

천하의 눈이 이곳으로 모였으니 지금쯤이면 구룡장에도 공화연이 납치된 소식이 전해졌을 것이다.

당연히 금룡문에도 소식이 전해졌다고 봐야 했다.

두 사람이 얼마나 걱정을 하고 있을지는 보지 않아도 훤했다.

그때 홍시연이 다가와 용악산에게 말했다.

"이제 어쩌실 생각이죠?"

"기다리십시오. 아직은 때가 아니니."

"도대체 무얼 기다리는 거죠?"

"때가 되면 알게 될 겁니다."

"그러다 모두가 위험해진다고요."

"모두를 위험에 빠뜨리지 않기 위해서입니다."

"휴우, 알겠어요. 일단 두고 보죠. 그건 그렇고, 무림맹이 저놈의 제안을 받아들일까요?"

그녀가 말한 저놈은 장산벽이었다.

"아마 그럴 거요."
"어째서 그렇게 생각하는 거죠?"
"군사부주가 실권했으니까."
"……?"
"……?"

第十一章

마귀들의 음모

天山刀客

무림맹의 한적한 비원.

오늘따라 탈속의 기운이 더욱 엿보이는 두 초로인이 바둑을 두고 있었다.

청의 장포에 수염이 정갈한 이는 군사부주 허가량이었고, 흑돌 두 개를 손에 쥐고 바둑판을 뚫어질 듯 들여다보는 초로인은 무림맹주 이장도였다.

바둑판 위의 흑과 백은 한 치의 양보도 없이 대치하고 있었다.

하지만 여유로운 허가량에 비해 이장도의 눈동자가 시종일관 바둑판에서 떠나질 못하는 걸 보면 돌아가는 상황을 짐작할 수 있었다.

"적도가 황금 삼만 냥을 요구했다더군요."

기다리기 지루하다는 듯 허가량이 접선을 까딱거리며 운을 뗐다.

"참으로 애매모호한 수로군요."

이장도의 대답은 줄곧 바둑판을 들여다보는 와중에 나온 것이라 삼만 냥이라는 금액이 애매모호하다는 건지 흑돌을 어디에 붙일지가 애매하다는 건지 참으로 애매했다.

마땅한 착점(着點)을 찾지 못한 이장도는 결국 돌을 던지고 말았다.

"휴우, 과연 군사부주는 당할 수가 없습니다. 벌써 아홉 번째던가요? 도대체 군사께서는 못하는 게 무엇입니까?"

"박이부정(博而不精)이라 하지 않습니까. 대국(大局)을 보시는 맹주에 비하면 이런 잡기는 하잘것없지요."

"허허, 바둑은 세상사의 축소판이라는 말도 있는데 잡기라니요. 생각해 보면 군사부주께서 기(棋), 서(書), 병(兵)에 능한 것도 이상한 일이 아니지요."

"딱히 할 일도 없는데 한 번 더 대국(對局)하실까요?"

"이번에는 몇 점을 주실는지……."

슬쩍 운을 띄워보는 이장도의 표정은 익살맞기 짝이 없었다.

"여덟 점으로 해볼까요?"

허가량의 입에서 말도 안 되는 소리가 흘러나왔다.

여덟 점을 준다는 것은 스승이 갓 입문한 제자를 가르칠 때나 가능한 바둑.

정상적인 대국이 아닌 것이다.

허가량은 지금 바둑 이야기를 하는 게 아니었다.

"하하하, 여덟 점이나 주는 접바둑을 사양할 사람은 없겠지요?"

그러고 보니 여덟이란 숫자는 묘하게 장산벽에게 납치된 창룡전 후기지수들의 숫자와 일치했다.

물론 용악산 일행을 제외하고 말이다.

흑백의 돌들이 치워졌다가 다시 놓이기 시작했다.

"그나저나 황금 삼만 냥이면 얼마나 될까요?"

이장도가 물었다.

대화가 잠시 바둑판을 떠나 현실로 돌아왔다.

사실은 진작부터 바둑판을 떠나 있었다.

"글쎄요. 그런 큰 재물을 본 적이 없어서. 아마 이 장원을 빙 두르고도 남지 않을까요?"

"황금을 밟고 가면 여기서 석탑루까지 땅을 딛지 않고도 갈 수 있을 것 같습니다만."

"궤짝에다 넣으면 몇 개나 될까요?"

대화가 점점 이상하게 변하고 있었다.

"나무 궤짝이 버틸 수 있는 한계가 있으니 튼튼한 오동나무로 만들어도 다섯 궤짝은 나오지 않을까요?"

"하하, 그만하지요. 누가 우리를 본다면 실없는 늙은이들이라고 하겠습니다그려."

"하하하, 그럴까요."

*   *   *

시간이 흘렀다.

형천대주가 이끄는 여섯 척의 배는 여전히 범선과 대치하고 있었다.

시간이 흐를수록 강변에는 소식을 듣고 달려온 군중들이 점점 불어났다.

장산벽은 여전히 태연했다.

한동안 갑판의 의자에 앉아 볕을 즐기더니 수하들 틈에 섞여들어 술까지 마셨다.

물과 음식을 용악산 일행이 모두 차지했는데 술은 어디에서 저렇게 계속 나오는지 모를 일이었다.

잠시 후 한낮의 뙤약볕이 한층 수그러들었을 무렵, 강변 너머의 언덕으로부터 마차 두 대가 달려왔다.

계속되는 대치 형국에 지루해하며 앉아 있던 군중들이 벌떼처럼 일어났다.

그들의 시선이 새로 나타난 마차에 쏠리는 것은 당연했다.

무림맹의 무인들이 달려들어 무언가를 마차에서 강가에 정박해 둔 나룻배로 옮겼다.

군중들의 호기심이 극에 달했다.

잠시 후 물건들을 옮겨 실은 나룻배가 범선을 향해 다가왔다.

갑판의 복판에는 튼튼한 오동나무로 짠 궤짝 다섯 개가 놓여 있었다.

"맹에서 보내라고 하신 물건을 가져왔소이다."

갑판 위에서 형천대의 인물로 보이는 누군가 말을 했다.

도귀는 아래를 힐끗 내려다보며 대답했다.

"뚜껑을 열어보시오."

궤짝을 싣고 온 사내는 그럴 줄 알았다는 듯이 궤짝 하나를 슬그머니 열어 보였다.

한 뼘쯤 열린 뚜껑 사이로 황금빛 광채가 눈부셨다.

"다음 것도."

사내가 약간 인상을 찌푸리더니 두 번째 궤짝을 열어 보였다.

이번에도 역시 귀퉁이만 약간 열어 보였을 뿐이었다.

"다음 것도."

"쯧쯧쯧, 그렇게 의심이 많아서야 원."

사내는 결국 다섯 개의 궤짝 전부를 열어 보였다.

설마하니 인질들이 있는 상태에서 속임수를 쓰겠는가.

이건 괜스레 트집을 잡아 골탕을 먹이려는 수작임이 분명했다.

도귀가 장산벽을 향해 고개를 끄덕이자 장산벽이 다시 고개를 끄덕였다.

도귀는 튼튼한 동아줄을 아래로 내려주며 말했다.

"여기에 하나씩 묶으시오."

"그보다 먼저 후기지수들을 보내주어야겠소."

"물건을 올리고 나면 그 배에 태워 보낼 것이오."

도귀의 목소리가 조금 전과 다르게 커졌다.

강변과 가까웠던 터라 군중들은 도귀의 말을 똑똑히 들었다.

형천대 고수는 도귀의 목소리가 갑자기 높아진 것이 이상했다.

하지만 그럴수록 후기지수들을 먼저 돌려받아야겠다는 생각이 들었다.

"배는 튼튼하니 사람들을 먼저 보내주시오."

"쯧쯧쯧, 그렇게 의심이 많아서야 원."

도귀는 형천대의 고수가 했던 말을 그대로 들려주고는 장산벽을 보았다.

장산벽이 미소를 지으며 몸을 일으켰다.

그리고 용악산 일행이 있는 쪽으로 걸어오며 말했다.

"자, 다들 고생이 많으셨습니다. 이제 편안히들 가시지요."

"그, 그게 정말이오?"

공춘보가 눈을 동그랗게 뜨고 물었다.

"그렇소이다. 좋은 인연은 아니었지만 덕분에 큰 이익을 봤습니다. 이 점, 감사하게 생각합니다."

공춘보는 뭐가 어떻게 된 건지 몰라 눈알을 뒤룩뒤룩 굴리며 용악산의 눈치를 보았다.

용악산은 여전히 착 가라앉은 얼굴이었다.

지금의 이 상황이 마음에 들지 않는 모양이었다.

남궁휘와 모용광은 한동안 장산벽의 눈을 뚫어져라 쳐다보았다.

분명 거짓이 아니었다.

결국 두 사람이 먼저 몸을 일으켰다.

형천대의 고수가 끌고 온 배로 옮겨 타려는 것이다.

뒤를 이어 서여옥과 남은 후기지수들도 걸음을 옮겼다.

공춘보와 하풍달은 그들과 용악산을 번갈아보며 침을 꼴딱 꼴딱 삼켰다.

자신들도 얼른 여길 떠야 하지 않겠느냐는 얼굴이었다.

공화연은 걸음을 옮기려다 말고 문득 용악산에게 물었다.

"당신은 가지 않나요?"

조금은 친해졌다고 여겼던 것일까.

그녀의 입에서 공자라는 말 대신 '당신' 이라는 말이 흘러나왔다.

"금룡문의 제자들은 남을 겁니다."

"……!"

사람들의 표정이 노래졌다.

공춘보와 하풍달이 특히 그랬다.

"대사형, 지금은 객기를 부리실 때가……."

공춘보의 말은 용악산에 의해 잘렸다.

"춘보와 풍달은 내려가거라."

"대사형, 그게 무슨 말씀이십니까?"

하풍달이 물었다.

"말 그대로다. 너희들은 저들과 함께 떠나도 좋다."

하풍달은 잠시 의아한 눈으로 용악산을 바라보더니 이내 표정을 굳히며 말했다.

"무슨 생각이신지는 모르나 대사형이 남겠다면 저희들도 남겠습니다."

공춘보가 하풍달의 옆구리를 사정없이 꼬집었지만 하풍달의 태도는 단호했다.

"이대로 돌아가면 나중에 사매에게 두고두고 책잡힐 거요. 차라리 칼판을 벌이지, 사매 잔소리는 못 듣겠소."

하풍달은 공춘보에게 말을 해놓고는 용악산의 옆에 와서 당당하게 섰다.

공춘보는 한 발을 난간에 걸치고 있다가 콧구멍을 벌름거리더니 결국 하풍달의 곁에 와서 섰다.

얼굴은 똥을 한 바가지나 퍼 먹은 것처럼 일그러졌다.

금룡문의 제자들이 남는다는 말에 저만치 가던 홍시연도 걸음을 멈추었다.

그때 먼저 내려간 남궁휘가 공화연을 불렀다.

"화연, 서둘러!"

하지만 공화연은 선뜻 발걸음을 옮기지 못했다.

용악산이 그녀에게 전음을 전하고 있었기 때문이다.

[무슨……?]

[그렇게만 전하면 압니다. 반드시… 군사부주나 무림맹주에게 직접 전해야 합니다.]

마침내 전음을 모두 전해 들은 공화연은 애써 미소를 지으며 말했다.

"항주는 언제쯤 돌아가실 생각이세요?"

지금의 상황과는 전혀 어울리지 않는 말이었다.

"내일쯤이면 떠날 수 있을 겁니다."

"그때… 동행해도 될까요?"

"물론입니다. 동향 사람이니까요."

"항주가 고향이 아니잖아요."

"이제는 고향입니다. 그곳에 저의 사문이 있으니까요."

공화연의 눈동자가 깊어졌다.

사문에 대한 그의 애정이 얼마나 깊은지 그 한마디로 짐작할 수 있었다.

엄격히 말하면 금룡문이 눈앞의 이 사내를 길러낸 것은 아니다.

하지만 금룡문은 장차 이 사내를 통해 큰 문파가 될 것 같다는 느낌이 든다.

남궁휘는 두 사람의 대화를 똑똑히 듣고 있었다.

자신과 함께 왔던 공화연이 돌아갈 때는 저들과 함께 가겠다고 한다.

이는 남궁휘를 더 이상 사내로 보지 않는다는 말보다 더 치욕스러웠다.

남궁휘가 용악산과 벗이 될 수 없는 이유가 여기에 있었다.

아무도 보지 못했지만 남궁휘의 두 주먹이 불끈 쥐어지고 있었다.

그때 홍시연이 다가와 공화연의 손을 잡아끌었다.

"화연아, 이제 그만 가자."

"그래요, 언니."

그녀는 다시 용악산을 향해 활짝 웃으며 말했다.

마치 잠시 후에 만날 사람처럼 편안한 모습으로.

"돌아가는 길에 제가 한잔 사도 될까요?"

"그렇게 하세요. 큭큭."

말을 받은 사람은 공춘보였다.

창룡전의 후기지수들이 순식간에 나룻배로 옮겨 탔다.

장산벽은 한쪽에서 이 모습을 물끄러미 지켜보다가 어느 순간 용악산과 시선이 마주쳤다.

그는 놀라는 기색도 없이 그럴 줄 알았다는 듯이 슬쩍 웃고 말았다.

그러는 사이 멸천대가 밧줄을 내리고 궤짝을 하나씩 묶어서 범선으로 끌어올렸다.

판옥선은 낮고 평평한 데 반해 범선은 선체의 높이가 있으니 몇 사람이 매달려 한참이나 끌어올려야 했다.

궤짝은 계속해서 올라왔고 강가의 군중들은 치밀어 오르는 궁금증을 참을 수가 없었다.

앞서 형천대주가 범선으로 올라가더니 내로라하는 명가의 후기지수들 셋을 데리고 나왔다. 그리고 한나절이 지난 지금 정체를 알 수 없는 다섯 개의 궤짝을 실은 배가 도착했고, 이틀 동안이나 억류되어 있던 후기지수들이 풀려나고 있었다.

아무리 미련한 사람이라도 무림맹이 창룡전의 후기지수들을 구하는 조건으로 무언가를 주고 있다는 것쯤은 알 수 있었다.

그게 무엇일까?

한껏 궁금증이 치민 군중들은 어깨를 부딪치며 조금이라도 잘 볼 수 있는 곳으로 꾸역꾸역 모여들었다.

마침내 네 개의 궤짝이 올라가고 마지막 다섯 번째 궤짝이 올라오고 있을 때 장산벽이 허공을 향해 손을 슬쩍 휘저었다.

탁자에 놓인 술을 마시다가 꼬여드는 파리를 쫓기 위한 것처럼 자연스런 동작.

하지만 용악산은 장산벽의 손끝에서 물고기의 비늘처럼 얇은 검편(劍片) 하나가 쏘아지는 걸 똑똑히 보았다.

때마침 범선의 갑판까지 거의 올라온 궤짝의 한 귀퉁이가 떨어져 나갔다.

정확하게는 터져 나갔다.

텅!

대들보가 부러지는 듯한 소리와 함께 궤짝이 커다란 입을 벌렸다.

그리고 조개 모양의 금원보 수천 개가 와르르 쏟아졌다.

싯누렇게 빛나는 금원보가 강물 속으로 수장되는 모습에 강가에 늘어선 군중들은 일제히 비명을 질렀다.

황하를 좀 아는 사람들이라면 수심이 깊을수록 유속이 빠르다는 걸 안다.

금원보가 쇳덩이라고는 하나 그래 봐야 조개만 한 크기였다.

항하의 밑바닥을 흐르는 물살이라면 충분히 휩쓸고 갈 수 있었다.

군중들은 무림맹이 창룡전 후기지수들의 목숨을 구하기 위해 준비한 것이 황금이라는 데 놀랐고, 그것들 중 하나가 물속으로 수장되는 것에 애석해했다.

"아이고, 아까워라!"

공춘보마저 자리에서 벌떡 일어나더니 호들갑을 떨었다.

생각 같아선 당장이라도 물속으로 뛰어들고 싶었다.

저것들 중 단 한 개만이라도 있다면 채홍만의 문제를 단번에 해결해 줄 수 있었다.

용악산은 침잠한 눈으로 그 모습을 지켜보고만 있었다.

한참의 시간이 흐르는 동안에도 군중들은 흥분을 감추지 못했다.

비록 궤짝 하나를 잃었지만 범선에는 네 개의 궤짝이 더 있었다.

군중들은 옆 사람과 범선에 실린 재물의 가치에 대해 갑론을박을 벌였다.

족히 만 냥은 될 것이다.

아니다. 십만 냥이 넘을 것이다.

십만 냥이 무슨 소리냐, 저 정도면 족히 백만 냥은 될 것이다.

저만한 재물을 만져 본 사람이 없으니 억측은 끝 간 데 없이 이어졌다.

이 모두가 장산벽이 의도한 것이라는 걸 알기에 용악산은 안타깝기 그지없었다.

장산벽은 지금 다음 수를 위해 포석을 깔고 있었다.

문제는 무림맹이 그걸 전혀 눈치채지 못하고 있다는 점.

"자기들 재물을 잃어버린 것도 아닌데 저렇게 흥분하는 걸 보면 황금은 사람을 미치게 한다는 말이 사실인 것 같습니다."

하풍달이 강가에서 벌어지는 소란을 보며 말했다.

"지금 그게 문제야? 후기지수들도 빼내갔으니 이제 무림맹이 안심하고 공격을 해올 거라고. 처음부터 우리는 안중에도 없었잖아."

"휴우, 그건 그렇군요."

"그러게 아까 기회가 왔을 때 잡았어야 했다고!"

공춘보는 용악산을 곁눈질하며 이빨을 으드득 갈았다.

군중들이 광분하는 사이 후기지수들을 태운 배는 이미 강가에 다다르고 있었다.

그들이 빠져나가자 처음부터 범선과 대치하고 형천대가 배를 이끌고 점점 다가왔다.

배에 타고 있는 형천대원들의 기세가 흉흉했다.

거추장스러운 것들이 제거되었으니 맘 놓고 싸울 수 있는 것이다.

아직 용악산 일행이 있었으나 공춘보의 말처럼 안중에도 두지 않았다.

이미 무림맹으로선 충분히 성의를 보였다.

군중들이 보는 앞에서 스스로 그것을 거부했으니 더 이상 사정을 봐줄 필요가 없는 것이다.

상황이 급박하게 치닫자 범선 안에는 팽팽한 긴장감이 감돌았다.

여섯 척의 배는 점점 가까이 접근을 했고 결국 오십여 장까지 다가왔다.

형천대주 강금평이 가장 먼저 허리춤에서 개산대부를 뽑아 높이 치켜들었다.

동시에 사방을 둘러싼 판옥선에 나눠 타고 있던 궁수 백여 명이 시위를 당겼다.

궁대의 굵기가 팔뚝만 한 강궁이었다.

잔뜩 당겨진 대궁에는 각기 다섯 대의 튼튼한 화살이 재어져 있었다.

애초에 정확히 과녁을 겨냥해 쏠 심산이 아니었다.

갑판의 한복판을 향해 비 오듯 화살을 쏘아 보내면서 배를 붙일 시간을 벌려는 것이다.

높이 치켜든 강금평의 개산대부가 아래를 향하는 순간 저

화살들이 작렬할 것이다.

그때 모두의 예상을 깨는 일이 벌어졌다.

*   *   *

강금평은 얼굴이 돌처럼 굳어졌다.

전면적인 공격 명령을 내리려는 찰나, 범선의 난간에 나타난 한 무리의 남녀노소 때문이었다.

대략 십여 명이나 되었을까.

젊은이도 있었고, 늙은이도 있었고, 심지어 아이들도 있었다.

아이들은 새파랗게 질린 얼굴로 제 어미의 치마폭을 파고들었다.

공통점이라곤 하나같이 비루하다는 것.

볼 것도 없이 거지들이었다.

얼핏 보면 일가족처럼도 보였다.

범선에 또 다른 사람들이 타고 있다는 걸 남궁휘와 모용광은 몰랐을까?

몰랐던 게 분명하다.

알았다면 황금과 교환할 때 분명 거지들도 데려오려고 했을 것이다.

비록 한순간의 치기로 못난 꼴을 보였지만 그 정도로 형편없지는 않았다.

강금평은 문득 한 가지 약제가 떠올랐다.

"소혼산(消魂散)!"

사람을 죽은 것도 산 것도 아닌, 반가사 상태로 만들어준다는 독이다.

소혼산을 복용하면 천하의 누구라도 기척을 알아차릴 수 없다.

하지만 강금평은 누군가 그 기척을 알아차리고 청벽자를 통해 모종의 지시를 했다는 걸, 그런데 그것이 무시되어 버렸다는 걸 까맣게 몰랐다.

거기까지 생각이 미친 강금평은 또 다른 궁금증이 치밀었다.

범선은 한 번도 강을 벗어난 적이 없는데 저들은 어디서 탔을까.

'궁가촌!'

궁가촌이 비록 사람이 살지 않는 유령촌이라지만 그건 살만한 사람들의 얘기였다.

여전히 궁핍한 거지들은 궁가촌을 찾아들었고 그곳에서 움막을 짓고 살았다.

다만 그 숫자가 예전에 비해 많이 줄어들었을 뿐.

강금평은 문득 골치가 지끈지끈 아파왔다.

"대주, 어떻게 할까요?"

부장이 다가와 물었다.

강금평은 선뜻 명령을 내리지 못하고 수하들을 둘러보았다.

다들 당황한 기색이 역력했다.

부담스러운 후기지수들이 없어졌으니 이제야 마음 놓고 싸울 수 있겠구나 했는데, 더 골치 아픈 상대들이 나타난 것이다.

만약 이대로 공격을 한다면 저 거지 일가족은 죽음을 면치 못할 것이다.

저들을 난간에 세운 이유가 무엇이겠는가.

"바다가 멀지 않습니다. 여기서 물러나면 저들을 잡을 수 없습니다."

부장이 재촉했다.

"보는 눈이 너무 많다!"

"어차피 거지들을 살려둘 리도 없습니다."

"아직도 상황을 모르겠느냐? 군중들이 보는 앞에서 무림맹은 황금 삼만 냥을 바치고 후기지수 여덟 명을 구해냈다. 그런데 이제 와서 열 명이나 되는 거지의 목숨 따위 안중에도 두지 않고 공격을 하란 말이냐? 차후에 쏟아질 강호인들의 비난을 어떻게 감당할 것이냐?"

"어차피 후기지수들의 목숨도 포기하려고 하지 않았습니까?"

"군중들이 그걸 알 리가 없지 않느냐. 빌어먹을! 황금 삼만 냥을 요구했을 때부터 알아차렸어야 하는데… 청벽자, 그놈은 대체 뭐 하는 놈인지!"

이런 꼼수를 알아차리지 못한 청벽자라는 놈이 한심했다.

그러고도 군사부주의 자리를 욕심내다니.

"다시 말씀드리지만 여기서 발해까지는 겨우 하루 거리입니다. 발해로 빠져나가고 나면 추적이 요원해집니다."

"닥쳐라! 내 비록 신분의 귀천을 따지지만 애꿎은 사람들의 목숨을 취하면서까지 맹의 명령을 따를 정도로 안면이 두껍지는 않다!"

강금평이 누군가를 향해 손짓을 하자 하늘을 향해 불화살 하나가 긴 꼬리를 내며 올라갔다.

퓨우우우웅!

퇴각 명령이었다.

*　　　　*　　　　*

강가의 군중들은 아직도 불어나고 있었다.

배가 지나치지 않고 이렇게 정박을 하고 있으니 인근의 두 발 달린 짐승이란 짐승은 어른 아이 할 것 없이 죄다 모여들었다.

천산에서 겁난을 일으킨 마귀들이 거지 일가족을 납치해서 무림맹과 대치하고 있다.

이 한마디가 정마대전을 멀리서 말로만 듣던 사람들의 호기심을 자극한 모양이었다.

군중들은 마귀들을 욕했다.

강가에서 범선까지는 백여 장이 넘었지만 화풀이라도 하려는 듯 돌팔매질을 하는 이들도 생겨났다.

대부분 절반도 채 이르지 못해 강물 속으로 퐁당퐁당 빠졌지만 어떤 돌멩이는 선채까지 날아가 부딪쳤다.

군중들은 공동의 적을 만나면서 똘똘 뭉쳤다.

하남에서부터 범선을 따라온 이들이 오래전 궁가촌에서 있었던 혈사를 이야기해 주었다.

이십 년 전 역병이 하남을 휩쓸 무렵 궁가촌 인근의 양민들이 거지들에게 한 끼를 배불리 먹여주고 불을 질러 몰살시켰다는 얘기.

인질들이 바로 그 궁가촌에 살던 거지들이라는 소문이 퍼지자 마귀들에 대한 적개심은 극에 달했다.

성난 군중들은 당장에라도 범선으로 달려갈 것처럼 성토를 했다.

그러다 이상한 이야기를 하고 다니는 사람들이 생겨났다.

"도대체 무림맹은 뭘 하고 있는 거지?"

"대단한 집안의 새끼들이 인질로 잡혀 있을 때는 황금을 퍼주더니, 거지들은 죽어도 좋다, 이건가?"

"한 놈당 황금 십만 냥씩을 주었다는 얘기가 있소."

"무림맹은 거지들의 목숨 따윈 안중에도 없는 모양이야. 어차피 굶어 죽을 거라 이건가?"

"이제 보니 마귀들보다 더 나쁜 놈들이 무림맹 놈들이오."

"맞아. 마귀들보다 더 나쁜 놈들이야."

이런 일련의 조짐은 곳곳에서 일어나더니, 급기야 이틀째 되는 날에는 무림맹이 곧 범선을 공격할 거라는 말이 나돌았다.

물론 거지들의 생사와는 상관없이.

군중의 심리란 묘한 것이어서 어제까지만 해도 마귀들을 욕하던 사람들의 적개심이 고스란히 무림맹에게로 옮겨갔다.

궁가촌 거지들에 대한 안타까운 과거와 그들을 불태워 죽인 양심의 가책, 그리고 가진 자들에 대한 반감이 어우러져 무림맹에 대한 군중들의 적개심은 이미 마귀들에 대한 그것을 넘어서고 있었다.

강가에서 야영 중이던 무림맹 무인들의 막사 다섯 곳에 불이 난 것도 그 무렵이었다.

*   *   *

"능구렁이 같은 놈."

핼쑥해진 얼굴로 나타난 청벽자는 분노한 기색이 역력했다.

"너무 절망하지 마시오. 아무리 뛰어난 기재라 해도 범인이 몇 달에 걸쳐 짠 계(計)를 당할 수는 없는 법이오."

장산벽이 여유로운 표정으로 말했다.

그는 스스로를 범인이라 자처했지만 실제로도 그렇다고 생각하는 이는 없었다.

몰살의 신화를 지닌 멸천대의 이면에는 무공 외에도 장산벽의 이런 신묘한 지혜가 있었다는 걸 청벽자는 뒤늦게 상기했다.

그는 머리싸움에서 장산벽에게 완벽하게 패했다.

이는 지자로서 그의 이력에 치명적인 실(失)로 작용할 것이 틀림없었다.

어쩌면 오늘의 이 임무가 그의 마지막 임무가 될지도 몰랐다.

그가 자신의 뒤에 서 있는 한 사내를 향해 눈짓을 했다.

흑단목으로 짠 좁고 긴 목관 하나를 허리춤에 들고 있던 사내가 그것을 장산벽의 발치에 가져다 놓았다.

도귀가 떨리는 손으로 뚜껑을 열더니 그대로 집어 들어 장산벽에게 가져다 바쳤다.

이런 일련의 행동들이 마치 중요한 의식을 치르듯 진중했다.

장산벽 역시 감히 의자에 앉아서 받지 못하고 일어서서 목관을 향해 한차례 읍을 했다.

그런 다음 조심스럽게 목관 속으로 손을 넣어 돌돌 말린 붉은 비단 보자기를 풀었다.

그리고 보자기 속에 곱게 싸인 물건을 꺼내 들었다.

한 손으로 들 수 있을까 싶을 정도로 거대한 칼이었다.

도두(刀頭)에는 두 마리의 용머리가 양각으로 새겨져 있었고, 몸통에 이르러서는 문양으로 변해 도신을 타고 오르고 있었다.

수천 년 동안 핏물에 담가놓은 것처럼 시뻘건 도신으로 인해 그 모습이 꼭 적룡 두 마리가 감고 있는 것 같았다.

지이이이잉—!

장산벽이 높이 치켜드는 순간 칼이 섬뜩한 울음을 토해냈다.

그 소리가 흡사 수천, 수백의 지옥귀들이 아우성을 치는 것처럼 섬뜩했다.

"천마군림도(天魔君臨刀)!"

용악산의 입에서 흘러나온 신음은 지옥귀들의 아우성에 묻혀 들리지도 않았다.

언제, 누구에 의해서 어떻게 만들어졌는지는 아무도 모른다.

다만 죽은 천제강이 저 칼 한 자루로 천하의 거마(巨魔)들과 겨루며 대종사의 자리에 올랐음은 널리 알려진 사실이었다.

마도백가의 마신들도, 십종가의 마왕들도 저 칼을 대하는 순간엔 속절없이 무너졌다.

일설에는 죽은 마인들의 원념이 칼에 깃들었다고도 하고, 천제강이 전무후무한 마병(魔兵)을 만들기 위해 오히려 그들의 사기를 흡기(吸氣)했다고도 한다.

그런가 하면 이런 소문도 있었다.

말년의 마도대종사 천제강이 자신의 모든 절학들을 저 칼 어딘가에 숨겨두었다는 것.

그 소문이 사실이라면 저 칼을 지닌 사람은 그의 진전을 고스란히 잇게 된다.

설사 그 소문이 사실이 아닐지라도 누군가 저 칼을 차지한다면 십만마도는 그를 대종사의 후인으로 인정하게 될 것이다.

비로소 용악산은 장산벽이 강북 일대의 무림대회를 시작으로 이런 일까지 벌이게 된 이유를 알았다.

그는 스스로 마도대종사가 되기 위해 정통성을 확보하려는 것이다.

"주공을 뵈옵니다!"

"주공을 뵈옵니다!"

도귀를 시작으로 멸천대의 무인들이 우렁찬 목소리와 함께 무릎을 꿇었다.

대주에서 주공으로 바뀌는 순간. 새로운 마도의 왕이 탄생하는 순간이었다.

第十二章

군사부주의 꾀

天山刀客

공화연이 허가량을 찾은 것은 작렬하는 오후의 태양이 약간 누그러질 무렵이었다.

　맹의 장로와 수뇌부들에게서 빠져나오는 것은 어렵지 않았다.

　그들의 관심은 명가의 후기지수들의 건강과 또 다른 국면을 맞은 상황일 뿐, 남궁세가의 오대외장 중 한 곳인 구룡장의 여식은 일차적인 관심에서 제외되었다.

　물론 자신이 장로부를 떠나올 때 남궁휘의 눈빛이 잠시 뒤를 따라오긴 했다.

　하지만 그뿐이었다.

　어쩌면 그와는 이미 돌이킬 수 없는 길을 가고 있다는 생각이 들었다.

마침내 무림맹주가 직권 중지라는 장로부의 결정에 따라 근신하고 있다는 비원에 도착했다.

덥수룩한 수염의 초로인이 그녀를 막아섰다.

육 척에 이르는 체구와 떡 벌어진 어깨가 천년거암(千年巨巖)을 연상케 했다.

늙은 악어 가죽으로 칭칭 동여맨 도파(刀把)가 그의 신분을 말해주었다.

황룡대주 남악평.

그의 뒤에는 마찬가지로 악어 가죽으로 도파를 감은 백여 명의 무인들이 비원을 둘러싸고 있었다.

황룡대는 외원주 휘하의 이십여 타격대 중 최강으로 알려져 있었다.

정마대전에서 황룡대가 세운 업적은 지금 신화가 되어 있었다.

뭇 청년 고수들이 황룡대에 들어가는 것을 영광으로 여길 만큼.

이들은 지금 이곳에 있어서는 안 될 사람들이었다.

더구나 지극히 전투적인 성격의 황룡대가 무림맹주의 호법을 서다니.

말이 좋아 호법이지, 실상은 비상시국을 기해 무림맹주와 교류하는 사람들을 감시하기 위함이었다.

즉, 무림맹주의 눈과 귀를 막은 것이다.

이 한 가지 사실만으로도 공화연은 장로부가 얼마나 무림맹
주를 두려워하는지 알 수 있었다.

십대고수 중의 일인이라 불리는 사람이다.

설산검군이 천산 주봉에서 마도 대종사의 검에 쓰러진 후
천하제일검수라 불리는 사람이다.

무엇보다 무림맹을 이십 년 동안이나 장악했던 사람이다.

이십 년이면 무림맹을 자기 것으로 만들고도 남을 만큼의
긴 시간이었다.

하면 무림맹주는 어찌하여 잠자코 있는 것일까?

처음부터 권력 따위에는 관심이 없었던 것일까?

어찌 됐든 장로부는 이장도의 눈과 귀는 막을지언정 손과
발을 잘라내진 못한 것 같았다.

우선 저 비원엔 군사부주가 와 있고, 또 주변에는 제검당(帝
劍堂)의 무인 오십여 명이 비원을 둘러싸고 있었기 때문이다.

황룡대가 외원주의 명령을 직접적으로 받는 타격대라면 제
검당은 무림맹주의 직접적인 명령을 받는 호법무사들이었다.

혹자는 호법당이라는 말로 다른 문파의 호법들과 동격으로
폄하하지만 무림맹주의 호법들이 어찌 평범한 문파의 호법들
과 같겠는가.

하나하나가 절정의 무공을 지닌 고수들이었다.

비부, 집법당과 함께 이장도를 가장 지지하는 세력들이었
다.

묘한 것은 그들 역시 이곳에 있어서는 안 된다는 것이다.

이미 무림맹주는 장로부의 결정으로 직권이 중지된 사람.

다른 처분이 내려질 때까지는 맹주부의 거처에서 기다려야 했다.

결국 상황은 비원을 둘러싸고 황룡대와 제검당이 서로 대치하고 있는 형국이었다.

어제까지만 해도 형제였던 사람들이 오늘은 품속에 칼을 감추고 서로를 노려보고 있었다.

어찌하여 일이 이렇게까지 됐을까.

"맹주님을 뵈러 왔어요."

"물러가라."

"부탁드려요, 아저씨."

아저씨라는 말에 남악평의 눈빛이 흔들렸다.

남악평은 남궁세가의 사람이었다.

방계이긴 하지만 무공이 고강하고 충성심이 깊어 남궁세가주의 총애를 받았던 이다.

하지만 방계이면서 또한 외가의 성을 받았는지라 권력의 중심에는 서질 못했다.

그런 그가 무림맹에 들어온 후 막대한 공을 세워 오늘날 황룡대주의 자리에까지 올랐다.

남궁세가의 오대외장 중 한 곳인 구룡장과도 당연히 인연이 있을 수밖에 없다.

그는 공화연의 아비인 구룡장주와 호형호제할 정도로 우애가 깊었다.

방계와 지가라는 서로의 신분이 동질감을 느끼게 한 것이
다.

남악평은 공화연에게 그가 창안한 구명일지공(九冥一指功)
을 전수해 줌으로써 구룡장주에 대한 신뢰와 정을 보여주기도
했다.

"네 눈에는 지금의 시국이 보이질 않는다는 말이냐?"

남악평의 목소리가 더욱 노기를 띠었다.

그것이 적대적인 감정이 아니라 아끼는 마음에 나오는 우려
라는 걸 공화연은 알고 있었다.

공화연은 답답했다.

남악평을 설득할 수도 없고, 그를 뚫고 들어갈 수는 더더욱
없고.

그때 누군가 두 사람의 곁으로 다가왔다.

제검당주 벽오기였다.

남악평에 비해 열 살이나 젊지만 당주와 대주는 직급상의
서열을 논할 수가 없었다.

타격대는 모두 외원주의 직접적인 명령을 받는 특수한 성격
이기 때문이었다.

그가 말했다.

"어린아이입니다. 그가 맹주를 뵈온들 무슨 큰일이 나겠습
니까."

"벽 당주는 상관 마시오."

"맹주부의 호법을 맡고 있는 몸입니다. 충분히 관여할 자격

이 있다고 생각합니다만."

"맹주의 직권이 중지되었다는 걸 모르는가?"

호랑이 눈썹을 꿈틀거리는 남악평의 말투는 어느새 하대로
바뀌어 있었다.

벽오기 역시 논쟁을 피할 생각이 없는 듯 목소리에 힘을 주
어 답했다.

"아직은 엄연히 맹주의 신분이시지요."

"그래서 기어이 저 아이를 들여보내겠다는 것인가, 내가 막
아서는데도?"

"적어도 대주께서 그것을 판단할 권리는 없지요."

두 사람 사이에 불똥이 튀었다.

일촉즉발의 팽팽한 기운이 그들의 수하들에게로 옮아갔다.

황룡대와 제검당의 무인들이 살기 어린 눈으로 대립각을 세
웠다.

금방이라도 한바탕 칼부림이 일어날 것 같은 분위기.

"그만하세요. 저 때문에 두 분이 다투시는 걸 보고 싶지 않
아요."

공화연은 잠시 사이를 두었다가 말을 이었다.

"언젠가 제게 해주신 말씀, 기억하세요?"

"……?"

"무인이란 옳다고 생각하는 일에 목숨을 아까워해선 안 된
다고."

"화연아……."

"전 지금 제가 하는 일이 옳다고 생각해요. 아저씨는 지금 하는 일이 옳다고 생각하세요?"

"예를 갖추거라! 맹의 직위를 떠나 무림의 대선배이시다! 연 치 어린 네가 어찌 감히 좁은 폭으로 대선배를 재단하려 드느 냐!"

호통을 친 사람은 뜻밖에도 제검당주 벽오기였다.

남악평과 교류는 거의 없었지만 벽오기는 무인으로서 남악 평을 언제나 존경해 왔다.

어찌하다 보니 권력 싸움에 휘말려 서로가 반대편에 서 있 기는 했지만 그를 모욕하고 싶은 마음은 추호도 없었다.

"소녀가 실언을 했습니다. 용서해 주셔요."

공화연이 뒤늦게 자신의 실수를 깨닫고 남악평을 향해 공손 히 포권을 했다.

남악평의 얼굴이 쓸쓸하게 일그러졌다.

그는 벽오기를 힐끗 보더니 공화연에게 일렀다.

"아버지와 구룡장을 생각해서라도 이만 돌아가거라."

지금의 음성은 오래전 공화연에게 무공을 가르쳐 줄 때처럼 다정했다.

진심으로 공화연과 구룡장을 염려하고 있는 것이다.

하지만 공화연은 단호했다.

"그럴 수는 없어요."

"너, 정말⋯⋯."

"지금은 꾸중을 하시지만 나중엔 반드시 저를 이해해 주실 거예요."

"너 때문에 형제들이 서로에게 칼을 겨누어도 좋단 말이
냐!"

남악평이 말을 하며 뒤편을 가리켰다.

그곳에 황룡대와 제검당의 무인들이 금방이라도 병장기를
뽑아 들 것처럼 대치하고 있었다.

바로 그때,

"그럴 필요 없네."

나타난 사람들은 선풍도골의 풍모를 지닌 일승일도(一僧一
道)였다.

학처럼 고고한 자태를 지닌 백발의 노도사는 무당파의 옥룡
진인(玉龍眞人)이었다.

그는 청 자 배의 무당파 문주에게도 사백 뻘로, 그야말로 무
림의 대원로라고 할 수 있었다.

그 옆의 비 맞은 빗자루처럼 축 늘어진 백발의 수염 때문에
눈을 떴는지 감았는지 모를 노승은 소림의 법무 대사(法舞大
師)였다.

그 역시 방장보다 항렬이 높은 고승으로, 전 무림의 존경을
한 몸에 받았다.

두 사람은 각각 무림맹의 내원과 외원의 원주였다.

장로들조차 어려워하는 이들이 내원과 외원의 원주를 맡은
것은 단순한 이유였다.

소림과 무당이라면 그 어느 쪽에도 치우치지 않고 맹을 이

끌어갈 수 있다고 판단했기 때문이다.

동시에 무림맹주가 사심이 짙은 명령을 내렸을 때 장로부를 통하지 않고도 즉석에서 제동을 걸 수 있는 사실상 유일한 존재들이기 때문이었다.

무림의 거인들이 동시에 나타나자 사람들이 너도나도 허리를 굽혀 예를 취했다.

법무 대사가 말했다.

"저 아이를 들여보내 주시게."

"원주님……."

"자넨 내가 아직 외원의 원주라는 사실을 잊지 않았겠지?"

남악평은 감히 자신의 직속상관인 법무 대사의 말까지 거역할 담력은 없었다.

하지만 그가 정작 두려워하는 것은 법무 대사로부터의 추궁이 아니었다.

남악평의 속내를 눈치챘음인지 옥룡 진인이 나지막이 말했다.

"이 일로 누군가 구룡장을 핍박한다면 무당의 이름을 걸고 구룡장을 지켜주겠네."

"허허, 명령은 내가 내렸는데 어찌 노도께서 책임을 지겠다 하시는 겁니까. 응당 소림이 나서야지요."

"껄껄껄, 그럼 소림이 앞장서시고 무당이 약간의 도움을 드리는 것으로 하지요."

듣고 있던 공화연의 가슴이 뜨거워졌다.

소림과 무당이 구룡장을 안배하겠다는 말이 얼마나 무거운 말인지 안다.

설사, 남궁세가가 사실상의 봉신가인 구룡장을 핍박한다 해도 저들은 자신들이 한 약속을 지킬 것이다.

더불어 자신의 가문을 염려해 주는 남악평이 너무나 고마웠다.

한편으로는 그의 입장이 곤란해질 것이 미안하기도 했다.

남악평은 그제야 얼굴을 펴고 공화연을 향해 고개를 끄덕였다.

공화연은 옥룡 진인과 법무 대사를 향해 공손히 포권을 하고는 비원으로 사라졌다.

남악평과 벽오기도 두 사람에게 공손히 인사를 하고는 각자의 자리로 돌아갔다.

두 노장로는 비원 속으로 사라지는 공화연의 뒷모습을 한동안 물끄러미 바라보았다.

"금룡문의 장제자라는 아이가 무언가를 꾸미는 것 같지 않습니까?"

"무량수불. 위기에 처한 맹주에게 귀인이 찾아왔군요."

*　　　*　　　*

"그러니까 무조건 범선을 공격해 달라?"

공화연의 말을 이장도가 다시 언급했다.

"분명 그렇게 전하라 했습니다."

"한데 왜 나인가? 자네도 알다시피 난 지금 근신 중이라네."

"꼭 맹주님이나 군사부주님께 말씀드려야 한다고만 했습니다."

"허허허, 내 보기엔 내가 아니라 군사부주에게 전하는 말 같소만?"

이장도가 말을 하면서 허가량을 보았다.

허가량은 쥘부채를 살랑살랑 흔들더니 백돌을 들어 바둑판 위에 척 내려놓으면서 말했다.

"영악한 놈이군요. 범선 위에서도 맹의 상황을 손금 보듯이 들여다보니 말입니다."

흠칫 놀란 이장도가 잔뜩 일그러진 얼굴로 바둑판을 들여다보는 동안 허가량이 공화연에게 물었다.

"너는 그 아이를 잘 아느냐?"

"……?"

공화연은 선뜻 할 말이 없었다.

같은 항주 출신이니 다른 사람들보다는 많이 안다고 할 수 있었지만 생각해 보면 그에 대해 딱히 아는 것도 없었다.

유일하게 아는 것이라고는…….

"멸천대주도 감히 그를 어쩌지 못했어요."

그 말에 이장도가 잠시 시선을 공화연에게 주었지만 다시 바둑판으로 옮겼다.

그러고는 좀체 자신이 없는 듯 흑돌 하나를 살포시 내려놓더니 허가량의 눈치를 살폈다.

"자충수로군요."

탁!

한참 만에 흑돌을 놓은 이장도와 달리 허가량의 착점은 빨랐다.

"이런, 이번에도 졌군요. 여덟 점이나 안고 두는 접바둑인데도 이러니. 쯧쯧쯧."

이장도가 다시 바둑판에 골몰하는 사이 허가량이 공화연에게 물었다.

"왜 굳이 그 얘길 내게 전하라 한 것이더냐?"

대답은 이장도가 했다.

"그야 군사부주라면 군중들의 눈치를 보지 않고도 배를 공격할 수 있는 방도를 찾아낼 거라고 생각한 거겠지요. 말이 나왔으니 말인데, 군중들의 시선을 피해 공격할 수 있는 방법이 있을까요?"

"없지요. 그 많은 군중들을 때려서 쫓아보낼 수도 없거니와, 그들이 없다고 해서 소문이 나지 않을 리도 없지 않습니까."

"이거야말로 외통수로군요."

"하지만 방법이 아주 없는 것도 아닙니다."

"내 그럴 줄 알았습니다. 어디 한번 들어볼까요?"

"꼭 무림맹이 공격을 할 필요는 없지요."

이장도가 흑돌 두 개를 손에 들고 한동안 만지작거렸다.

시선은 허가량의 눈동자를 향하고 있었다.

마치 그의 속내를 들여다보기라도 하려는 것처럼.

한참 만에야 그가 웃음을 터뜨렸다.

"차도지계(借刀之計)라! 하하하, 과연 군사부주이십니다."

                    *   *   *

해가 질 무렵, 한 사람이 그를 찾아왔다.

찾아온 이의 신분이 너무나 대단하여 그는 자신의 눈을 의심하지 않을 수 없었다.

그러나 그의 신분은 그가 내놓은 제안보다 놀랍지는 않았다.

"범선을 공격해 달라고 하셨습니까?"

"그렇습니다."

"왜 저에게 그런 부탁을 하는지 물어도 되겠소이까?"

"제가 찾아온 걸 보면 이미 짐작하고 계실 거라고 믿습니다만?"

그 역시 무림맹의 입장은 알고 있었다.

그가 궁금해하는 것은 다른 흑도방파도 많은데 왜 하필 자신이냐는 것이었다.

"놈에게 원한이 있으니 자연스럽지 않겠습니까?"

그는 잠시 사이를 둔 다음 물었다.

"내가 얻는 이득은 무엇입니까?"

"범선에는 무림맹 천의각에 보관되어 있던 칼 한 자루가 있지요. 욕심나실 텐데요."

"하면 그걸 내게 주겠다는 뜻입니까?"

"큰일 날 소릴 하시는군요. 무림맹은 결코 그 칼을 내어드릴 수 없습니다."

"……?"

"하지만 황하의 강물 속으로 사라져 버리면야 누굴 탓하겠습니까."

"……!"

그의 동공이 급격히 확대됐다.

＊　　　＊　　　＊

아침이 밝아왔다.

열 명의 인질을 태운 상태에서 범선은 바다를 향해 나아가고 있었다.

청벽자는 아무것도 얻지 못하고 돌아갔다.

장산벽이 원하는 것을 주었으니 인질을 데려가야 했지만, 안전이 확보되지 않은 상태에서 장산벽이 순순히 인질을 돌려줄 리가 없었다.

바다로 나간 후 인질들을 돌려보내겠다는 말로 청벽자를 쫓아버렸다.

억울했지만 청벽자는 어찌할 수가 없었다.

애초 반드시 인질을 구하겠다는 목표로 온 것이 아니라 군중들의 여론에 떠밀려 온 것이었으므로.

멸천대는 어느 순간부터 숫돌을 꺼내 칼을 갈고 있었다.

이번 거사를 일으키면서 칼을 갈지도 않고 왔을까.

충분히 날카로운 데도 불구하고 그들이 칼을 가는 것은 일전을 앞두고 전의를 불태우는 일종의 의식이었다.

범선 위는 쥐죽은 듯 고요했다.

인질로 잡혀 있는 거지들은 오들오들 떨면서 갑판의 한복판에 앉아 있었다.

그들을 가운데 두고 금룡문의 제자들과 멸천대가 대치하고 있었다.

어쩐 일인지 무림맹은 별다른 반응을 보이지 않았다.

군중들은 눈덩이처럼 불어나 수만 명에 육박했다.

"바람에 소금기가 느껴집니다."

표자룡이 저 멀리 하류를 보면서 말했다.

바다가 얼마 남지 않은 것이다.

어느 순간 계속해서 뒤를 따르던 무림맹의 배들이 빠졌다.

그리고 하류에서 물살을 거슬러 올라오는 괴선박들을 만난 것은 그로부터 한 시진 정도 후였다.

해를 등지고 나타난 배는 모두 이십여 척이 넘었다.

크기는 범선에 비해 작았지만 폭이 좁고 측면을 강철로 보강한 것이, 수전에 적합하게 만들어진 배였다.

그리고 그중 한 척은 범선이었다.

선체와 돛을 포함해 온통 시커먼 배였는데, 용골의 끝에는
수룡이 한 마리 조각되어 있었다.

용악산의 눈길을 끈 것은 위용을 자랑하는 선체가 아니라
측면의 열을 따라 늘어선 격자 문양의 문이었다.

"황하수로맹의 배들이군요."

표자룡이 용악산의 곁에 다가와 말했다.

공춘보, 하풍달, 채홍만도 어느새 용악산의 곁으로 다가와
있었다.

"대사형……."

공춘보가 잔뜩 긴장한 목소리로 용악산을 불렀다.

딱히 무슨 말을 하려고 한 것은 아니었다.

다만 지금의 상황을 벗어날 무슨 방도가 있는지 궁금했다.

과연 수적들이 멸천대와 자신들을 구분하겠는가.

"공화연이 일을 제대로 했구나."

"서, 설마, 대사형이 저들을 불렀단 말씀입니까?"

공춘보와 하풍달이 놀란 눈을 치켜떴다.

두 사람뿐만이 아니었다.

표자룡도 이것만큼은 예상을 못한 모양이었다.

"내가 아니라 무림맹이다. 난 그저 어떤 식으로든 공격을 해
달라고 주문했을 뿐."

용악산은 군사부주의 계략이 참으로 신통하다고 생각했다.

애초 어떤 식으로든 범선을 공격해 달라고 했을 때 이런 묘
안까지는 생각 못했다.

다만 군사부주라면 신통방통한 계략을 생각해 내지 않을까,
막연히 짐작만 했다.

과연 용악산의 생각이 맞았다.

황하수로맹이라면 원래가 수적들이었으니 범선에 타고 있
는 인질들을 신경 쓰지 않고 공격한다고 해서 욕이 될 리가 없
었다.

군중들이야 찢어 죽일 놈이라고 욕을 하겠지만 이미 더러워
진 흙탕물에 돌멩이 하나 더 던진다고 달라질 건 없었다.

이처럼 무림맹이라면 부담스러운 일을 황하수로맹은 버젓
이 할 수 있는 것이다.

다만 군사부주가 어떻게 황하수로맹을 움직였는지 신통할
뿐이었다.

공춘보가 용기를 내어 물었다.

누구라도 대답을 해달라는 듯.

"저기… 우리는 어떻게 되는 거지?"

아무도 대답하지 않았다.

지금 이 상황에서 벌어질 일이 하나밖에 더 있는가.

공춘보의 얼굴이 썩은 똥빛으로 일그러졌다.

그러는 동안에도 괴선박들은 계속해서 강을 거슬러 올라왔
다.

그리고 곧 적당한 거리를 두고 범선을 에워쌌다.

그때 장산벽이 상갑 위에 서서 수하들을 향해 말했다.

"술을 준비해라. 곧 손님들이 오실 테니."

그의 목소리에는 긴장감이라고는 전혀 찾아볼 수가 없었다.

마치 이런 일조차 예상한 것 같았다.

과연 잠시 후 장산벽의 예상대로 백기를 내건 비조선 한 척이 다가와 범선에 배를 붙였다.

표표한 신법으로 갑판에 내려선 사람은 모두 셋.

하나같이 한 번 보면 절대 잊을 수 없을 만큼 기괴한 몰골을 하고 있었다.

첫 번째는 곱사둥이었다.

그는 배를 정박할 때나 쓸 것 같은 굵은 쇠사슬을 손목에 칭칭 감고 있었다.

쇠사슬에는 용의 발톱처럼 생긴 외발 갈고리가 각각 양쪽 끝에 하나씩 매달려 있었다.

두 번째는 사 척 단구에 팔다리가 비정상적으로 굵은 난장이였는데, 양손에는 자신의 키만큼이나 큰 대부(大斧) 두 자루를 떡하니 쥐고 있었다.

그러나 그중에서도 세 번째 사내가 가장 기괴했다.

그는 반들반들 윤이 나는 구릿빛 피부에 눈썹이 짙고 입술이 두터웠으며 손에는 끝이 뭉툭한 대도를 들고 있었다.

그는 곤륜노(崑崙奴:흑인)였다.

"황하삼살(黃河三殺)!"

견문이 넓은 하풍달이 나지막한 신음을 토해냈다.

선상 백병전에 관한한 적수가 없다고 알려진 황하수로맹 최고의 고수들.

그들은 인근 삼 개 수채의 채주들이었으며 동시에 황하수로 맹주의 충복들이었다.

그들이 나타났다는 것은 삼 개 수채가 모두 총출동했다는 걸 의미했다.

멸천대가 세 사람을 막아선 것은 당연했다.

"손님을 그렇게 맞아서 쓰나."

장산벽의 말이 떨어지기가 무섭게 멸천대가 자리를 비켜주었다.

황하삼살은 마치 자신의 배에 올라타기라도 한 것처럼 일체의 두려운 기색도 없이 장산벽을 향해 걸어왔다.

"어서 오십시오. 기다리고 있었습니다."

장산벽은 제법 예를 갖춰 포권을 했다.

"네놈이 십종가의 후예냐?"

일살이 거렁거렁한 목소리를 토해냈다.

"주인의 허락도 없이 잠시 강을 빌렸군요. 부디 아량을……."

"세 치 혀로 노부들을 놀리겠다?"

"하하, 술벗을 찾아오신 게 아닌 줄은 알지만 이렇게 노하실 줄은 몰랐군요."

장산벽은 시치미를 뚝 떼고 물었다.

저들이 무엇 때문에 범선을 가로막고 섰는지는 삼척동자도 아는 사실이었다.

한데도 장산벽은 전혀 모르는 척하고 있었다.

일살은 묘한 눈으로 장산벽을 훑어보더니 말을 이었다.

"황하신룡의 혈채를 받으러 왔다."

"묘왕전에서 내 손에 죽은 그 친구를 말씀하시는군요."

"그 아이가 맹주의 제자였다는 건 알고 있겠지?"

"이런, 난감하군요. 나는 사죄를 할 마음이 없고, 그쪽은 죄를 묻겠다 하시니……."

장산벽이 돌연 표정을 바꾸고 말했다.

"결국, 칼의 법칙을 따를 수밖에 없겠군요."

누가 보아도 범선에 탄 사람들이 불리한 상황인 데도 불구하고 장산벽은 당당했다.

일살은 장산벽을 무섭게 노려보더니 말을 했다.

"감히 황하 위에서 수로맹과 맞서겠다는 것인가?"

"달리 방법이 없지 않소?"

"찾아보면 있을 수도 있지."

"노선배들이 조용하게 물러가는 것 외에는 있지도 않을 것이고, 있을 수도 없습니다."

점점 대화가 묘하게 이어지고 있었다.

황하수로맹이 단순히 황하신룡의 복수를 하기 위해 찾아온 줄 알았더니, 무언가 바라는 게 있는 것이다.

그리고 그것을 장산벽이 가지고 있었다.

"물건을 넘겨주면 황하신룡의 문제는 덮어두겠다. 더불어… 무림맹의 눈을 속이고 빼돌려 주지."

"수적 따위에게 빼앗기려고 이렇게 먼 길을 온 것은 아닙니

다만?'

일살의 입술이 묘하게 뒤틀렸다.

"상황을 잘 모르는 것 같군."

"글쎄요. 길고 짧은 건 대봐야지 않겠습니까?"

"권주를 마다하고 벌주를 받겠다면 어쩔 수 없겠지."

그 말을 끝으로 그들은 사라졌다.

*   *   *

범선 위에는 그 어느 때보다 짙은 전운이 감돌았다.

황화수로맹의 전력도 전력이지만 나타난 사람들의 신분이 생각 외로 대단했기 때문이다.

황하삼살은 십 년 전만 하더라도 현 황하수로맹주와 맹주 자리를 놓고 다투던 초강자들이다.

황하수로맹주가 흑도 서열 십 위권 안에 드는 초고수라는 걸 감안할 때 이는 입지적인 공부였다.

결국 황하수로맹주에 비해 머리카락 한 올 정도의 차이가 나는 고수 세 명과 싸워야 한다는 소리다.

거기다 저들은 압도적인 수적 우위에 수전이라면 이골이 난 물귀신들이었다.

척마다 이십 명씩 타고 있으니 무려 사백 명이다.

사백 명 대 오십 명은 애초 싸움이 되질 않는다.

사람들이 긴장하는 사이 도귀가 선미로 걸어왔다.

그는 채홍만이 지키고 있는 혈선 앞에 서더니 용악산을 향해 말했다.

"주공께서 뵙자고 하오."

쾅!

"감히 누구더러 오라 가라야? 할 말이 있으면 장산벽더러 직접 오라고 해!"

채홍만이 대초자곤으로 바닥을 크게 찧으며 엄포를 놓았다.

"이 곰 같은 녀석이 감히!"

차앙!

도귀가 대도를 뽑아 들었다.

채홍만은 너 참 잘 걸렸다는 태도로 벌떡 일어서더니 대초자곤을 고쳐 잡았다.

두 사람이 사이에 흉흉한 기세가 오고 갈 때 용악산이 몸을 일으켰다.

"두 사람 모두 그만둬."

용악산은 두 사람을 지나쳐 저만치 걸어갔다.

그 모습을 보고 있던 공춘보가 슬그머니 하풍달에게 가서 말을 걸었다.

"홍만이 저 녀석, 뭔가 좀 달라진 것 같지 않아?"

"확실히 언제부턴가 공 사형을 따라다니지 않기는 한 것 같소."

"그게 아니라, 분위기가 싹 달라졌어. 뭐랄까, 짐승처럼 사나워졌다고나 할까?"

"그렇소? 난 잘 모르겠는데."

"그렇다니까. 아무리 생각해도 이유는 한 가지밖에 없어."

"그게 뭔데?"

"욕구불만."

"……!"

"왜?"

"에혀, 관둡시다."

두 사람이 대화를 나누고 있는 동안 표자룡은 수적들이 타고 온 검은 배를 의미심장한 눈빛으로 바라보고 있었다.

*   *   *

"저 검은 배가 보이십니까?"

이층 갑판의 난간 앞에서 황하를 굽어보며 장산벽이 말했다.

용악산이 대답을 않자 장산벽이 재차 말을 이었다.

"흑룡선입니다."

"……?"

"원래 황하의 해적들을 잡기 위해 군문에서 만든 것인데, 어찌하여 황하수로맹의 수중에 들어갔는지 모르겠군요. 아마도 군문이 그만큼 썩었다는 얘기겠죠?"

"무슨 말을 하고 싶은 거지?"

"마지막으로 한 번 더 묻겠소."

"……?"

"나와 함께하지 않겠소? 우리가 손을 잡으면 군림천하할 수 있소."

말을 하는 장산벽의 왼손에는 천마군림도가 단단히 움켜쥐어져 있었다.

하지만 용악산은 흑룡선을 보며 말했다.

"사거리가 백 장까지 되는 포가 열두 개. 포 하나당 노련한 포수 다섯이 탄구의 장착과 발사를 담당. 포 하나를 발사하고 다시 장착하기까지 거리는 시간은 반 각. 포문이 열두 개니 반 각마다 열두 발의 철구가 날아든다고 봐야겠군."

마도백가의 서고에는 천하의 강력한 병기들에 대해 기록한 책도 있었다.

용악산이 흑룡선의 화력에 대해 이처럼 줄줄 꿰고 있는 것도 그런 이유에서였다.

장산벽은 이미 짐작했다는 듯 한줄기 놀라는 기색도 없이 엷은 미소를 띠며 말했다.

"이제 헤어질 때가 된 것 같군요."

선미로 돌아온 용악산은 사형제들을 불러 모았다.

"전투가 시작되면 홍만은 키를 장악해라. 춘보는 풍달이와 함께 인질들을 최대한 안전한 곳으로 대피시킨다."

"포탄을 퍼부으면 안전한 곳이 없을 겁니다."

표자룡이 말했다.

"포, 포, 포라니… 그, 그, 그게 무슨 말이야!"

놀란 공춘보가 치켜뜬 눈으로도 모자라 콧구멍을 있는 대로 벌름거렸다.

하지만 지금은 그런 것까지 일일이 설명해 줄 시간이 없었다.

용악산은 채홍만을 보며 말했다.

"선체를 일직선으로 하면 반경을 최대한 줄일 수 있다. 선수가 부서지겠지만 한동안은 선미에서 버텨낼 수 있을 거야. 그동안 자룡이는 인질들을 구할 수 있는 방법을 생각해 봐."

"알겠습니다."

"대사형은 어쩌실 작정입니까?"

하풍달이 걱정스런 얼굴로 물었다.

"나는 장산벽을 잡겠다."

『천산도객』 4권 끝

The LORD

성진 게임 판타지 소설

더로드

간절한 갈망은 기적을 만들고
기적은 결코 만들어질 수 없는
연결 고리를 만든다.

그렇게 이어진 연결 고리.
그것은 새로운 시작이었다.

자, 일인군단(一人軍團)의
독보천하(獨步天下)가 지금부터 시작된다.

유행이 아닌 자유추구 -
WWW.chungeoram.com

Book Publishing CHUNGEORAM

共同傳人

공동전인

설경구 新무협 판타지 소설

마교를 재건하라.

혈마옥에 갇히며 마교 장로들의 공동전인이 된 사무진에게 주어진 과제.
역사상 가장 착한 마교의 교주.
하지만 역사상 가장 강한 마교의 교주가 되고 싶다.

고정관념을 버려요.

마교도라고 해서 꼭 나쁜 놈일 필요는 없잖아요.

지금까지와는 다른 마교.

이제 사무진이 만들어가는 새로운 마교가 모습을 드러낸다.

유행이 아닌 자유추구 -
WWW.chungeoram.com

Book Publishing CHUNGEORAM

설봉 新무협 판타지 소설

歡喜密功
환희밀공

歡喜密功 환희밀공 1

설봉 신무협 판타지 소설

1 치우 (治尤)

무유칠덕(武有七德), 금폭(禁暴), 집병(戢兵), 보대(保大),
정공(定功), 안민(安民), 화중(和衆), 풍재(豐財), 자야(者也).
《좌전(左傳), 선공 십이년(宣公 十二年)》

무에는 일곱 가지 덕이 있다.
첫째, 난폭을 금지한다. 둘째, 무기를 거두어들인다. 셋째, 큰 나라를 보전한다.
넷째, 공적을 정한다. 다섯째, 백성을 편안하게 한다. 여섯째, 대중을 화합하게 한다.
일곱째, 물자를 풍부하게 한다.

섬서성(陝西省) 육반산(六盤山)에 신력(神力)을 바탕으로
패공(霸功)을 구사하는 가문(家門), 육반루가(六盤婁家).
세상에게 외면받고 멸시당하는 환희교(歡喜敎).
육반루가의 후손과 환희교 교주의 운명적인 만남.

"넌 환희교를 지키는 수문장(守門將)이 될 거야.
강하게, 아주 강하게 키워주마."
'아버지처럼 죽지 않을 거야. 아무도 날 죽일 수 없어.
세상에서 최고로 강한 사람이 될 거야.'

유행이 아닌 자유추구 -
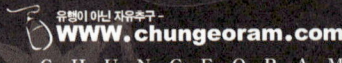
WWW.chungeoram.com

Book Publishing CHUNGEORAM

태룡전

김강현
新무협 판타지 소설

『마신』,『뇌신』에 이은
작가 김강현의 또 하나의 대작!!
『태룡전』

내가 이곳 미고현에 위치한 천망칠십오대에
온 지도 벌써 두 달이 넘었거든.
그런데 아직도 이해하지 못한 일이 하나 있어.
그게 뭐냐고? 우리 대주 말이야.
우리 대주님이 가장 좋아하는 게 뭔지 아나?
바로 침상에서 좌우로 데굴데굴 굴러다니는 거야.
그다음으로 좋아하는 게 그렇게 뒹굴다 잠드는 거고…….
나려타곤(懶驢打滾)!
더도 덜도 아닌 딱 우리 대주님을 지칭하는 말일세.

천망칠십오대 대주 단유강!!
격동의 무림은 그에게 휴식을 허락하지 않는다.
단유강, 그의 일보가 천하를 떨쳐 울린다.!

유행이 아닌 자유추구 -
WWW.chungeoram.com
Book Publishing CHUNGEORAM

오채지 新무협 판타지 소설

천산도객

천산도객

天山刀客

오채지 新무협 판타지 소설

1

FANTASTIC ORIENTAL HEROES

마도대종사의 죽음.
마침내 끝이 난 이십 년간의 정마대전.
하지만 전 무림이 까맣게 모르는 것이 있었으니…

대종사가 마지막까지 숨겨두었던 마도백가(魔道百家)의 비밀 병기.
패잔병으로 북방을 떠돌던 어느 날 신비로운 사내 비파랑을 만나는데…

"항주의 금룡관(金龍館)에… 이걸 전해주십시오."
"눈치챘겠지만 난 마인이오."
"어쩐지 당신이라면… 약속을 지켜줄 것 같아서……."

한 번의 짧은 만남이 만든 운명 같은 행보.
그의 위대한 강호행이 시작된다.

유행이 아닌 자유추구 -
WWW.chungeoram.com

Book Publishing CHUNGEORAM